태산을 바라보다 望嶽

태산은 무릇 어떠한가
제나라와 노나라는 푸르름 끝없고
조물주는 신묘한 위풍을 모았고
산의 북쪽과 남쪽은 아침저녁을 갈랐다
층층이 일어나는 구름이 가슴 설레게 하니
눈을 부릅뜨고 돌아드는 새를 바라다본다
반드시 정상에 올라
뭇산이 작은 것을 한번 보리라

岱宗夫如何, 齊魯靑未了. 造化鍾神秀, 陰陽割昏曉.
蕩胸生層雲, 決眥入歸鳥. 會當凌絶頂, 一覽衆山小.

진조여휘
Fantastic Oriental Heroes
장담 신무협 판타지 소설

진조여휘 8
장담 新무협 판타지 소설

초판 1쇄 찍은 날 § 2006년 5월 4일
초판 1쇄 펴낸 날 § 2006년 5월 15일

지은이 § 장담
펴낸이 § 서경석

편집장 § 문혜영
편집책임 § 서지현
편집 § 이재권

펴낸곳 § 도서출판 청어람
등록번호 § 제1081-1-89호
등록일자 § 1999. 5. 31
어람번호 § 제2-0901호

주소 § 경기도 부천시 원미구 심곡1동 350-1 남성B/D 3F (우) 420-011
전화 § 032-656-4452 팩스 § 032-656-4453
http://www.chungeoram.com
E-mail § eoram99@chollian.net

ⓒ 장담, 2005

ISBN 89-251-0101-7 04810
ISBN 89-5831-770-1 (세트)

※ 파본은 본사나 구입하신 서점에서 교환하여 드립니다.
※ 저자와 협의하여 인지를 붙이지 않습니다.

東村뫼극비뿔

진조여휘
Fantastic Oriental Heroes
장담 신무협 판타지 소설

8
혈류 血流

도서출판
청어람

목차

제1장	귀혼척살조	7
제2장	마신초현(魔神初現) 귀혼혈풍(鬼魂血風)	35
제3장	추격, 그리고…….	77
제4장	사라진 귀혼	97
제5장	혈투(血鬪)	117
제6장	안개 속으로	191
제7장	묵운산장	215
제8장	신마천궁(神魔天宮)	259
제9장	포달랍궁의 지하 뇌옥	279

1장
귀혼척살조

1

휘는 객당에 앉아 흐려진 하늘을 올려다봤다. 바람에 밀려오는 짙은 먹구름이 금방이라도 소나기를 몰고 올 것만 같았다.
'너무 많은 피를 봤다. 그러나 또다시 피비를 뿌려야 한다 해도 망설이지 않겠다.'
문득 이틀 전에 헤어진 모용서하의 아쉬워하던 모습이 생각났다.
'잘 가고 있는지 모르겠군.'

* * *

휘와 모용서하가 동굴을 나온 것은 한 시진가량이 더 지나서였다. 그동안에 무슨 일이 있었는지는 오직 두 사람만이 알 일이다.
두 사람이 나오자 공손척이 환한 얼굴로 다가왔다. 하지만 휘는 공손척의 환한 얼굴 뒤에 숨겨진 어두운 그늘을 읽고 뭔가 심상치 않은 일이 있음을 직감했다.

"어떤가, 이제 괜찮은가?"

휘가 고개를 끄덕였다, 최대한 붉어지려는 얼굴을 진정시키고서.

"예, 다행히 서하의 음기를 제거했습니다."

"오! 정말 다행이구먼! 허허허, 서하야, 얼굴이 좋아졌구나. 어이구, 이렇게 이쁜 것을……."

그런데 모용서하도 공손척의 어두운 그늘을 본 듯하다.

"예. 할아버지, 저는 이제 다 나았어요. 그런데… 유모는……?"

모용서하의 질문에 그렇게 환하던 공손척의 얼굴이 순식간에 어두워졌다.

"유모는… 죽었다."

그럴 거라 생각은 했었다. 그러나 막상 죽었다는 말을 듣자 목이 메이고 온몸이 떨려온다.

"그런… 가요? 어디 있나요?"

"음… 저기 있다."

공손척이 가리키는 곳에는 시신 한 구가 장포로 덮여 있었다. 그곳을 향해 모용서하가 가려 하자 공손척이 입을 열어 말렸다.

"서하야, 어차피 죽은 사람이다. 잘 모셔서 제를 올려주자꾸나."

"알아요, 저도……. 그래도 마지막 인사는 해야죠. 유모 덕분에 무사했는데……."

"그, 그래."

누구도 말릴 수가 없었다, 모용서하가 장포를 들어낼 때까지.

굳은 얼굴로 서 있던 사광룡들도 막상 수설란의 시신이 모습을 드러내자 침울한 표정으로 고개를 돌려 버렸다.

그리고 곧바로 모용서하의 절규가 터져 나왔다.

"유모!"

수설란의 옷에는 수많은 구멍이 혈흔과 뒤엉킨 채 뚫려 있었다. 흔적으로 봐서 검에 의한 상처가 거의 대부분이었다. 대충 세어봐도 이십여 군데가 넘는 흔적. 그것만으로도 그녀가 얼마나 치열하게 싸웠는지 알 수 있을 정도였다.

공손척이 무거운 목소리로 입을 열었다.

"유모는 진이 소멸되자 진 안에 갇혔던 무사들과 치열한 접전을 벌인 것 같다. 진 안에 유모의 비수에 죽은 자가 근 열 명이 넘더구나."

모용서하는 흐르는 눈물을 주체하지 못하고 수설란의 가슴에 얼굴을 묻었다.

"불쌍해서 어떡해요! 유모! 어떡해! 흑흑흑!"

꿈속에서 보이지 않았을 때 뭔가 불안하긴 했었다. 한데 현실로 드러난 지금, 왠지 수설란의 죽음이 자신의 탓만 같았다.

그때 생각만 조금 더 깊이 했다면, 자신이 수설란에 대해 조금만 더 신경을 썼더라면, 이렇게 보내지 않아도 되었을 것을······.

"미안해, 유모! 정말 미안해!! 흑흑흑."

수설란은 모용서하에게 어머나 마찬가지였다.

어머니 사리진설 대신 젖동냥을 해서 모용서하를 키운 것도 수설란이었고, 사리진설이 죽은 이후로도 행여나 잘못될까 봐 마음 졸이며 모용서하를 돌본 것도 수설란이었다. 그러니 어찌 그 슬픔이 어머니의 죽음을 봤을 때만 못할까.

"유모!!"

모용서하가 슬픔에 잠겨 수설란에게서 떨어지지를 않자 휘는 숲 속에서 제법 큰 나무들이 있는 곳으로 다가갔다. 그리고 만양을 뽑아 들었다.

팍! 우지끈!

아름드라나무가 일격에 허리를 잘린 채 쓰러진다. 쓰러진 나무를 향해 내려쳐지는 만양. 커다란 나무는 순식간에 몇 조각으로 나누어져 버렸다. 휘는 그중 족히 여섯 자 크기로 잘린 나무 하나를 가볍게 차올렸다.

수백 근은 됨직한 나무가 공깃돌처럼 허공으로 튀어 오르고,

스스슥!

절혼광에 의해 칠 푼 두께로 잘린 십여 개의 판자가 땅으로 가지런히 떨어졌다. 휘는 그 판자들 중 몇 개를 골라 나무못으로 연결해서 간단하게 관 하나를 만들었다.

사람들은 멍하니 휘가 하는 행동을 지켜보다가 탄성을 터뜨렸다.

"간단하군."

휘는 자신이 만든 관을 들고 모용서하와 수설란의 시신이 있는 곳으로 다가갔다.

"서하, 이곳에 모십시다. 땅바닥에 있는 것보단 편안하실 것이오."

"휘랑…… 흑!"

"돌아가신 분은 편안하게 모시는 것이 최선이오. 서하의 슬픔은 알지만 이분을 편안하게 모시는 것이 우선일 것 같소."

"…예. 그래요, 유모를 편안하게 모셔요."

비틀거리며 일어선 모용서하가 휘를 바라보았다.

"고마워요……."

휘의 기지로 모용서하마저 안정을 되찾자 공손척이 동굴 입구에 모여 있던 용혈궁의 사람들을 향해 물었다.

"어찌할 건가?"

단순한 물음이다. 하지만 모두에게 해당되는 물음이기도 했다.

모용진광의 죽음이 거의 확실시 되는 지금 슬퍼하며 눈물만 흘리고 있

을 수는 없다. 절망감에 싸여 힘겹게 도주하며 지나온 나날이 그런 슬픔조차 날려 버렸다.
 모용서하가 먼저 입을 열었다.
 "저는 휘랑을 따라갈 거예요, 작은할아버지. 가서 할아버지에 대한 것도 알아보고……."
 어찌 보면 당연한 일이었다. 그런 한편으로는 용혈궁의 미래가 끊긴다는 말이기도 했다. 공손척은 그럴 줄 알았으면서도 조금은 서운한 마음이 들었다. 하지만 어쩌랴.
 "네가 가는 것은 좋다. 하지만 한 가지만 약속해 다오."
 "말씀하세요."
 "형님이 어떻게 됐는지 확실히 알 수는 없지만, 나는 용혈궁을 이대로 모용후에게 넘겨줄 수가 없다. 해서 모든 힘을 다해 용혈궁을 되찾을 것이다. 그러니 훗날…… 네 자식을 하나 나에게 다오."
 우물가에서 숭늉 달라는 말이다. 그럼에도 모용서하는 흔쾌히 고개를 끄덕였다.
 "알았어요. 휘랑만 좋다면 저도 좋아요."
 휘도 빙그레 웃으며 고개를 끄덕였다.
 용혈궁을 되찾은 다음이라면 용혈궁의 후계자로 삼겠다는 말이 아닌가.
 두 사람이 고개를 끄덕이자 한시름 덜었다는 표정으로 공손척이 사광룡을 돌아다봤다.
 "내 말이 맞지?"
 사광룡이 머쓱한 표정으로 고개를 돌린다. 그러고 보니 이들 사이에 무슨 말이 오갔던 듯하다. 마침 적인풍이 휘의 궁금증을 눈치 채고 전음을 보냈다.

"모용 낭자가 문주님을 따라갈 거라는 공손 선배의 말에 사광룡이 펄쩍 뛰었습니다. 후계자는 어떻게 하냐고 말입니다. 그러자 공손 선배가 걱정 말라고 했습니다. 하나 뺏어온다고……."

"만일 용혈궁을 되찾으면 사광룡 중에 한 분이 궁주를 맡으면 되지 않겠습니까?"

"미친놈들에게는 안 맡긴다는 것이죠. 사광룡 역시 죽어도 안 한다고 하고……. 그런 따분한 짓을 왜 하냐고 펄쩍 뛰는 데는… 저도 두 손 들었습니다."

충분히 그럴 만한 사람들이었다. 오죽하면 작은 광룡이라고 했겠는가.

휘와 적인풍이 전음을 끝낼 때쯤 공손척이 휘에게 은근한 말투로 물었다.

"자네도 도와주겠지? 처가 쪽 일인데."

휘가 힘차게 고개를 끄덕이며 대답했다.

"당연히 도와드려야죠."

어차피 신마천궁이 개입한 이상 부딪칠 것이 뻔한데 생색까지 낼 수 있게 되었으니 마다할 휘가 아니었다. 게다가 당장 달려가자는 것도 아니지 않은가.

휘마저 시원시원하게 대답하자 공손척이 흐뭇한 표정으로 주위를 둘러보았다.

"이제 사람만 모으면 되겠군."

공손척의 말에 휘가 입을 열었다.

"가실 데는 있습니까? 맹자 왈, 근거가 확실해야 마음이 변하지 않고 큰일을 도모할 수 있다고 했는데 말입니다."

맹자까지 들먹이는 휘를 바라보던 공손척이 눈살을 찌푸렸다. 뜻은 섰는데 갈 데가 마땅치 않은 것이다.

"일단 천검보로 가시겠습니까? 아니면, 힘을 모을 때까지라도 만상문에 잠시 계시겠습니까?"
 "천검보는 무슨! 험! 그런데 만상문은 근거가 어디에 있는가? 한중이면 너무 먼데……."
 공손척은 당연히 휘의 뜻대로 만상문을 택했다. 휘는 속으로는 웃으면서, 겉으로는 아무것도 아니라는 듯 태연히 말했다.
 "지금 총단을 대별산 부근으로 옮기고 있습니다. 가시면 잠시 쉬시기에는 괜찮으실 겁니다."
 "그럼, 그리 가지. 험, 손녀 사위의 집인데 뭐……."
 공손척의 손녀 사위 집에 신세 질 수도 있지, 하는 투의 말에 휘는 재빨리 계산을 해봤다.
 '흠, 절정고수 다섯, 일류고수가 대충 잡아도 열을 될 듯하고, 나머지도 이류라고 하기는 아까운 실력들 같은데… 거기다 공손 노선배가 끌어들일 사람들까지 하면……. 흠, 당분간은 총단 걱정 안 해도 되겠군.'

 *　　　　*　　　　*

 그렇게 헤어짐을 아쉬워하며 모용서하와 부상이 심한 공손척, 그리고 사광룡을 비롯한 용혈궁의 무사들을 십이단의 형제들로 하여금 만상문의 총단으로 안내하라는 명을 내리고, 휘는 일행과 함께 곧장 제남으로 달려왔다. 산동까지 와서 숙부인 유정룡에 대한 것을 확인하지 않을 수가 없기 때문이다.
 정말 감금당해 있다면 구해낸다. 그리고 창천보에 책임을 물을 것이다, 책임을…….

만약 제대로 된 답변이 나오지 않는다면 아마도 창천보는 혹독한 대가를 치러야만 할 것이다.

창천보에선 휘 일행을 순순히 맞아들였다.

그것이 장인성이 흘린 소문, '양평위와 목진태가 삼 초를 버티지 못하고 무너졌다' 란 말 때문인 것을 알 리 없는 휘로선 의외라는 생각이 들 정도였다.

숙부를 감금한 자들이 숙부를 찾아온 자신을 순순히 객당까지 받아주다니…….

한쪽에서 홀짝거리며 차를 마시는 초평우나 풍인강도 아무런 마찰 없이 객당까지 들어오자 표정이 조금은 풀어져 있었다.

정확한 상황을 모르는 적인풍이나 당홍은 담담히 창천보의 분위기를 가늠하며 시간을 때우고, 영등은 혹시나 돌아다니는 강아지가 없는지 두리번거릴 뿐이다.

일행이 여유있게 시간을 보낸 지 일각가량이 지났을 때. 월동문을 통해 몇 사람이 객당으로 들어섰다. 그들을 향해 고개를 돌리던 휘의 눈빛이 반짝였다.

들어오는 자들 중에 그가 있었던 것이다, 검성 화정월이.

"또 보는구먼."

화정월이 먼저 인사를 건네자 휘는 자리에서 일어나 예를 취했다.

"이곳에서 뵙게 될 줄은 몰랐습니다."

미처 다른 사람이 입을 열기도 전에 나눠진 두 사람의 인사가 팽팽해질 분위기를 한순간에 누그러뜨렸다. 그제야 상관숭양이 앞으로 나섰다.

"나는 상관숭양이라 하네."

"저는 만상문을 맡고 있는 진조여휘라 합니다."

창천일신(蒼天一神) 상관숭양의 이름을 듣고도 그저 자신에 대해서만 소개를 하는 휘의 태도를 보고 창천보 사람들의 표정이 살짝 굳어졌다.
 그러나 수하들과는 달리 만상문을 맡고 있다는 말에 상관숭양은 짧은 순간이나마 눈빛이 흔들렸다.
 '개인이 아니다 이건가? 만상문이라……'
 그때 휘가 먼저 본론을 꺼냈다.
 "제 숙부님께서 작년 여름 창천보의 초청을 받고 이곳에 오신 것으로 알고 있습니다만."
 직접적인 휘의 말에 상관숭양은 고개를 끄덕였다.
 "유정룡이라는 학사가 그대의 숙부라면 틀림없이 본 보에 있네."
 "그분을 모셔가려 왔습니다. 이곳에서 기다릴 테니 모셔다 주시겠습니까?"
 휘가 무심한 말투로 자신의 할 말만 하자 상관숭양의 옆에 서 있던 삼십대의 장한이 차가운 음성으로 입을 열었다.
 "태상보주님께서 순순히 대해주니 하늘 높은 줄 모르는구나!"
 창천보 위전당주로 상관숭양의 신변 경호를 맡고 있는 상관치는 나이도 어린 휘가 감히 하늘 같은 태상보주께 이래라저래라 하는 것에 분노가 치밀었다. 비록 그도 장인성이 말한 것에 대해 알고는 있었지만, 그렇다고 곧이곧대로 믿지는 않고 있었다. 그때 마침 귀를 파고드는 소리.
 "무리하지는 말고 저자를 떠봐라."
 마침내 태상보주의 명까지 떨어졌다.
 이제는 거칠 것이 없어진 상관치가 힘을 실어 소리쳤다.
 "본 보가 그리 우습게 보이느냐?!"
 대답은 엉뚱한 사람이 했다.
 "이곳은 어른들 이야기 나누는데 수하들이 나서도 되는가 보군. 진짜 우습네."
 초평우였다. 초평우에게 어이없는 일격을 맞은 상관치가 얼굴을 붉히고 검을 잡은 손에 힘을 주었다. 그런데도 휘는 그를 쳐다보지도 않고 좀 더 깊어진 눈으로 화정월을 바라볼 뿐이다.
 "아무래도 이야기가 길어질지 모르겠군요. 화 노선배님께서는 상관하지 않으셨으면 합니다."
 "글쎄, 나야 제삼자이니 굳이 끼어들 필요도 없겠지. 한데 기왕이면 잘 풀어나가는 것이 좋지 않겠나?"
 "저도 그걸 바랍니다만, 상관 노선배께선 어찌 생각하실지 모르겠습니다."
 자신은 아랑곳하지 않는 휘를 보고 상관치는 노화가 머리꼭대기까지 솟구쳤다.
 "어린놈이 감히!!"
 챵!
 상관치의 검이 검집을 빠져나오고, 검을 빼 든 그가 휘를 향해 신형을 날렸다. 아차, 하는 사이에 벌어진 일.
 상관숭양의 눈이 가볍게 출렁였다. 하지만 떠보라 부추긴 상황, 굳이 상관치를 말리지는 않았다. 그저 앞만 바라보며 휘가 어찌 대응하는지 지켜볼 뿐.
 진조여휘와 함께 있는 자들의 태연한 표정이 마음에 걸리기는 하나 상관치의 실력도 자신의 경호를 맡을 정도로 정평이 나 있는 실력이 아닌가.
 '과연 검성이 인정할 정도인지 보면 알겠지.'
 사실 상관숭양은 그것에 더 관심이 있었다.
 화정월의 사람 보는 눈은 얼마나 정확할까. 산속에 은둔한 사람이 숫한 사람들을 상대한 자신보다도 더 나을까?

하지만 그의 단순한 생각에 일일이 장단을 맞춰줄 만큼 휘의 마음은 편안하지가 않았다.

휘는 삼 장의 거리를 단숨에 좁히며 검을 내뻗는 상관치를 무심한 눈으로 바라보았다. 그러다 검과의 거리가 두 자 정도로 좁혀지자 좌수를 뻗어 검기가 흐르는 검을 움켜쥐어 버렸다.

동시에 뻗어나간 우권!

피하고 자시고 할 여유는 애당초 없었다. 검마저 잡힌 상황에서는 더더욱 그러했다.

쾅!

"커억!"

굉음이 가라앉기도 전, 훌훌 날아간 상관치의 몸이 담장을 뚫고 처박혔다.

일시에 장내가 조용해졌다.

창천보의 무사들도 상관숭앙도 말을 잊었다.

강하다는 말은 들었다. 하나 아무리 그렇다 해도 일 초라니, 그것도 위천당주 상관치가.

침묵 속에서 휘의 나직한 음성이 무겁게 흘러나왔다.

"손님 된 도리로 죽이지는 않았습니다. 그러나… 다음에는 저도 장담할 수 없습니다."

다시 덤비면 죽일 수도 있다는 말. 아니, 죽이겠다는 말이다. 굳은 얼굴의 상관숭양이 휘를 향해 말했다.

"그대의 숙부는 우리의 비밀을 너무 많이 알고 있다."

상관치가 일 수에 패한 것 정도로는 그의 의지를 움직일 수 없다는 듯, 그는 무너진 벽에 박힌 상관치를 보지도 않고 휘만을 바라다봤다.

"그 비밀이 뭔지는 알고 싶지도 않습니다. 다만 숙부님은 창천보의 초청을 받고 왔으니 그 어떤 것도 그분을 옭아맬 수 없다는 것만 알 뿐이지요."

"내줄 수 없다면?"

상관숭양의 물음에 화정월이 미간을 찌푸렸다.

일이 이상하게 흐르고 있었다. 유정룡이 비록 비밀을 알고 있다 하나 귀혼이 풀린 이상 굳이 비밀이라 할 것도 없었다. 곧 강호 전역에 귀혼에 대한 풍문이 떠돌 터, 그리되면 귀혼이 오룡의 자제들이라는 것도 드러날 테니까. 그때 문득 스치는 생각.

'식인……?'

그랬던가? 그 때문에 상관숭양이 자신의 말에도 결정을 뒤로 미루었던가?

정파의 자제들이 식인을 했다는 것이 알려지면 오룡회로선 치명타를 입을 수밖에 없다.

하지만 그 일을 알고 있는 것은 유정룡뿐이 아니다. 오히려 귀혼을 끌고 간 정체불명의 범인이 그 사실을 유포시킬 가능성이 훨씬 더 많은 상황.

화정월은 상관숭양을 바라보았다. 어떻든 현 상황이 바람직한 일이 아닌 것은 분명한 일. 화정월이 두 사람을 말리기 위해 나서려 할 때다.

"하늘에 먹구름이 몰려오는 걸 보니 비라도 내릴 모양이군요."

뜬금없이 휘가 하늘을 살피더니 무거운 목소리로 입을 열었다.

순간 화악 퍼지는 기운!

심장을 터질 듯한 무거운 기운이 객당의 앞마당을 짓눌렀다.

"비가 내리기 전에 숙부님을 데려가야겠습니다. 막는 것은 그대들이 알아서 할 일. 막을 수 있으면 막아보시오!"
 휘가 한 걸음 내딛었다, 당연히 그리해야 하는 것처럼.
 그러자 상관숭양의 뒤에 서 있던 다섯 명의 위천단 무사가 일제히 상관숭양의 앞으로 달려나왔다.
 "물러서라!"
 무거운 일갈에 주춤하는 무사들을 보며 화정월이 상관숭양을 향해 입을 열었다.
 "꼭 이래야 하는가? 이미 귀혼을 데려간 자가 소문을 퍼뜨렸을지도 모르는 상황이 아닌가?"
 상관숭양은 자신을 말리려는 화정월을 보며 왠지 묘한 기분이 들었다. 친구이자 천하제일검의 말을 거스르는 것에 쾌감이 일 정도다.
 "그럴지도 모르지. 하나 나는 저 아이가 본 보를 무시하는 것 또한 참을 수가 없네."
 그때 휘가 말했다.
 "비가 오면 피가 씻겨 내려갈 겁니다. 그러니 시작할 거면 지금 시작하지요."
 "바닥의 피는 씻길지 몰라도 자네 마음의 피는 씻기지 않을 것 같군."
 화정월의 안타까운 말에 휘가 고개를 저었다.
 "어쩔 수 없는 일이지요."
 어느덧 휘는 객당 마당의 한가운데 서 있었다.
 "나도 이 일에 대해선 조금 안다 할 수 있네. 그런 내가 봐선 지금 이러고 있을 때가 아니네."
 "때란 것이 꼭 정해진 것도 아니지 않습니까? 화 노선배께선 물러서시지요. 나는 무고한 사람을 잡아두고도 당연한 것처럼 말하는 사람들이 얼마나 강한지 한 번 봐야겠습니다."

츠르르릉…….

말이 끝남과 동시, 만양이 절로 뽑혀 나왔다.

연붉은 검신이 요요한 빛을 흘린다.

한 자가량 뽑혀 나온 만양을 움켜쥔 휘.

"막는 자는 벨 것이다!"

동시에 위천단의 무사들이 휘를 덮쳤다.

"건방진 자!"

"놈을 꿇려라!"

순간!

번쩍! 먹구름 가득한 하늘에서 붉은 번개가 떨어져 내렸다.

쩌저저적! 콰광!

붉은 빛이 찰나 간에 피었다 스러지고, 휘를 덮치던 위천단의 무사들이 한겨울 마른 낙엽처럼 떨어져 내린 것은 순간이었다.

털썩! 쨍그랑, 티디딩…….

흩어져 나뒹구는 산산이 부서진 무기들의 잔해.

단천락 일검에 다섯 명의 무사가 힘없이 무너졌다. 믿을 수 없을 정도의 가공할 패검.

화정월조차 눈빛이 굳어버렸다.

상관숭양은 반쯤 벌어진 입으로 움직임이 정지된 위천단의 무사들을 응시했다.

"이, 이게……."

휘가 말했다.

"숙부님의 신상에 이상이 없기만을 바라야 할 거요."

저벅, 걸음을 내딛는 휘의 만양에서 선홍 빛 검강이 검신을 타고 흐른다. 흐르던 천홍은 검첨에 다다르자 휘황한 빛을 발하며 그 크기를 키워 가고…….

'좋아! 지음의 기를 마음대로 쓸 수 있게 된 지금 내 무공이 얼마나 늘었는지 봐야겠네! 상대는 창천일신, 게다가 어쩌면 검성도…….'

주먹만 하게 커진 천홍이 검첨 위에 얹혀졌다.

그걸 보던 상관숭양이 두 손을 마주 잡더니 내력을 끌어올렸다. 그 자신의 절기 창궁신장을 펼치기 위함이었다.

만양의 검첨 위에 머물렀던 천홍이 둥실, 허공으로 떠오른다 싶은 순간!

"타앗!"

상관숭양의 입에서도 웅혼한 기합 소리가 터져 나왔다. 그는 전력을 다해 창궁신장을 펼치며 휘의 만양에서 피어올라 자신을 향해 빛을 발하는 천홍을 쳐갔다.

찰나! 둥실 떠오른 천홍이 대기를 파랗게 물들이는 창궁신장의 중앙을 향해 번개치럼 쏙사되었다.

미증유의 힘이란 것이 이런 것일까?

상관숭양은 자신의 창궁신장을 짓이기며 달려드는 천홍을 보고 안색이 해쓱하니 질려 버렸다.

그때였다!

"물러서게!"

화정월이 대경하며 허공을 향해 손을 내뻗었다. 정확히는 휘의 천홍을 향해서였다.

'숭양이 받아낼 수 있는 공격이 아니다!'

그런 그의 손에는 어느새 그의 애검 무애가 들려 있었다. 무애의 검끝에 맺힌 하얀 구체가 휘의 천홍과 부딪쳐 간다. 일순!

콰아아아!

반경 이 장의 대기가 일그러진다.

중앙에서는 하얗고 파란 기운이 붉은 기운에 휩싸인 채 광란을 일으킨다.

"물러서!!"

적인풍이 놀라 소리치며 급급히 뒤로 물러섰다. 당홍과 초평우, 풍인강도 반사적으로 물러서고, 영등은 뻐끔거리던 눈을 휘둥그렇게 뜨며 뒤늦게 물러섰다.

일렁이던 세 가닥 기운이 폭발하듯 터진 것은 그때였다.

후우우웅! 쿠구궁!!

소리는 크지 않았다. 그렇다고 그 여파까지 작은 것은 아니었다.

스스스……

퍼져 나가는 기운에 닿는 것은 무엇이든 가루가 되어버렸다. 한쪽에 서 있던 석등도, 수십 년째 그 자리에 반쯤 몸을 묻고 있던 천 근의 바윗돌도, 그리고 바닥에 쓰러져 있던 위천단의 무사 중 두 사람도.

그러다 나중에는 적인풍 등이 서 있던 곳의 탁자도 가루가 되어 흩날렸다.

먹먹한 귀를 두 손으로 막은 채 두 눈을 부릅뜨고 바라보던 적인풍이 더듬거리며 말문을 열었다.

"세, 세상에… 맙소사!!"

객당의 마당에는 세 사람이 품자 형태로 서 있었다.

조금은 창백해진 얼굴로 여전히 만양을 내밀고 있는 휘, 애검 무애로 바닥을 짚고 허탈한 눈으로 휘를 바라보고 있는 화정월, 무릎을 꿇은 채 피를 토하고 있는 상관숭양.

'지음신주를 완성하면 좀 더 나아지겠는데, 완벽한 지음신주가 생성

되려면 시간이 얼마나 걸릴 지······.'
　휘의 생각을 화정월이 알았다면 아마 검을 꺾었을지도······.
　하지만 현 상황만으로도, 화정월은 검을 익힌 육십 년 세월이 덧없이 느껴질 뿐이다. 욱신거리는 전신이 자신도 평범한 사람임을 다시 일깨워주고 있다.
　"정말··· 엄청나군······. 음······."
　"왜 끼어드십니까?"
　"자네라면 친구가 죽을지도 모르는데 가만있을 건가?"
　쥐어짜듯 피를 토해낸 상관숭양은 뭐라 말하고 싶었지만 입을 열 수가 없었다. 화정월의 말이 사실임을 자신도 알기 때문이었다.
　"어떤가, 아직도 유정룡이라는 학사를 내줄 맘이 없는가? 내 얼굴을 봐서라도 내주게나."
　화정월이 부탁조로 말하자 상관숭양은 씁쓸한 표정을 지었다. 모르는 것이 아니다. 화정월이 왜 저리 말하는지.
　화정월은 행여나 친구인 자신의 자존심이 상할까 봐 부탁하듯 말하고 있다. 또한 오룡회의 다른 자들로부터 자신을 지켜주기 위해서 저리 말하는 것이다.
　천하의 검성 화정월이 부탁했다는데, 누가 감히 상관숭양을 뭐라 할 것인가?
　졌다. 진조여휘라는 젊은이에게도 졌고, 한 번쯤 이겨보고 싶었던 친구에게도 졌다. 조금 전 쾌감을 느꼈던 자신이 역겹게 느껴진다.
　"자넨······ 나를 부끄럽게 만드는군."
　"무슨 소린가? 자넨 내 친구가 아닌가?"
　"허, 허, 허······. 그렇지, 자넨 내 친구지······. 그걸 잠시 잊었구먼."
　휘는 검성과 창천일신이 아닌, 그저 친구 사이인 평범한 두 노인을 바라보며 쓴웃음을 지었다.

"화 노선배님은 검만 천하제일이 아니라 친구 사귀는 법도 천하제일인 것 같습니다."

"웬만하면 천하제일이라는 소리를 자네에게서 안 들었으면 좋겠네."

"일단 상관 노선배님과의 일이 해결되고 나면 그때 가서 생각해 보죠."

겨우 몸을 일으킨 상관숭양이 화정월의 부축을 받고 휘를 바라보았다.

"으음… 우선 한 가지 알려주지. 자네 숙부는 장인성 덕분에 다친 곳은 없네. 우리도 뜻밖의 상황만 아니었다면 자네 숙부를 격리시키지 않았을 거야."

휘가 무심히 말했다.

"아직 제가 건 조건은 유효합니다. 숙부님만 건네주신다면 저는 조용히 떠날 것입니다."

"아직, 나에게도 한 가지 조건이 남아 있네."

상관숭양이 힘없이 건네는 말에 휘는 눈살을 찌푸렸다. 그러자 화정월이 입을 열었다.

"부탁이라 해도 좋네."

음? 휘는 의아한 표정으로 화정월을 응시했다.

"조금 전에 내가 이 친구에게 한 말 기억하나?"

화정월이 상관숭양에게 한 말? 귀혼이 어쩌고……. 가만? 귀혼?!

"귀혼… 말입니까?"

화정월이 고개를 끄덕였다.

그때였다. 느닷없는 굉음에 우르르 몰려들어 오던 무사들이 화정월의 어깨에 기댄 상관숭양의 모습을 보고 어쩔 줄을 몰라 했다. 특히 밖에서 아무도 들어오지 못하게 하라는 명을 받고 있다 불안감을 참지 못하고 들어선 왕오정은 놀란 눈을 크게 뜨고 상관숭양을 쳐다보았다.
"태상보주님!"
상관숭양이 눈살을 찌푸리며 왕오정을 바라보았다.
"들어오지 말라 했잖느냐? 감히 명령을 어기다니?!"
"굉음이 들리고 엄청난 기의 폭풍이 터져 나와서 그만……."
"음… 모두 나가거라. 저들도… 챙기고."
상관치나 쓰러져서 미동도 하지 않는 위천단의 무사들은 아직 죽은 것이 아니었다. 두 명은 기의 폭풍에 휘말려 살지 못했지만, 다른 네 명은 비록 중상을 입은 채 혼절하긴 했어도 목숨만은 붙어 있었다.
상관숭양의 명령을 받고서야 상관치와 세 명의 위천단 무사를 쳐다본 왕오정이 놀란 눈을 크게 뜨고 재빨리 수하들에게 소리쳤다.
"예? 예! 태상보주님의 명령이시다! 모두 밖으로 나가라! 상관 당주와 위천단원들을 안아 들어라. 조심해서 다루도록!"
왕오정이 수하들을 부려 상황을 빠르게 정리하고 밖으로 나가자 그제야 화정월이 휘를 향해 입을 열었다.
"이곳에서 말을 나누기가 좀 그렇군. 안으로 들어가지."

객당의 방 안으로 들어간 직후, 이번에는 장군영을 비롯한 화정월의 제자들이 객당으로 급히 들어왔다.
"사부님, 무슨 일이라도……?"
"너희들은 방에 아무도 들어오지 못하게 이곳을 지키고 있거라."
꿀 먹은 벙어리가 된 네 명의 황산 제자는 한쪽에서 아직도 놀람을 가라앉히질 못하고 있는 적인풍 등을 바라보았다. 장군영이 물었다.
"오셨다는 말은 들었습니다만, 대체 무슨 일이 있었던 겁니까?"

적인풍이 한숨을 내쉬며 답했다.
"끝이 어디인지… 후우……."
"……."
대체 무슨 말이야?
장군영의 의문은 하늘을 덮어오는 먹구름만큼이나 짙어져 갔다.

2

"식인, 혈마안, 선천진기의 마화(魔化)로 인해 급등한 내력, 이지 상실, 일단 나타난 현상이 그러하단 말씀이지요?"
"자네 말 그대로네. 도무지 알 수 없는 일이야. 아무리 선천진기가 마기로 변하여 내력이 급등했다 해도 그렇지, 이 년 만에 절정에 오를 정도라니……."
화정월의 나직한 목소리에는 곤혹스러움이 가득 담겨 있었다. 그도 직접 검을 마주 대해보지 않았다면 믿을 수 없었을 것이다, 제아무리 친구인 상관숭양의 설명이 있었다 할지라도.
"귀혼이라는 이름은 어떻게 하여 붙은 이름입니까?"
"흠, 자네는 그 괴물들에 대한 것보다도 귀혼이라는 이름이 더 신경 쓰이나 보군."
"나타나서는 안 되는 이름이기에 그렇습니다. 만일 노선배께서 말씀하신 귀혼이 제가 아는 귀혼이 맞다면 일은 생각보다 더 커지게 될 것입니다."
"생각보다 커진다?"
휘의 말에 조용히 앉아 있던 상관숭양이 반문을 했다. 화정월도 휘의 말뜻이 궁금하다는 듯 말없이 휘만 바라보았다.

"일단 숙부님을 뵙고 그분이 해석했다는 고대문자의 내용에 대해 알고 싶습니다만."

상관숭양으로선 마다할 수가 없었다. 이미 일은 터진 상황.

유정룡은 뇌옥이 아닌 별관에 격리되어 있었다. 일거수일투족을 감시당하고 별관 밖으로는 한 걸음도 나설 수 없으니 실제적으론 감금되어 있는 거와도 같았지만 어쨌든 생각보다 심하게 취급하지는 않은 것 같았다.

휘가 찾아가자 유정룡이 빙그레 웃으며 반겨주었다. 조금 마른 듯한 얼굴에는 묘한 만족감이 떠올라 있었다.

"숙부님……."

"왔구나. 허허허, 우리 조카의 잘난 얼굴을 다시는 못 보는 줄 알고 걱정했었는데……."

정이 듬뿍 담긴 유정룡의 눈빛에 휘는 새삼 핏줄의 정을 느끼고 안구에 습이 차올랐다.

"이제 걱정 마십시오. 곧 돌아가실 수 있을 것입니다."

조용히 고개를 끄덕이는 유정룡을 보며 휘가 물었다.

"시간이 촉박해서 먼저 한 가지 묻고자 합니다. 용서하십시오."

"뭔데 그러는 것이냐? 내가 알고 있는 것은 뭐든 답해주마. 물어보거라."

"숙부님이 해석했다는 고대문자의 내용에 대해 알고자 합니다."

"고대문자의 내용?"

"예, 그중에서도 귀혼이라는 것에 대한 것이라면 어떤 내용이든지 말씀해 주십시오."

유정룡은 의아한 표정으로 상관숭양을 바라보고는 말했다.

"그에 대한 것이라면 저분들이 모두 가져갔는데……?"

"제가 알고자 하는 것은 숙부님의 의견입니다. 단순하게 해석한 내용이 아닌 숙부님의 느낌이나, 아니면 표현하기 어려운 감정적인 것, 그런 것 말입니다."

"흠……."

유정룡은 지그시 눈을 감고서 지난 기억을 떠올렸다.

침묵이 제법 긴 시간 동안 흘렀지만, 화정월과 상관숭양도 묵묵히 유정룡이 입을 열기만을 기다렸다.

잠시 후, 유정룡이 천천히 입을 열었다.

"처음에는 단순히 그 내용이 궁금해서 해석하는 데만 집중했었다. 한데 시간이 흐르고 어느 정도 내용이 해석되자 나도 모르게 소름이 끼쳐 과연 내가 잘하고 있는 것인지 의문이 들더구나. 비록 내가 해석한 부분은 일부에 불과했지만, 그것만으로도 저 세상의 악귀를 불러내는 데 내가 힘을 거든 것 같았거든. 그러자 또 다른 생각이 들었다. 귀신을 부리고, 혼을 강압하는 주술인 것 같은데 과연 이 글에 쓰인 내용이 진짜 가능하기는 한 것일까?"

유정룡이 눈을 돌려 상관숭양을 바라보았다.

"만일 가능하다면…… 그것은 정말 무서운 일이라 생각했지. 도대체 이곳의 사람들은 이런 무서운 주술을 왜 얻으려 하는 걸까? 내가 이것을 해석하는 것이 정말 온당한 일일까? 수많은 의문이 들었단다. 그러면서도 결국은 해석을 다 하고 말았지."

다시 휘를 바라본 유정룡의 입꼬리가 살짝 치켜 올라갔다.

"하지만 모든 것을 건네주기에는 조금 불안한 마음이 들더구나."

휘의 눈빛이 반짝였다. 아니나 다를까, 유정룡의 이어진 말에 방 안의 사람들은 모두 아연히 입을 벌렸다.

"이매망량이 육신을 차지하고 자리를 잡으면 구멍을 막아야 한다는 내용이 있었는데, 내가 그 내용을 빼버렸지. 그 구멍마저 막혀 버리면 육신은 이매망량의 힘에 의해 쇠보다 더 단단해져서 그 무엇으로도 부서지지 않는다고 적혀 있었거든."

"그러니까 그곳이 약점이다, 그 말이군요."

"말하자면 그렇지."

유정룡이 그 말을 끝으로 입을 다물자 휘는 화정월과 상관숭양을 바라보았다.

"이매망량을 불러들여 육신의 능력을 최상으로 끌어올리는 법은 흔한 방법이 아닙니다. 특하나 초절정의 무인을 만든다는 것은 흔한 정도가 아니라 아예 그 유례를 찾아보기 힘들 정도이지요. 거기에 귀혼이라는 이름은 제가 아는 한 둘밖에 없습니다. 혹시 두 분께선 이 일이 있기 전에 귀혼이라는 이름을 들어보셨습니까?"

상관숭양이 하나의 이름을 꺼냈다.

"귀혼유사가 귀혼이라는 마물을 만들었다는 말은 들었네만……."

귀혼유사라는 말에 휘의 입가에 가느다란 웃음이 걸렸다.

"저도 귀혼유사에 대해서는 알고 있습니다. 하지만 그 귀혼은 그저 일류고수라면 상대할 수 있을 정도일 뿐이지요."

화정월이 심각한 표정으로 물었다. 그는 한번 상대해 본 귀혼의 무위에 질려 있던 터였다.

"그럼 자네가 알고 있다는 또 다른 귀혼은 뭔가?"

"누천년 전부터 세상의 악을 지배하며 존재해 온 자들이 있습니다. 세상 사람들은 그들을 여러 가지 이름으로 불렀지요. 그러나 그들의 본 이름은 마백과 사령, 그리고 귀혼. 과거 아무도 모르게 그들을 견제하며 살아온 선인들은 그 셋을 합쳐 삼악이라 불렀습니다."

처음 듣는 이야기에 화정월과 상관숭양의 얼굴이 굳어졌다. 누천년을 이어온 세력이라는 말도 실감이 가지 않거늘, 그런 악마의 세력을 아무도 모르게 견제해 온 사람들이 있었다는 것도 금시초문이었다. 더구나 하나도 아니고 셋이라니…….

"마백? 사령? 대체 그들이 누구이기에……?"

휘는 화정월을 똑바로 바라보며 천천히 입을 열었다.

"삼악 중 가장 강성한 마백이 바로… 전에 제가 말씀드린 신마천궁입니다."

3

비밀리에 오룡회의 대표들이 모두 모여들었다.

창천보의 태상보주이자 오룡회의 회주인 상관숭양,

신검보의 전대보주 신검제 천위양,

비룡방의 태상호법 일장진천 고진방,

철기보의 원로원주 철권 소정천,

풍운장의 전대장주 풍운검신 홍낙생.

그들은 갑론을박 끝에 한 가지 결론에 동의를 했다.

귀혼의 제거를 위해 귀혼척살조를 구성한다.

각 문파는 귀혼척살조에 세 명씩의 절정고수를 파견한다.

그 지휘는 임시로 검성 화정월이 맡는다.

복잡하지 않은 결론이었다. 아니, 너무 단순해서 언뜻 보면 모인 의도가 의심스러울 지경이었다. 그러나 속을 들여다보면 결코 그렇지만도 않았다.

검성이 강호에 뛰어들었다는 것, 그리고 오룡이 어떤 식으로든 중원에서 벌어지고 있는 혈풍의 한가운데에 발을 디뎠다는 것. 그 두 가지만으로도 강호에는 한줄기 폭풍이 되고도 남았다.

"귀혼을 데려간 자는 분명 혼자가 아닐 것입니다."
"자네는 그자가 신마천궁의 인물일지 모른다 생각하나 보군."
"지금으로선 그게 가장 유력합니다. 물론 아닐 수도 있습니다만 가장 가능성이 높은 것 또한 사실이지요."
"결국 신마천궁과의 전면전을 피할 수는 없다는 건가?"
"먹구름이라 해도 흩어져 있을 때는 비를 뿌리지 않습니다. 몰려들어서 뭉쳐져야 비를 뿌리지요. 이제는 언제 쏟아지느냐, 그것이 문제일 뿐입니다. 이런 와중에 노선배님이 나서셨으니 강호무림을 생각하면 천만다행이지요."
"음… 자네가 극구 사양하는 바람에 어쩔 수 없이 나서긴 했네만, 왠 시 당한 것 같은 기분이야."
"무슨 말씀을! 검성 화 노선배님이나 되니 저들이 따르겠다는 것이지, 제가 나서면 콧방귀만 뀔 것입니다. 안 그렇습니까, 상관 노선배님?"
"그건…… 자네 말이 맞네."
상관숭양까지 휘의 편을 들자 화정월이 못마땅한 눈으로 두 사람을 번갈아 봤다.
"얼마 전만 해도 으르렁거리며 싸우려던 사람들이……. 나 원."
"그거야 숙부님 때문이었지요. 제가 원래 그렇게 속 좁은 사람은 아닙니다."
"그래, 속 좁은 사람이 아니라서 정보료로 은자 이만 냥을 요구했나?"

"뭘 모르시는군요. 저희 만상문은 정보로 먹고사는 문팝니다. 그런데 문주란 사람이 공짜로 일을 맡으면 문도들은 어떻게 되겠습니까? 그리고 말이 나왔으니 말이지, 사실 그 정도면 싼 겁니다. 안 그렇습니까, 상관 노선배님?"

"……."

2장
마신초현(魔神初現) 귀혼혈풍(鬼魂血風)

1

쿠르릉! 번쩌저적!!

시커먼 먹구름이 하늘을 새카맣게 뒤덮더니 천둥소리가 천지에 울려 퍼졌다.

금방이라도 폭우가 내려 대지를 쓸어버릴 것 같은 날씨였다.

아니나 다를까, 하늘의 먹구름이 몇 번 더 울음을 토해내더니, 굵은 빗방울이 하나둘 대지를 적시기 시작했다.

사천분지와 한중분지를 연결하는 대파산맥(大巴山脈)의 허리를 깎아내어 만들어진 잔도(棧道), 험난하기 그지없는 잔도를 빠르게 움직이던 백여 명의 사람은 빗방울이 떨어지기 시작하자 더욱 걸음을 재촉했다.

먹구름보다 더 새카만 흑색 경장을 거친 그들의 행보는 결코 사람의 것이라 할 수 없을 정도로 빨랐다. 그들에게 잔도의 험난함은 결코 장애물이 되지 못한 듯 십 장 정도의 좁은 계곡 정도는 몸을 날려 건너뛰며 빠르게 전진했다.

그렇게 거칠 것 없이 전진하는 흑의인들의 후미, 한쪽 눈을 안대로 가린 삼십 초반의 청의인과 전신을 흑포로 가리고 얼굴마저 검은 철가면으로 가린 괴인이 붉고 푸른 도포를 입은 두 명의 도인과 함께 뒤따르고 있었다.

철군명, 아니, 혁군명이었다. 그가 쌍도와 함께 신마천궁을 떠나 온 것이다.

그렇다면 그와 일 장의 거리를 두고 따르는 흑의복면인은……?

쉬지 않고 달린 지 두 시진, 점점 빗줄기가 굵어지자 달리던 혁군명이 눈살을 찌푸리며 쌍도를 돌아보았다.

"꼭 이렇게까지 돌아서 올 필요가 있었겠습니까? 천살귀령이 열이나 있는데."

"사천혈맹 놈들이 두려운 것은 아니지만 쓸데없이 힘을 낭비할 필요도 없지 않겠소이까?"

"하긴, 놈들을 쳐봐야 남 좋은 일만 시켜준 꼴이 될 테니……. 그건 그렇고 철혈성을 그냥 지나친 것이 아깝군요."

"기회는 언제든지 있소이다. 기껏 그들을 치기 위해서 중원 싸움의 지휘를 모두 대공자에게 넘겨줄 수는 없지 않겠소? 더구나 이공자마저 움직이기 시작했는데."

"물론 그럴 수야 없지요. 후후후……. 좋습니다. 일단은 계획대로 거점을 먼저 만들어놓고, 그들이 움직이는 것을 봐서 상황을 판단하도록 합시다."

"삼공자 말씀대로 하지요. 켈켈켈! 갈무엽이 놈, 놀라 자빠지겠군!"

2

혁군명 일행이 귀마련이 있는 귀소산에 도착한 것은 이틀이 더 지나서였다. 그리고 그들이 귀소산을 오른 지 얼마 되지 않아 천하제일 청부업체라는 귀마련에 혈풍이 몰아닥쳤다.

귀소산의 가장 깊고 수려한 계곡인 홍안곡 안에 위치한 귀마련의 본채 귀왕전(鬼王殿).

"무슨 소리냐? 정체불명의 고수들에게 공격을 받고 있다니? 아직도 낮잠이 덜 깬 것이냐?"

귀마련주 귀왕 갈무엽은 느닷없이 들이닥친 불청객에 의해 귀마련의 고수들이 추풍낙엽처럼 무너지고 있다는 전령의 보고에 버럭 소리를 질렀다.

하지만 연이어 올라오는 보고는 전령의 처음 보고가 잘못되지 않았음을 대변해 주고 있었다.

"련주님! 내곡(內谷)의 입구를 지키던 이십 명의 경비무사가 전멸을 당했다는 보곱니다!"

"련주님! 적을 맞이한 참살당의 무사들이 대부분 처참하게 죽임을 당하고 참살당의 무사들을 죽인 적들이 물밀 듯이 홍안곡으로 들어오고 있다 하옵니다."

"련주, 괴물들이 놈들에 섞여서……."

그제야 사태가 심상치 않음을 깨달은 갈무엽이 대경하며 명령을 내렸다.

"뭣이?! 대체 어떤 놈들이……! 가서 막아! 감히 본 련을 침입한 놈들을 모조리 때려죽이란 말이다!"

그러다 문득, 갈무엽은 삼 개월 전에 자신의 집무실에 귀신도 모르게 놓인 서찰이 생각났다.

"가만, 혹시?"

귀마련은 본 궁에 협조해 천하를 마의 깃발 아래 굴복시켜라! 거부하면 귀소산이 피로 물들 것이다!

신마천궁이라 했던가?

흑살지주와 귀혼유자가 해괴한 소문을 정보라 가져올 때만 해도 그러려니 했었다. 자신들의 실책을 만회하기 위해 어디서 주워들은 이야기를 정보인 양 떠벌린다 생각했었다. 그러다 삼 개월 전, 난데없는 서찰을 받고서야 신마천궁이 실재함을 알 수 있었다.

하나 그뿐, 갈무엽은 감히 자신들에게 협조하라는 신마천궁의 건방진 요구를 들어줄 마음이 눈곱만큼도 없었다. 그래서 서찰을 읽은 즉시 그 자리에서 코웃음을 치고 찢어버렸다.

한데 아무래도 그 서찰이 마음에 걸렸다.

"쌍귀, 나가서 적이 어떤 놈들인지 알아봐라!"

갈무엽의 명이 떨어지자 천장에서 나직한 대답이 들려왔다.

"존명."

그리고 이각 후, 온몸에 피를 뒤집어쓴 중년인이 반쯤 잘려져 덜렁거리는 팔을 움켜쥔 채 귀왕전으로 돌아왔다.

"적들은 신마천궁……. 놈들이 홍안곡에 들어왔습니다. 그들 중에는 괴물들이……!"

갈무엽은 쌍귀 중 한 명만이 돌아와 놈들의 정체가 신마천궁임을 알리자 와락 이맛살을 찌푸렸다.

"이놈들이…… 감히!!"

노한 얼굴로 몸을 일으킨 갈무엽이 막 단상을 내려왔을 때다.

덜컹!

귀왕전의 전각문이 거세게 열리더니 일곱 명의 노인이 우르르 귀왕전 안으로 들어왔다.

"련주! 사방에서 본 련의 무사들이 당하고 있습니다! 대체 어찌 된 일입니까?"

묻는 자는 귀마련의 호법, 오사 중 일인인 귀살도 유광이었다. 유광의 말에 갈무엽이 이를 부드득 갈았다.

"유광! 련의 아이들을 모두 집합시켜라! 놈들을 갈기갈기 찢어 죽이겠다!"

하지만 갈무엽의 외침은 공허한 메아리로 끝나 버렸다.

쾅!

전각문이 산산이 부서지더니 두 명의 땅딸막한 도인이 전각의 문을 막아선 것이다.

"켈! 아무도 이곳을 못 나간다!"

그들을 본 갈무엽의 눈에서 불길이 일었다.

"혼원쌍노?! 네놈들이었더냐? 네놈들이 감히 본 련을 쳐들어왔단 말이냐?!"

"클클클! 그러게 내 말을 들었어야 할 게 아니냐? 감히 본 궁과의 협력을 거절하다니."

"흥! 네놈들 뜻대로 되지는 않을 것이다!"

갈무엽이 혼원쌍도를 향해 눈을 부라려 보지만 밖에서는 처절한 비명 소리가 끊이지 않고 들려올 뿐이었다.

대체 어느 정도의 적들이 쳐들어왔기에 천하의 귀마련이 단 세 시진도 되지 않아 귀왕전까지 밀렸단 말인가?

갈무엽은 의혹이 일지 않을 수가 없었다.

비록 맨 끝자락에 끼어 있기는 해도, 명색이 천하 칠패의 일좌를 차지하고 있는 귀마련이다.

절정의 고수만도 열 명이 넘고, 일류고수의 숫자만도 삼백에 이른다. 게다가 대부분이 살인전문가라 할 수 있는 살수들이다. 살수들의 특징 중 하나가 자신들의 감정을 드러내지 않는다는 것, 그런데도 들려오는 비명 소리에는 공포가 배어 있다.

왜? 무엇 때문에?

한편 갈무엽의 양편에 늘어서서 묵묵히 갈무엽의 명령만을 기다리고 있던 귀마련의 원로들은 상대가 혼원쌍도라는 말에 얼굴색이 파랗게 질렸다.

그러나 상대가 둘뿐인 듯하자 힘을 내어 소리쳤다.

"련주! 다른 놈들이 몰려오기 전에 일단 저 두 늙은이를 죽입시다!"

유광의 말에 갈무엽은 천천히 고개를 끄덕였다.

신마천궁의 무서움은 혼원쌍도가 그들의 하수인이라는 것만으로도 알 수 있다. 그렇다고 마냥 바라만 보고 있을 수는 없는 일.

갈무엽이 싸늘한 목소리로 명을 내렸다.

"모두 달려들어서 놈들을 죽여라!"

동시에 일곱 명의 원로가 신형을 날렸다. 하지만 그들을 바라보는 쌍도의 입가에는 비릿한 조소만이 머물러 있을 뿐이다.

"흐흐흐, 죽고 싶어 환장한 놈들이군. 그렇게 죽고 싶다면 죽여주지."

홍도가 황금봉으로 땅을 찍으며 달려드는 귀마련의 원로들을 향해 몸을 날렸다. 그러자 청도도 파란 수실이 달린 불진을 허공을 향해 떨쳤다.

콰콰콰콰!!

일순간, 강한 기의 폭풍이 귀왕전에 휘몰아쳤다.

아홉 명의 절정고수, 그들의 기가 한꺼번에 휘몰아치자 거대한 귀왕전이 무너질 듯이 뒤흔들렸다.

그 광경에 갈무엽은 주먹을 으스러져라 움켜쥐었다.

혼원쌍도를 죽인다는 것이 일곱 원로의 힘만으로는 불가능하다는 것을 익히 알고 있는 갈무엽이었다. 쉽게 당하지도 않겠지만 이기기는 더욱 힘들다, 자신이 가세하지 않는 이상은.

결국 시간이 지나면 일곱 원로는 쌍도에게 죽어갈 것이다. 그럼 귀마련의 힘 중 적어도 이 할에 해당하는 힘이 일순간에 무너지는 셈이다.

그렇게 당하도록 놔둘 수는 없다. 어떻게 일궈온 귀마련인데!

"흥! 감히 본 련을 침범하다니, 쌍도! 목을 내놔라!"

갈무엽은 쌍도를 바라보며 싸움터를 향해 발걸음을 옮겼다.

그때였다!

아무런 소리도 없이 한 명의 흑의인이 귀왕전의 입구에 나타났다.

그는 얼굴에 쓴 철가면만큼이나 무심해 보였다.

철가면의 구멍 사이로 보이는 무심한 눈빛.

터벅터벅, 귀왕전의 바닥을 타고 흐르다 벽으로, 그러다 나중에는 대전의 전체를 울리며 들려오는 괴이한 발걸음 소리.

소리없는 공포가 그의 전신에서 퍼져 나오고 있었다.

등줄기로 소름이 돋았다.

부르르, 자신도 모르게 어깨를 떤 갈무엽이 억지로 입을 열어 소리쳤다.

"웬 놈이냐?"

대답은 전각 밖에서 들려왔다.

"알면 뭐하나? 본 궁에 협조하지 않는 이상 그대는 오늘 죽을 텐데."

"감히! 어떤 시러베 잡놈이?!"

"갈무엽이 고집만 센 멍청이라 하더니 결코 틀린 말이 아니었군. 멍청이가 세운 곳을 접수하면서 천살귀령과 수하들을 반 이상 희생시키다니……. 참으로 아깝군, 아까워."

"이놈!!"

분노한 갈무엽이 미처 신형을 날리기도 전, 나직한 혁군명의 목소리가 전각 밖에서 들려왔다.

"마신(魔神)! 쓸모없이 고집만 센 늙은이를 죽여라!"

혁군명의 명이 떨어진 순간.

"크르르……."

입에서 괴이한 기음을 토한 흑의인이 풀쩍 몸을 날렸다.

갈무엽도 단숨에 때려죽이겠다는 마음으로 쌍장을 휘둘렀다.

철벽도 일장에 부숴 버린다는 갈무엽의 삼대절기 중 하나, 귀왕장이 펼쳐진 것이다!

콰광!

귀왕전을 뒤흔드는 폭음. 시퍼런 귀왕장이 정확히 흑의인의 가슴에 틀어박혔다.

한데 상황은 전혀 뜻밖이다. 귀왕수라장을 가슴에 적중시킨 갈무엽이 오히려 뒤로 튕겨져 버렸다.

이 장을 물러서서 몸을 세운 갈무엽이 눈을 부릅떴다.

"괴, 괴물……?"

분명 자신의 쌍장이 흑의인의 가슴에 적중했다. 그런데도 물러선 것은 자신이다. 눈으로 보고도 믿을 수 없는 일.

그런데 그 괴물이 또다시 자신을 향해 몸을 날린다. 어느새 한 자루 철검마저 꺼내 들고서.

갈무엽도 황망히 자신의 애병인 귀정갑(鬼晶匣)을 꺼내 손에 끼었다. 날카로운 귀조(鬼爪)가 손끝에서 시퍼렇게 번뜩인다.

순간, 귀왕전에 한줄기 번개가 떨어지고!

번쩍!

갈무엽은 귀정갑을 낀 두 손을 들어 번개를 잡아갔다.

귀정갑은 절세보검이라 해도 흠집을 낼 수 없는 귀물. 그는 자신했다. 한 손으로 상대의 검을 잡고 다른 한 손으로는 상대의 심장을 꺼낼 수 있으리라.

하지만 그의 자신있는 계획은 처음부터 어긋나 버렸다.

흑의인의 검에서 뻗친 번개와 귀정갑을 낀 손이 부딪친 순간!

쩡!! 서걱!

"어헉!"

시커먼 강기가 귀정갑과 우수를 통째로 잘라 버렸다.

비록 귀정갑 덕분에 검의 방향을 틀기는 했지만 그것은 지금의 싸움에서 아무런 도움도 되지 못했다. 차라리 직접 검을 잡을 생각을 버리고 몸을 피했다면 그리 쉽게 당하지는 않았을 것을.

다급한 신음을 흘리며 뒤로 물러서는 갈무엽의 우수에서 피가 폭포수처럼 쏟아졌다. 그러나 흑의인의 공세는 멈추지 않고 계속되었다.

콱!!

뭐가 어떻게 된 것인지 생각할 겨를도 없이 오른쪽 팔뚝이 어깨 부위에서 잘려 허공으로 튀어 올랐다.

"크어억!!"

그리고 세 번째 검이 그의 머리 위로 떨어졌다.

피하고 싶어도 피할 수가 없다. 아니, 피할 곳이 없다.

분명 사방이 막히지는 않았는데 피하면 그 쪽으로 검이 떨어질 것만 같다. 대지가 모두 검 아래 놓여 있다. 대류검정!

"이, 이런 검이!!"

갈무엽의 흙빛으로 물든 얼굴이 한순간에 하얗게 탈색되었다. 그리고, 서걱, 퍽!!

괴이한 단발음이 울리더니 갈무엽의 머리통이 하늘로 숫구쳤다.
 칠패 중 하나인 귀마련의 주인이 단 삼 초만에 머리를 잃고 불귀의 객이 되어버렸다.
 하늘도 놀라고 땅도 놀랄 일이 귀마련의 심장부 귀왕전에서 벌어졌다. 그리고 귀왕전의 싸움은 그것으로 끝이 나버렸다.
 갈무엽의 허망한 죽음을 본 원로들이 쌍도와 싸우다 말고 공포에 질린 채 철푸덕 무릎을 꿇어버린 것이다.

 갈무엽이 흑의괴인에게 삼 초만에 죽고, 살아남은 네 명의 원로가 혼원쌍도에게 무릎을 꿇은 지 반 각가량이 지났을 무렵, 귀소산의 능선을 타고 두 명의 노인이 정신없이 달리고 있었다.
 "괴, 괴물이야. 괴물에게 련주가 죽었어. 으으으……."
 "거미귀신아. 너는 믿을 수 있겠냐? 나는 믿을 수가 없다. 련주가 그렇게 죽어가다니……."
 "빨간 눈깔아, 떠들 힘이 있으면 달려. 놈들이 쫓아올지 모르니까."
 간발의 차이였다.
 행여나 늦었다고 혼날까 봐 귀왕전의 뒷문을 통해 안으로 들어가려 할 때 장막 사이로 너무도 무서운 광경이 보였다.
 귀마련의 련주인 귀왕 갈무엽이 머리를 잃고 힘없이 무너지는 광경. 그것은 공포, 그 자체였다.
 세상에, 귀왕 갈무엽이 머리통을 잃고 쓰러지다니!
 그 후, 두 사람은 뒤도 안 돌아보고 귀왕전을 빠져나왔다. 그리고 곧바로 피에 물든 홍안곡을 빠져나와 능선을 달리기 시작했다. 다른 생각은 감히 할 수조차 없었다. 그 악마 같은 괴물이 쫓아올까 봐 젖 먹던 힘까지 내야 했으니까.

죽어라 달려 귀소산을 벗어날 때쯤 앞서 가던 귀혼유자가 머뭇거리며 입을 열었다.

"거미귀신아, 우리 그놈에게 가자. 그 괴물을 상대할 수 있는 놈은 같은 괴물밖에 없어."

누군지는 굳이 말할 필요가 없었다. 흑살지주도 마침 그 생각을 하고 있던 참이었다.

"맞아. 괴물은 괴물이 상대해야 돼! 가자! 젊은 괴물에게로!"

3

귀혼의 흔적은 남서쪽으로 이어지고 있었다.

귀혼척살조가 소집되기에는 시간이 걸릴 수밖에 없는 일. 먼저 출발한 휘와 화정월 일행이 산동을 벗어나 개봉으로 들어서자, 오룡회의 정보조직 밀은당의 수하가 소식을 전해왔다. 서찰을 받아 본 화정월이 심각한 표정으로 입을 열었다.

"상관혁이 허창에 도착했다고 하네."

휘의 눈이 번쩍였다.

"허창이면 천검보나 소림의 눈에 띄일 텐데요?"

"음, 이대로 간다면 그리될 것 같네."

"일단 걸음을 멈추고 기다리라 하지요. 아무래도 신마천궁의 공격을 받은 천검보의 신경이 날카로워져 있을 테니까요."

"아무래도 그래야겠네. 그럼 일단은 놈들의 흔적을 뒤쫓고 있는 밀은당 사람을 빼고 나머지는 허창에서 기다리라 해야겠군. 오룡회의 무사들이 올 때까지만이라도 말일세."

하지만 서찰이 당도하기도 전 상관혁은 수하들을 이끌고 허창을 벗어나고 있었다. 밀은당에 의해 드러난 귀혼의 흔적이 계속 남하하고 있어 기다리기에는 너무 마음의 여유가 없었던 것이다.

그리고 다음날, 하루의 시차를 두고 허창에 도착한 일행은 밀은당의 수하가 가져온 뜻밖의 소식에 모두의 마음이 무거워졌다.

일차 격돌, 놈들의 가공할 능력에 본 보의 수하 열한 명이 목숨을 잃고 보주님을 비롯해 두 명의 장로님도 크고 작은 부상을 입은 채 물러섰음. 그러나 전력을 정비해 다시 추격 중임.

"방향이 계속 남쪽으로 이어지고 있네. 이대로면… 천검보와 부딪치지 않을 수가 없네."

화정월의 말대로였다. 분명 귀혼은 천검보의 세력과 부딪치게 될 것이다. 그 와중에 창천보의 무사들마저 휩쓸린다면 자칫 싸움이 크게 번질 우려가 있었다.

"일단 천검보에 연락을 취해야겠습니다."

사공천이라면 사태를 보다 더 넓게 볼 수 있을 것이다. 그는 누구보다도 냉정한 마음을 지닌 사람이니까.

휘의 말에 화정월이 고개를 끄덕였다. 그러자 휘는 다시 적인풍을 불렀다.

"적 호법님, 근처에 개방의 제자가 있는지 알아봐 주시겠습니까?"

"알겠습니다."

옆 탁자에 있던 적인풍이 즉시 일어나더니 밖으로 나갔다.

허창은 개방의 수많은 지부 중에서도 세력이 강성한 팔대지부 중 한 곳이다. 그런 만큼 검성이 섞인 일행이 개봉을 지나 허창에 들어선 것을 개방이 모를 리가 없다. 분명 지금도 어디선가 지신들을 지켜보고 있을 터.

적인풍을 내보내고 휘와 화정월이 대책을 마련하기 위해 머리를 맞대고 있을 때다. 누군가가 일행들이 머무르고 있는 객잔의 이층으로 올라왔다.

삼십대의 평범해 보이는 그는 휘와 눈이 마주치는 자리에 앉더니 허공에 대고 손을 그어댔다, 마치 점소이를 부르는 것처럼.

그 모습에 휘의 눈이 반짝였다. 장한이 자연스럽게 허공에 그어 댄 것은 상(像) 자를 쓴 것, 바로 만상문의 비표였다.

"무슨 일입니까?"

"만상문 삼단의 구청이 문주님께 인사드립니다. 남가정 대협과의 연락을 맡고 있는 이단에서 연락이 왔습니다. 죽림삼우의 회합인 죽련의 모임이 칠리평에서 삼월 보름에 있을 거라 합니다."

휘의 눈이 반짝였다.

마침내 남가성이 본격적으로 움직이기 시작했다. 죽림삼우가 움직인 것은 현재의 상황에서는 최대의 변수라 할 수 있는 일.

문제는 힘을 갖추기 전에 놈들의 이목에 잡혀서는 안 된다는 것이다. 놈들 역시 죽림삼우의 영향력에 대해서는 익히 알고 있을 테니까.

"최대한 조심해서 움직이라 하시오. 만일 죽림삼우가 자신들을 상대하기 위해 움직이고 있다는 것을 알면 놈들은 분명 선제공격을 할 터, 만상문의 힘을 최대한 기울여서 죽림삼우의 동태를 가리라 해주시오."

"알겠습니다. 그리고… 청해를 빠져나간 다수의 고수들이 대파산맥을 타고 호북으로 들어간 후 행방이 묘연하다 합니다."

휘의 눈빛이 가늘게 흔들렸다.

'누군가? 누가 나온 것인가?'

일반적인 고수들이라면 문제될 것이 없다. 그러나 산동에서의 일처럼 구정마원의 고수들이 나왔다면 그 파문은 결코 작지가 않을 것이다.

'또 호북인가? 그럼 놈들이 호북을 전진기지로 삼았단 말인가?'

"만 호법께 연락해서 총단의 여유 인력을 이단에 최대한 지원해서 놈들의 근거지를 찾는 데 주력하라 하시오. 호북 어딘가에 놈들의 근거지가 있을지도 모르니 말이오."

"예, 문주님!"

현재 만상문의 정보망은 강남육성, 강북칠성에 각각 한 개의 단이 맡는 형태로 구성되어 있다. 그중 이단은 호북을 맡고 있는 단. 다른 곳에서 인원을 빼낼 수 없다면 총단의 여유 인력을 보내서라도 놈들의 근거지를 찾아야 한다. 놈들의 근거지를 얼마나 빨리 찾느냐에 따라 앞으로의 싸움이 보다 편해질 테니까.

휘가 잠시 생각에 잠긴 사이 장한은 점소이에게 뭔가를 묻더니 투덜거리며 밖으로 나갔다. 장한의 자연스런 행동에 누구도 그가 휘와 전음을 나눈 것을 알지 못했다.

그때 개방의 사람을 만나러 나갔던 적인풍이 들어왔다.

그는 한 명의 늙은 거지와 함께 들어왔는데, 그 노개는 전부터 검성 화정월과 알고 지낸 사인지 휘를 힐끔 일견하고는 곧바로 화정월을 향해 아는 체를 했다.

"흘흘흘······. 검성께서 이곳까지 오시다니 오늘 노개의 눈이 호강을 하는 것 같소이다."

"대비개(大鼻丐), 자네가 허창에 있을 줄은 몰랐군. 오랜만이네."

화정월이 부른 이름대로 노개의 코는 일반 사람보다 두 배는 되어 보였다. 강호인들이 낙양의 홍비개와 더불어 두 사람을 개방의 이비라 부를 만한 생김새였다.

"그래, 무슨 바람이 불어 여기까지 오셨소이까, 위대한 검성 나리께서? 더군다나 이 거지를 다 보자고 하시다니."

"자네를 부른 사람은 내가 아니네."

"잉? 그럼 그렇지, 검성이 나 같은 거지를 보자고 할 일이 뭐 있을려구. 쩝."

대비개의 넉살에 휘가 가볍게 포권을 취하며 입을 열었다.

"제가 부탁할 일이 있어서 모셨습니다."

"어이쿠! 위진천하 천옥대공의 부탁이라니. 이거 영광이구려."

호들갑스런 대비개의 말에 휘는 어리둥절한 표정으로 주위를 둘러봤다.

'천옥대공(天玉大公)? 누굴 말하는 거지?'

그 모습에 적인풍이 어색한 웃음을 지으며 말했다.

"개방 사람들이 문주님을 부르는 이름인가 봅니다."

"예? 천옥대공이 저… 라구요?"

"예, 소화평의 싸움에 대한 소문이 퍼져서. 어떤 사람들은 천뢰혈화검(天雷血花劍)이라고도 부른다 하더군요."

천옥대공에 천뢰혈화검?

소화평이라면 모용서하를 구하기 위해 싸운 곳. 그러고 보니 그때 개방의 제자가 지켜봤었다. 그렇다면 충분히 가능한 일. 오히려 부풀려지지 않았으면 다행일 것이다.

어쨌든 처음 듣는 자신의 별호에 휘가 쑥스런 듯 말을 멈추자 화정월이 입을 열어 대비개의 입을 막았다.

"실없는 농담을 하려고 부른 것이 아니네."

굳어 있는 화정월의 모습에 장난기가 흐르던 대비개의 표정도 점차로 굳어졌다. 그제야 휘가 입을 열었다.

"어제 이곳을 지나간 상관보주 일행을 아실 겁니다."

끄덕끄덕.

"보고는 받았소."

"그들의 앞을 지나간 괴이한 일행에 대해서 들은 것은 없습니까?"

"괴이한 일행?"

고개를 갸웃거리던 대비개가 탄성을 흘리며 고개를 번쩍 치켜들었다.

"아! 혹시 정신 빠진 놈들이 떼거지로 지나간 것을 말하는 거라면 제자들이 말한 것이 있소이다."

참말로 개방의 거지다운 말투다.

"성안에서 본 것은 아니고, 동문에서 십 리가량 떨어진 관제묘에 잠자러 갔던 거지 놈들이 있었는데, 자기들보다 더 거지같이 생긴 웬 미친놈들이 떼거지로 관제묘를 차지하고 있었다 합디다. 한데 넋 빠진 것 같은 모습을 보니 어째 기분이 이상해서 건들지 않고 그냥 근처의 동굴 속에서 잤다는 말을 들었소이다."

"그들이 어떤 자들인지 아십니까?"

"음?"

의아해하는 대비개를 보며 휘가 말했다.

"상관보주는 그들을 쫓고 있습니다. 그리고 조금 전 창천보의 무사 몇 명이 그들에게 당했다는 연락을 받았습니다."

"창천보의 무사들이 당했다고? 대체 그들이 누구기에……?"

아직은 귀혼의 정체를 직접적으로 말해주기에는 시기상조였다. 검성이 움직이는 일이니만큼 개방은 모든 신경을 집중하고 있을 터, 이들의 눈과 귀라면 곧 사건의 내막을 알게 될 것이다.

하지만 숨길 수 있을 때까지 만이라도 최대한 숨겨야 했다, 비록 그 시간이 단 한 시진밖에 되지 않더라도.

"그들이 누군지보다 그들의 위험성을 아서야 합니다. 혹시라도 그들을 쫓고 있는 제자들이 있다면 즉시 연락해서 멀찍이 물러서라 전하십시오."

그 말에 대비개의 눈빛이 흔들렸다.

휘는 그 모습을 보고 한 가지 사실을 유추할 수 있었다. 개방이 그들의 뒤를 쫓고 있다는 것. 하지만 못 본 척 말을 이었다.

"그리고 천검보의 사공 보주께 제 말을 전해주십시오. 힘으로 맞서려 하지 말고 억류만 시키라고 말입니다."

"허! 놈들이 아무리 제정신이 아니라 해도 어찌 천검보와 싸우려 하겠소?"

어이없다는 대비개의 표정에 휘는 굳은 얼굴로 나직이 말했다.

"늦으면 수많은 사람이 목숨을 잃을 겁니다."

"…그 정도로 무서운 자들이오?"

떨떠름한 대비개의 물음에 대답은 화정월이 했다.

"둘은 몰라도 셋이면, 나도 자신이 없는 자들이네."

검성 화정월의 말이다. 더 이상의 답은 필요가 없었다.

대비개는 하얗게 질린 표정으로 화정월을 바라보았다.

검성이 셋을 감당할 수 없다니… 대체 그들이 누구란 말인가?!

설사 과장이 섞였다 해도 그 정도의 고수라면…….

억! 그러고 보니 이러고 있을 때가 아니다.

그들을 쫓고 있는 제자들이 만일 엉뚱한 짓이라도 벌인다면 큰일이 아닌가.

휘가 다급한 마음의 대비개를 재촉했다.

"여기서 머뭇거리는 사이 무슨 일이 있을지 모릅니다."

"어이쿠! 내 그럼 가보겠소. 문주의 말은 사공 보주께 바로 전하리다."

"한 가지, 우리들의 움직임에 대해 당분간은 철저히 비밀을 지켜주셔야 합니다. 그 대가로 이 일에 대해서 가장 먼저 정보를 드리지요."

"알겠소. 그럼……."

보통 때라면 당연히 욕심을 내야 할 탁자의 음식에는 손도 대지 않는 것을 보니 마음이 다급하긴 다급한 모양이다. 객잔을 빠져나가는 대비개를 보며 화정월이 물었다.

"밀은당에게 전하는 것이 낫지 않았겠나? 저들은 분명 무슨 일이 일어나고 있는 것인지 철저히 파고들 텐데?"

"이 일은 화급을 다투는 일입니다. 그리고 개방의 연락망은 천하제일, 밀은당이 이틀 걸릴 일을 개방을 통하면 하루면 됩니다."

더 이상의 설명은 사족일 뿐이다.

다급한 상황에서 하루의 차이는 하늘과 땅 차이, 그 어떤 대가를 지불해도 될 만큼의 중요한 시간인 것이다.

화정월이 침음성을 흘리며 고개를 끄덕였다.

"음, 하긴……."

"그리고 어차피 시간이 문제일 뿐, 개방의 정보망이라면 며칠이 지나지 않아 귀혼에 대해 알게 될 것입니다."

그 또한 사실이었다. 개방이 달리 천하제일의 정보문파던가.

*   *   *

날이 밝자마자 허창을 출발한 일행은 백 리를 가기도 전 산동에서 달려온 열다섯 명의 귀혼척살조를 만날 수 있었다.

그들은 오룡회 각 문파에서 열 손가락 안에 들어간다는 최정예고수들, 모두가 중년 이상의 나이를 지닌 그들의 면면은 능히 한 지방의 패주가 된다 해도 부족함이 없는 자들이었다.

그러나 검성의 이름 앞에서는 달빛 아래 반딧불에 지나지 않았다.

"검성 화 노사를 뵈오이다!"

귀혼척살조의 부조장이라는 임시 직함을 받은 창천보의 원로 적원신장 이자청의 인사에 화정월은 고개를 끄덕였다.

"오느라 수고가 많았네. 다행히 늦지 않게 와주었군."

행색을 봐도 밤을 낮 삼아 달려왔다는 것을 알 수 있었다.

사십대에서 오십대 후반까지 다양한 나이를 지닌 고수들의 얼굴에는 약간의 피로가 쌓여 있었다.

하지만 그들의 피로를 풀어주기 위해 휴식을 취하기에는 진행되고 있는 일의 경과가 너무나 급박했다.

"가면서 이야기들 하지."

"오랜만이오, 조 공자. 아니지 진 공자라 해야 하나?"

싱이 진조라는 것을 알 리 없는 장인성이었다. 그렇다고 일일이 알려주기도 뭐한 일. 휘는 별다른 말은 하지 않고 유정룡을 감싸준 것에 고마움을 표했다.

"숙부님의 일에 신경 써주신 점, 감사드립니다, 장 선배님."

"당연히 해야 했을 일이오. 내가 데려갔으니."

조금 뒤처져서 걸어가는 휘 일행에 다가와 인사를 건넨 사람은 명천검호 장인성이었다. 씁쓸한 표정을 짓는 장인성을 바라보며 휘는 천천히 고개를 저었다.

"당연히 해야 할 일이긴 하지만 아무나 그리하지는 않지요. 저는 그 점이 고마운 것입니다. 덕분에 제 손에 묻을 피가 덜어졌으니까요."

장인성의 눈매가 파르르 떨렸다.

휘가 소화평에서 북두검회와 용혈궁의 무사 육십여 명을 죽인 후, 전설처럼 전해지던 절대고수 무음살마제와 탈백마도마저 죽였다는 이야기는 산동을 뒤흔들고 하남까지 퍼지고 있었다.

지나치게 과장된 것이다. 아니다, 진실이다. 하며 진실공방이 벌어지고 있지만, 어쨌든 무음살마제와 탈백마도가 그 자리에서 죽은 것만큼은 사실이었다.

만일 창천보가 휘와 싸웠다면 어찌 되었을까?

생각만 해도 끔찍한 일이다.

그나마 검성이 와 있었으니 다행이라는 생각이 절로 들 정도다.

하지만 그는 물론이고 창천보의 누구도 모르는 것이 있었다.

상관숭용과 화정월이 함께 손을 쓰고도 밀렸다는 사실.

4

천검보의 외곽 순찰조 조장 정호영은 요즘 같은 경우라면 차라리 외곽 근무가 더 낫다고 생각했다.

서남방 분타 두 곳이 정체불명의 무리들에게 유린당한 후 보 내의 분위기는 금방이라도 툭 터질 것 같은 살벌함, 그 자체였다.

패검단과 벽혈검전이 움직이고, 천궁단과 천위단마저 출동 태세를 갖추고 대기하고 있는 상황이다. 그러다 보니 말단의 무사들은 보 내에 있다 보면 숨조차 쉬기 어려울 지경이었다.

"대체 어떤 겁대가리 없는 놈들이 감히 본 보를 건드려서……."

당금 천하에서 감히 천검보를 건드리는 놈들이 있다니.

천검보의 무사라는 것에 자부심을 가지고 있는 정호영으로선 놈들이 눈앞에 있으면 개 패듯 때려잡고 싶은 마음뿐이었다.

신마천궁이라는 괴단체가 강호를 혼란에 빠뜨리고 있다는 소문은 들었지만 대부분은 헛소문일거라 단정하고 있는 그였다.

언제까지 외곽 근무나 하며 지내야 할지 모르지만, 왠지 모든 것이 그놈들 때문인 것 같았다.

"씨팔 놈들! 덤비려면 확 덤비든지 하지, 이게 뭔 짓이야?"

다섯 명의 순찰조원을 데리고 천검보 북쪽 서릉산 중턱을 돌아가던 정호영은 슬슬 따분한 마음이 들기 시작했다. 차라리 무슨 일이라도 벌어졌으면 하는 마음이 들 정도였다.

그때였다.

누군가가 맞은편에서 돌아 나오고 있는 모습이 보였다.

언뜻 눈에 보인 그들의 모습은 괴이하기 그지없었다. 하나같이 넝마 같은 옷차림에 표정은 넋이라도 빠진 것 같다. 그런데도 묵묵히 걷는 모습에서는 조금의 흐트러짐이 없다.

그들에게 다가간 정호영은 친절한 태도로 입을 열었다, 최소한 자신의 기준으로는.

"어이! 이봐! 이곳은 거지들이 들어올 수 있는 곳이 아니야! 당장 꺼져!"

그러나 정호영의 친절(?)에 대꾸하는 사람은 아무도 없었다.

그들의 대답은 오직 하나.

"크르르륵!"

그리고 시퍼런 귀기가 번뜩이는 눈빛.

정호영은 뒷골을 치달리는 위험 신호에 소리를 지르려 했다. 하지만 그것은 마음뿐, 그는 아무런 말도 할 수 없었다.

뒤로 물러서려 한 발을 내뺀 정호영의 귀에 들려오는 소리.

우두둑!

고개를 돌려보았다.

두어 걸음 뒤에 서 있던 수하들의 목이 비명도 지르지 못한 채 뜯겨져 나가고 있었다.

하늘 높이 솟구치는 시뻘건 피분수.

"흐읍!"

극심한 공포에 전신이 사시나무처럼 떨린다.

재빨리 검을 뽑으려 허리로 손을 가져갔다. 그러나 검조차 뽑을 수가 없었다.

어느새 다가온 괴인 하나가 자신의 팔을 붙잡고 있었다. 동시에 뇌리를 하얗게 비우는 극렬한 통증.

정호영의 입이 쩍 벌어졌다.

뚜두둑!

"끄어억!"

부러지는 것이 아니었다. 뜯겨져 나가고 있다.

하지만 공포에 전 비명도 잠시뿐.

퍽!

으깨진 머리통이 반쯤 잘린 목살에 붙어 대롱거리고, 튀어나온 눈알은 괴인의 손에서 으깨졌다.

그리고…….

휘이이이익!!

어디선가 귀기 서린 휘파람 소리가 들려오자, 손에 들고 있던 시뻘건 육편을 바닥에 내던진 괴인들은 남쪽을 향해 몸을 돌렸다.

고루거각의 첨탑들이 즐비하니 서 있는 곳.

천검보를 향해서.

5

 귀혼척살조와 휘 일행이 폭하(瀑河)를 지나 반 시진가량을 더 달리자 상채현(上蔡縣)이 산능선 너머로 보였다.
 문득 산능선을 넘어가던 검성 일행이 발을 멈추고 움직이지를 않는다. 그들에게서 폭발하듯 피어오르는 분노의 기운!
 맨 뒤에서 일행과 함께 천천히 따라가던 휘는 본능적으로 앞에 무슨 일이 벌어졌음을 직감하고는 빠르게 능선을 넘어갔다. 그리고 그제야 볼 수 있었다.
 산능선의 반대편에 펼쳐진 참혹한 도살의 현장을. 갈기갈기 찢긴 시신들을.
 얼마나 짓이겨 놨는지, 도대체 몇 명이 죽었는지조차 짐작이 가지 않는다. 누구인지 정체를 짐작할 수도 없다. 여기저기 흩어진 팔다리들은 주인을 찾아주기조차 힘들 지경이다.
 "지독한……."
 화정월의 입에서 분노의 목소리가 이 사이로 새어 나온다.
 뭉클거리며 쏟아져 나오는 핏덩이에서는 아직도 비린 냄새를 풍기며 김이 올라오고 있었다. 그리 많은 시간이 지나지는 않았다는 말.
 한데 그때, 귀혼척살조 중의 한 사람이 뭘 봤는지 헛바람을 들이켰다.
 "헛! 저것은?!"
 장인성이었다. 그가 뭔가를 알아본 것이다.
 그가 악을 쓰듯 외쳤다.
 "보주의 홍아검입니다! 화 선배님!"
 장인성의 외침에 모든 사람의 눈이 찢겨진 시신 중 하나로 향했다. 그 시신의 옆, 한 자루 검이 핏구덩이 속에 박혀 있었다.

진짜 저 시신이 창천보주 상관혁의 것이란 말인가?

급히 다가간 장인성이 핏구덩이 속에서 검을 집어 들더니 검의 손잡이 끝에 박혀 있는 구슬을 옷소매로 닦아냈다.

엄지손톱만 한 구슬이 영롱하게 빛을 발한다. 그걸 보여주며 장인성이 일그러진 표정으로 화정월을 바라보았다.

이자청도 검을 알아보고는 떨리는 목소리로 입을 열었다.

"홍아검이 분명합니다!"

충격이 모든 사람의 가슴을 할퀴고 지나갔다.

대체 여기에서 무슨 일이 일어났는가?

"시신들을 모아보게! 될 수 있는 대로 짝을 맞춰서."

화정월의 입에서 천근만근 무거운 명령이 내려졌다.

그제야 사람들은 분해되다시피 찢긴 시신들을 조사하기 시작했다.

장인성의 말이 맞다면 이 시신들은 창천보의 사람들이다. 하루 전 귀혼을 쫓아 남하한 사람들. 일차 접전을 벌이고 몸을 피했다가 다시 귀혼의 뒤를 쫓고 있다는 사람들 말이다.

모두가 달려들어서 팔다리를 대충 맞춰본 시신의 숫자는 이십오 구 정도.

장내가 침묵으로 가라앉았다.

자세히 살펴본 결과 창천보의 사람들이 맞다는 결론이 나왔다.

거의 대부분의 사람들이 머리가 부서졌다. 그 바람에 얼굴로는 확인을 할 수가 없었다. 그러나 그들이 지닌 특징을 알아보는 사람은 있었다.

이자청이 처연한 목소리로 말했다.

"보주의 수신호위 중 추자광은 왼손의 손가락이 네 개밖에 없어서 검을 익히지 않고 도를 익혔었습니다."

시신 한 구의 뜯겨진 왼쪽 팔에는 네 개의 손가락이 도파를 거머쥐고 있었다.

장인성도 딱딱하게 굳은 얼굴로 입을 열었다.

"제가 아는 사람 중 다리에 철각반을 댄 사람이 있습니다. 사람들은 그를 진혼철각이라 불렀습니다."

무릎 부분이 뭉개진 채 떨어져 나간 다리에 피에 전 철각반이 대어져 있다. 그의 다른 부위는 아직 확인을 하지 못했다.

더 이상의 확인은 무의미했다.

화정월이 무겁게 가라앉은 눈빛으로 사람들을 둘러봤다.

"이곳은 곧 따라올 밀은당에 맡기고, 지금부터 쉬지 않고 놈들을 쫓을 것이네. 경공이 달리는 사람은 뒤처지더라도 할 수 없네. 놈들의 꼬리를 잡으면 그때 멈출 것이야!"

핵 몸을 돌리는 그의 전신에서 활화산 같은 분노가 뿜어져 나왔다.

휘가 그런 화정월을 향해 말했다.

"바로 천검보로 가지요."

"왜 놈들이 그리 갔다고 생각하나?"

화정월의 물음에 휘가 간단하게 답했다.

"제 생각이 틀리지 않다면, 놈들은 처음부터 천검보를 목적지로 삼은 듯합니다. 천검보의 분타를 친 때와 귀혼이 움직인 때가 우연의 일치로 보기에는 너무 비슷합니다."

"조호이산(調虎離山)이다, 그 말인가?"

"그렇지 않고서야 저들이 천검보 쪽으로 향할 이유가 없으니까요."

"천검보는 그리 만만한 곳이 아니네."

"저도 그러기만을 바랄 뿐입니다."

"으아아악!"

"악마 같은 놈! 죽어!"

"크어억! 살려……."

공포가 천검보를 뒤덮었다.

처음에는 웬 미친놈들인가 했다. 그러나 일각도 되지 않아 외곽의 경비무사들 십여 명이 귀혼의 손에 찢겨 죽으면서 사태는 일파만파로 커져 갔다.

비명이 계속 울려 퍼지자 고수라 할 수 있는 사람들이 뛰쳐나왔다. 그리고 그들 역시 하나둘 찢긴 채 죽어갔다.

귀혼의 몸은 쇠보다 더 단단했고, 움직임은 바람보다 더 은밀했다. 일반무사들로서는 달려드는 귀혼의 손길을 피할 재주가 없었다.

다시 일각이 지났을 때 천검보의 연무장은 시뻘건 핏물과 백여 구의 참혹한 시신으로 덮여 버렸다.

뒤늦게 나선 장로원의 절정고수들이 귀혼들을 막고 나서야 그 피해가 줄어들기 시작했다. 그러나 장로원의 고수들조차도 혼자서는 귀혼 하나를 막아낼 수가 없었다.

결국 둘셋이 귀혼 하나를 상대해야만 할 상황.

그러니 열 명이 넘는 고수들이 나왔어도 막을 수 있는 숫자는 대여섯의 귀혼뿐이다. 나머지 일곱의 귀혼은 여전히 미친 듯이 날뛰고 있다.

천검보를 울리는 비명 소리를 들으며 사공천은 신형을 날렸다.

믿을 수 없는 일이다.

상상조차 해보지 않은 일이 눈앞에서 벌어지고 있다.

개방의 제자가 괴인들이 천검보로 향하고 있으니 조심하란 말을 전했을 때만 해도 속으로 코웃음을 쳤었다. 아무리 진조여휘의 말이었다고 해도 그 마음은 마찬가지였다.

누가 감히 십여 명으로 천검보를 공격하겠는가!

그런데 공격을 당했다.

수하들이 처절한 비명 속에 죽어가고 있다.

천무각을 넘어가자 연무장이 눈에 들어온다. 온통 피로 물든 연무장에는 도살이 벌어지고 있었다.

장로들조차 연신 밀리고, 개중에는 머리가 으깨진 채 죽어 널브러진 사람도 있다. 시퍼런 귀화를 줄기줄기 뿜어내는 괴물들이 널브러진 시신들을 발로 짓이기며 킬킬거리고 있다.

감히……! 감히!! 천검보에서!!

"이놈들!"

콰아아아!

사공천의 검에서 시퍼런 검강이 마른하늘에 날벼락처럼 떨어져 내렸다.

귀혼들은 사공천의 검에서 뿜어진 검강이 지금까지 상대하던 자들의 기운과는 다름을 느꼈는지 맞받지 않고 뒤로 물러났다.

흐느적거리듯 하면서도 쾌속한 움직임.

벼락처럼 떨어져 내린 시퍼런 검강이 귀혼의 손에 들린 검에서 일어난 진녹의 강기와 부딪쳤다.

콰과광!!

주르르륵, 삼 장여를 물러선 귀혼이 녹광을 이글거리며 사공천을 노려보고 있다.

그 모습에 사공천은 어이가 없었다.

이지를 상실한 것 같은 괴물이 검강을 뿜어내는 데다, 자신의 검강과 정통으로 맞부딪치고도 그저 대여섯 걸음 물러나는 것에 그칠 뿐이다.

"네놈들은 누구냐?!"

분노의 사자후가 연무장을 뒤흔들었다. 그러나 대답하는 사람은 아무도 없었다.

사실 대답이 필요없었다.

죽어야 할 자들, 죽여야 할 자들, 그것만이 진실이었다.

사공천의 뒤를 따라서 십여 명의 장로가 더 연무장으로 들어왔다. 그들 역시 눈앞에 벌어진 광경을 보고 입을 다물지 못했다.

"죽여라! 한 놈도 빼놓지 말고 모두 죽여라!"

사공천의 분노한 외침에 천검보의 고수들이 모두 귀혼을 향해 달려들었다.

"동료들의 원수를 갚아라! 놈들을 찢어 죽여라!"

열셋의 귀혼, 사공천을 비롯한 이십여 명의 장로와 이백여 명의 일류 무사들.

한 치의 앞도 분간할 수 없는 처절한 싸움이 반 시진째다.

사공천이 두 명을 몰아붙이고, 장로들 둘셋에서 한 명씩 상대하니 남은 귀혼은 셋, 이백여 명의 일류고수가 셋을 향해 공격을 퍼부었다.

죽음을 도외시한 공격에 귀혼의 몸에도 하나둘 상처가 생기기 시작했다. 그러나 그동안 바닥에 쓰러진 천검보의 무사들은 이십여 명이 더 늘었다.

진정 지독한 괴물들이다. 악마들이다.

콰광!!

그러다 마침내 사공천의 검에 귀혼 하나의 머리가 반쪽으로 쪼개져 버렸다.

한 놈을 잡았다, 반 시진 만에.

하나가 무너지자 다른 하나가 사공천을 향해 달려든다. 또다시 이 대일의 싸움.

사공천은 이를 악물었다.

놈들의 힘이 조금씩 약해지고 있다. 제아무리 철벽 같은 몸뚱이라도 견디는 데는 한계가 있는 법, 아무래도 놈들의 몸이 한계점에 다다른 것 같다.

물론 자신도 지쳐 있다. 하지만 조금만 더 힘을 내면 한둘 정도는 더 처치할 수 있을 듯했다. 그리만 되면 자신들에게 유리한 싸움이 될 수 있을 것이다.

사공천의 검을 쥔 손에 힘이 들어갔다.

천검보를 우습게 여겨 쳐들어온 놈들을 용서치 않으리라.

죽이리라! 모두 죽이리라!!

사공천의 검에서 화르륵, 검강이 파란 불꽃으로 피어올랐다.

한데 그때!

휘이이익!!

귀신의 호곡성 같은 휘파람 소리가 귀청을 찢을 듯이 울려 퍼졌다.

순간, 미친 듯이 날뛰던 귀혼들이 갑자기 몸을 돌리더니 바람처럼 연무장을 빠져나간다.

정수리가 깨진 귀혼을 악착같이 움켜쥐려던 놈도 사공천의 검강이 머리 위로 떨어져 내리자 그제야 아까운 눈빛으로 신형을 날렸다.

"뭐, 뭐야?"

악귀 같은 귀혼들이 느닷없이 바깥쪽으로 신형을 날리자, 천검보의 무사들은 멍하니 그들의 뒷모습만을 바라다보았다.

어이없어 하는 표정, 안도하는 표정. 온갖 표정들이 그들의 얼굴에 떠올랐다.
 그러나 누구도 그들의 뒤를 쫓지는 않았다. 심지어 사공천이나 장로들조차도 굳은 표정으로 사라지는 그들을 바라볼 뿐이다.
 지친 것이다. 그럴 수밖에.
 혼신의 힘으로 반 시진을 싸웠다. 절정의 고수들이라는 그들조차 지쳐서 주저앉고 싶을 만큼 지쳐 버렸다.
 자신들도 그럴진대, 하물며 거친 숨을 몰아쉬며 지옥에서 살아 나온 듯한 표정을 짓고 있는 무사들에게 악귀들을 쫓아가라 할 수도 없는 일이 아닌가.
 사공천은 딱딱하게 굳은 표정으로 연무장을 둘러봤다.
 흥건한 핏물이 바닥의 골을 따라 흘러간다.
 피비린내가 코를 찌른다.
 그 속에서 신음하는 수하들의 얼굴이 고통으로 일그러져 있다.
 전쟁이다. 이제 전쟁이다! 신마천궁이 사라질 때까지는!
 사공천이 두 눈에 한을 담고 분노의 목소리로 외쳤다.
 "동료들의 시신을 거두어라! 천궁단은 놈들의 흔적을 뒤쫓아라! 복수를 할 것이다! 피로써 핏값을 받아낼 것이다!!"
 살아남은 무사들이 검을 높이 들어올렸다.
 눈에서는 원한의 불길이 타올랐다.
 조금 전의 공포에 사로잡혔던 그런 모습이 아니다.
 불길은 두려움조차 태워 버렸다!
 무사들이 외쳤다!
 "복수하자!"
 "놈들을 죽여 동료들의 원한을 위로하자!!"
 우! 우! 우!!

7

귀혼척살조 모두의 얼굴이 굳어졌다.

바람결에 실려 오는 비릿한 혈향, 천검보에 다가설수록 혈향은 짙어져만 간다. 아무래도 우려했던 일이 벌어진 듯하다. 설마 했거늘…….

핏발선 눈을 한 채 서 있던 경비무사들이 귀혼척살조가 다가가자 날선 목소리로 앞을 막아섰다.

"지금은 아무도 안으로 들어갈 수 없소이다! 볼일이 있으시다면 돌아가셨다가 내일 다시 오시오!"

만일 척살조가 범상치 않아 보이는 무인들이 아니었다면, 당장 검을 들이대고 달려들 것만 같은 태도였다. 하지만 그런 그들도 한 사람이 앞으로 나서자 그만 꿀 먹은 벙어리가 되어버렸다.

"나는 화정월이라 하네. 보주께 황산의 화정월이 뵙자한다 전해주게."

넝…….

갑작스런 충격에 경비무사들의 눈동자가 초점을 잃고 흔들렸다.

"거, 검성…… 화정월……?"

"맞네, 강호의 친구들이 그리 부르기도 하지."

"자, 잠시만… 기다리십시오."

잠시 후, 수문위사장이 헐레벌떡 튀어나왔다.

"검성께서 본 보를 방문해 주시다니, 영광입니다. 따라오시지요. 보주님께서 기다리고 계십니다."

그의 안내를 받아 안으로 들어가자 벌겋게 물든 연무장이 보였다.

휘가 아는 한 천검보의 드넓은 대연무장은 두 자 크기의 백석과 청석으로 깔려 있었다. 그런데 오늘은 붉은색이다. 비릿한 혈향이 풍기는 혈석.

엄청난 싸움이 여기에서 일어났다. 그리고 삼천 평에 달하는 대연무장의 바닥을 붉게 물들일 정도의 피가 흘렀다.

얼마나 많은 사람이 죽었을까?

그리고 복수의 이름 앞에 또 얼마나 많은 사람이 죽어갈까?

이 모든 일의 원흉이라 할 수 있는 신마천궁, 그들은 대체 얼마나 많은 피가 흘러야 만족할 수 있을까?

아무리 생각해 봐도 이 세상에 존재해서는 안 될 자들이다.

그렇기에 삼령문의 조사들도 모든 것을 바쳐 삼악의 힘을 견제하며 살아왔는지도…….

천검전에 들어가자 사공천이 굳은 얼굴로 귀혼척살조를 맞이했다.

"어서 오십시오, 화 선배."

"오랜만이오, 사공 보주."

사공천은 화정월의 뒤에 늘어선 사람들의 면면을 살피더니 휘를 보고는 씁쓸한 표정을 지었다.

"문주의 말을 제대로 듣지 않고 오기를 부렸다 이렇게 됐구면."

"어찌 된 일입니까?"

"그전에… 한 가지 물을 게 있네."

"물어보시지요."

"그것들은 대체 뭔가?"

사공천은 간단히 묻고는 입을 닫았다.

휘는 사공천이 묻는 바를 알 수 있었다.

그것들은 뭔가?

사공천이 '누구냐' 묻지 않았다는 것은 그들을 사람으로 보지 않는다는 뜻이다. 다시 말해 인위적으로 만들어진, 인격체가 아닌 '무엇'이냐 묻는 것이다.

화정월을 돌아봤다. 화정월이 전음을 보내왔다.

"적당한 한도 내에서 말해주는 게 어떻겠나?"

"그 정도로는 사공 보주의 가슴에서 타오르는 불길을 잡을 수 없습니다."

"그럼 자네 뜻은……?"

"정면 돌파를 했으면 합니다. 모든 것을 밝히고 함께 움직이는 것이 낫지 않을까 생각합니다."

"나도 그게 최선이라는 생각은 드네만, 만일 화살을 오룡회에 돌리면 곤란하지 않겠나?"

"그것은 제가 막겠습니다."

"흠… 그렇다면야……. 자네 뜻대로 해보게. 오룡회의 반발은 내가 막아보겠네."

빠르게 의견 결정을 본 휘는 고개를 돌려 사공천을 직시했다.

휘와 사공천의 눈이 마주쳤다. 사공천의 눈 깊숙한 곳에서 활화산 같은 불길이 빠져나갈 곳을 찾아 휘돌고 있는 것이 보인다.

"그것들의 이름은 귀혼이라 합니다."

"귀… 혼?"

"그것들에게 오룡회 창천보의 상관혁 대협이 수하들과 함께 상채에서 처참하게 당했습니다."

"뭣이? 상관혁 보주가?"

깜짝 놀란 사공천은 휘에게 되묻다가 문득 이상한 생각이 들었는지 다시 자세히 물었다.

"가만? 상관 보주가 아무런 기별도 없이 무엇 때문에 상채에 왔단 말인가?"

"바로… 그것들을 잡기 위해서입니다."

순간 사공천의 얼굴이 차갑게 굳었다. 그 말뜻에 담긴 속뜻을 어렴풋이 알아들은 것이다.

"자세히 말해줄 수 있겠나?"

"그러죠."

휘가 순순히 고개를 끄덕이자 깜짝 놀란 이자청이 급히 입을 열었다.

"공자! 그것은……."

하지만 그뿐이었다.

"그만! 앞으로 누구든, 진조여휘 공자의 말을 끊으면 본 보와 척을 지겠다는 뜻으로 알겠소!"

사공천의 한기가 풀풀 날리는 직설적인 말에 이자청은 입을 닫고 휘만을 바라보았다. 그러자 화정월이 나직한 음성으로 냉각된 분위기를 가라앉혔다.

"걱정 마시게, 사공 보주. 진조여휘 공자가 모든 것을 다 말할 것이네. 내 이미 해도 좋다 했네. 단, 사공 보주도 끝까지 들어보고 마음의 결정을 내리시게."

"으음… 알겠습니다. 그리하지요."

사공천은 이마를 찌푸리고 잠시 생각하더니 순순히 고개를 끄덕였다.

어차피 다른 방법이 없다. 검성도 그렇고, 휘 역시 강제로 입을 열 수 있는 사람들이 아니다. 되지도 않을 일을 붙잡고 쓸데없이 심력을 낭비하느니 그 시간에 한마디라도 더 듣고 괴물들을 잡으러 가겠다는 것이 사공천의 생각이었다.

사공천이 마음을 가라앉힌 듯하자 휘가 귀혼에 얽힌 이야기를 시작했다.

일의 발단부터 차근차근 이야기가 진행될수록 사공천의 표정이 수없이 바뀌어갔다. 어이없는 표정, 분노의 표정, 허탈한 표정. 그러다 귀혼에 의해 상관혁이 죽었다는 대목에서는 측은한 표정을 짓기까지 했다.

그럴 수밖에. 귀혼들 중에는 상관혁의 아들이 끼어 있었으니……. 한마디로 아들이 아비를 죽인 패륜이 저질러진 것이다.

"놈들의 진행 방향을 추적하고 있으니 곧 어디로 가는지 밝혀질 겁니다. 우리의 목적은 일단 놈들이 다른 세력과 합해지기 전에 없애는 것이지요."

휘의 이야기가 끝나자 사공천은 복잡한 표정으로 오룡의 대표들을 훑어보았다.

"우선은 그 괴물들을 제거하는 것이 급선무이니 이 일에 대한 것은 묻지 않겠소. 하나 일이 끝나고 나면, 오룡회는 어떤 식으로든 이 일에 대해 해명해야 할 것이오."

결국 사공천도 귀혼척살조의 활동을 인정하기로 했다. 서로 간에 정보를 공유하며 같은 적을 상대한다는 것은 그로서도 손해가 아니니까.

한 가지 일이 무난히 마무리 된 듯하자 휘가 조용히 입을 열었.

검성 화정월이 이끄는 근 이십여 명의 절정고수. 귀혼척살조는 그 어떤 문파의 정예조직과도 비교할 수 없는 강력한 조직이다. 그런 강력한 조직을 그냥 귀혼만 때려잡는 조직으로 쓸 수는 없는 일.

"이렇게 강력한 힘이 모이기도 힘든 일, 이 기회에 귀혼도 때려잡고, 신마천궁의 마귀들도 때려잡을 방법을 생각해 봅시다. 오룡회도 손해는 아닐 것입니다. 나중에 귀혼에 대한 책임을 몽땅 뒤집어쓸 생각이 아니라면 말입니다."

일리가 있는 말이었다. 오룡회로선 해명에 도움이 되는 일이라면 뭐라도 해야 할 판이니까.

사공천이 냉랭한 어조로 휘의 말에 힘을 실어줬다.
"흥! 나중에 본 천검보와 한바탕할 생각이 아니라면 당연히 하겠지."
천검보의 무사들이 싸울 곳을 오룡회의 절정고수들이 일부 맡아줄 테니 그만큼 천검보의 힘은 여유가 생길 터, 사공천은 당연히 반대할 이유가 없었다.

8

놈들의 행방에 대한 정보가 계속해서 올라왔다.
서남방, 놈들은 호북성 쪽으로 향하고 있었다.
귀혼척살조는 즉시 서남방으로 방향을 잡고 천검보를 출발했다.
일차 목적지는 심양(沁陽). 거리는 사백 리.
귀혼척살조의 능력이라면 하루 반이면 닿을 수 있는 거리였다.
그런데… 하루 만에 뿌연 먼지를 뒤집어쓴 귀혼척살조가 심양에서 오십여 리 떨어진 동계에 도착했을 때, 일행을 맞이한 것은 귀혼이 아니었다.

화정월을 따라 걸음을 멈춘 휘의 이마가 잔뜩 찌푸려졌다.
학산(确山)을 지나면서부터 그 이후에는 귀혼의 행방에 대한 정보가 들어오지 않았다. 그전까지만 들어온 정보는 총 세 건, 그렇다면 그 이후로도 정보가 계속 들어와야 했다. 그런데 어느 순간 정보가 뚝 끊긴 것이다.
게다가 저 앞에서 달려오는 자들은 천검보의 무사들.
건곤패검 방혁기가 선두에 서서 적어도 삼십여 명은 되어 보이는 패검단을 이끌고 달려오고 있었다.

이상한 일이다.

중간에 귀혼이 있었다면, 미안한 말이지만 저들이 오지 않아야 맞다. 아니면 모두가 심각한 부상을 입은 도망자의 모습이든가. 저들로선 귀혼을 당할 수 없었을 테니까.

한데 아무런 접전도 치르지 않은 듯 깨끗한 행색이다.

휘가 의아한 마음에 잠시 생각에 잠긴 사이, 다가온 방혁기가 화정월의 앞에 서더니 깊숙이 포권을 취했다.

"참으로 오랜만에 화 노사를 뵈오이다. 오신다는 연락을 받고 달려왔습니다."

화정월도 뭔가 이상함을 느낀 듯.

"이십 년 만인가? 반갑구먼. 한데…… 오면서 귀혼의 흔적을 못 봤나?"

물어보는 말투에 의아함이 묻어 있다.

"오늘 아침, 보로부터 전서를 받고 나서 저희도 만반의 준비를 하고 대기하고 있었습니다만, 웬일인지 놈들은 나타나지를 않았습니다."

방혁기의 대답에 휘가 한 걸음 앞으로 나섰다.

"오랜만입니다, 방 단주님. 혹시 다른 소식은 들어온 것이 없습니까?"

휘가 대뜸 나서서 묻자 방혁기는 눈살을 찌푸렸다.

미끈하게 생긴 젊은 자가 감히 검성과의 이야기 중간에 나서는 것이 못마땅한 것이다. 하지만 검성이 아무런 말도 안 하고 있으니 자신이 나서기도 뭐한 일.

그런데 오랜만이다? 자신을 언제 봤다고?

'낯짝은 계집 뺨치게 생긴 놈이 싸가지가 없군. 화 노사를 믿고 저러나?'

그의 의문은 한쪽에 멀뚱히 서 있던 초평우가 풀어줬다.

"방 단주님도 눈이 삐었군. 형님을 몰라보다니."

초평우의 옆에 있던 사람들은 약속이라도 한 듯 일제히 고개를 끄덕였다, '늑대 말이 맞아' 하는 눈빛으로.

그리고 곧바로 당홍이 초평우의 말에 박자를 맞췄다, 특유의 싸늘한 목소리로.

"무사가 무사를 알아보는 방법이 얼굴밖에 없나?"

방혁기는 어이가 없었다.

뭐? 눈이 삐어? 무사가 어째?

방혁기는 말 몇 마디로 감히 자신을 농락하는 초평우에게 호통을 치려다 고개를 갸웃거렸다. 그는 그제야 초평우를 알아본 것이다, 워낙 특이하다 보니 잊으려야 잊을 수 없는 초평우의 얼굴을.

'저자는 명운곡에서 봤던 그 늑대……. 응? 얼굴을 안 봐도 알 수 있다고?'

분명 초평우의 옆에 있던 여자의 말뜻은 그런 뜻인 듯했다.

문득 늑대 같은 작자와 같이 있었던 사람이 하나 생각난다. 자신이라 해도 겨우 하나를 상대할 수 있을 뿐인 창산이마를 혼자서 박살 내버린 젊은 고수.

쓰윽 고개를 돌린 방혁기가 휘의 전신을 빠르게 훑어봤다. 그러자 보였다. 휘의 허리에 걸린 부드럽게 휘어진 검 한 자루, 만양이.

방혁기가 눈을 부릅떴다.

"조… 휘?"

휘도 빙그레 웃었다.

"진조여휘입니다. 알아보시겠습니까?"

"진조여휘? 그럼…… 천옥대공 진조여휘가 바로 조 공자?"

결국 방혁기의 입이 떡 벌어졌다.

"남들이 그렇게 부른단 말은 들었습니다만 좀 쑥스럽군요. 그건 그렇고…… 오시면서 귀혼에 대한 소식은?"

휘가 다시 묻자 방혁기는 그제야 고개를 가로저으며 대답을 했다.

"더 들은 것은 없네. 나 역시도 이곳으로 오면 놈들을 볼 줄 알았는데……."

휘는 눈을 빛내며 화정월을 향해 고개를 돌렸다.

"아무래도 놈들이 방향을 튼 것 같습니다."

워낙 단순하게 움직이던 터라 짐작도 못했던 일이다. 뜻밖의 상황. 화정월이 휘에게 물었다.

"자네 생각은 어떤가? 놈들이 어디로 갔을 것 같나?"

"학산을 지나오면서부터 정보가 끊겼습니다. 그렇다면 놈들은 적어도 학산을 지나면서 방향을 틀었다고 봐야 할 것입니다. 문제는 지금 어디로 가고 있나 하는 것이겠지요."

"일단 심양으로 가세. 그곳에서 정보가 들어올 때까지 기다리는 수밖에 없을 것 같네."

"그러지요. 한데 아무래도 느낌이 안 좋습니다. 수많은 정보원들이 눈에 불을 키고 있었을 텐데, 어떻게……."

휘의 눈빛이 깊게 가라앉았다.

뭔가가 틀어졌다. 그런데 그것이 묘하게 신경을 건드리고 있다.

마치 연연이가 납치당하던 그날처럼…….

3장
추적, 그리고…….

1

 귀혼척살조가 나른한 봄날의 햇살을 받으며 심양에 들어설 때쯤 난데없는 날벼락이 천도맹을 덮쳤다.
 강서성 서쪽의 중소문파들이 파죽시세로 무너지고 있다는 소식이 진서구로 전해진 것이다.

 "지금까지 무너진 문파는 몇 군덴가?"
 "알려진 것만도 여섯 곳입니다, 맹주!"
 여문정의 말에 위지혁성의 분노한 목소리가 천상전을 울렸다.
 "적의 정체는?!"
 "아직 정확히 밝혀진 것은 없으나… 들리는 소문으로는 혈천교의 무리 같다 합니다."
 "혈천교?! 그놈들이 감히!!"
 휘가 혈천교를 적의 주구라 했어도 설마 했었다. 그래도 자신들을 도와주겠다고 온 자들이 아니었던가. 한데…….

"덕안에 머물고 있던 혈천교의 놈들도 모두 어디론가 사라졌다 합니다."

이어진 조령위의 보고에 위지혁성은 확신할 수가 있었다. 적을 심장부로 끌어들였다는 휘의 말이 틀리지 않다는 것을.

그러나 심증만으로 모든 것을 결정짓기에 혈천교라는 이름은 결코 가볍지가 않았다.

위지혁성이 이를 갈며 물었다.

"놈들이 혈천교라는 증거는 찾았소?"

문제는 증거다.

혈천교를 상대해야 하기 위해선 천도맹에 소속된 모든 문파의 힘이 결집되어야 한다. 그러기 위해 필요한 것은 혈겁의 원흉이 혈천교라는 증거.

증거가 없다면 곤란한 것이 한두 가지가 아니다.

당장 위지세가만 해도 상단 대표들 중 호남의 동정상단과 밀접한 관계가 있는 자들이 그 증거를 요구할 것이다.

게다가 추마단의 노력으로 최근 일어난 혈겁이 천도맹과 삼양신문에서 벌인 일이 아니라는 증거는 잡았다 하나, 그마저도 추상적인 증거일 뿐, 아직 삼양신문의 일이 완벽하게 해결된 것도 아니다. 그런 상황에서 혈천교마저 상대해야 한다면 그 부담 때문에라도 각 문파들은 미적거릴 수밖에 없다.

그래서는 죽도 밥도 안 된다.

여문정이 힘없이 대답했다.

"아직… 증거는 찾지 못했습니다. 놈들이 철저히 정체를 숨기고 움직이는 바람에……."

"찾으시오! 증거가 있어야 놈들의 본거지를 칠 수 있소! 증거가 없으면 놈들은 절대 인정하지 않을 것이오! 즉시 추명단을 지휘해서 혈겁을 일으킨 놈들이 혈천교의 무리라는 증거를 찾아내시오!"

"존명!"

"강 보주는 즉시 무사들을 소집해서 놈들에게 공격당할 위험이 있는 문파들을 지원해 주시오."

웅천단주이자 웅천보의 보주인 강량호가 벌떡 일어섰다.

"명대로 하리다!"

부리부리한 위지혁성의 눈이 조령위를 향했다.

"조 문주는 삼양신문과의 관계를 매듭짓는 데 최선을 다해주게. 지금은 두 군데를 모두 상대할 수 없는 상황이라는 점 명심하고."

"알겠습니다, 맹주!"

고개를 숙인 조령위가 묘한 표정을 지으며 말을 이었다.

"진조여휘에게 연락해서 일을 완벽히 해결하지 않으려면 돈을 도로 내놓으라 할까 합니다."

위지혁성은 회의를 시작한 이후 처음으로 얼굴을 풀었다.

"그거 아주 좋은 생각이군!"

2

날벼락은 천도맹에만 떨어진 것이 아니었다.

진짜 날벼락은 안휘의 서북부를 지배하는 광양문의 총단에 떨어졌다.

휘이이이잉!

황사 바람이 세차게 불어오는 나른한 봄날의 오후, 검은 피딱지가 말라붙어 갈의로 보이는 거적 옷을 걸친 열두 명의 귀혼이 위양(韋陽)의 광양문 총단에 들이닥쳤다.

"웬 놈들이 감히 본 문에 들어온 것이냐? 당장 나가지 못할까?!"

광양문의 무사들은 거지 중에 상거지 같은 몰골의 괴인들이 담장을 넘어 들어오자 대노해서 그들을 내쫓으려 했다.

그러나 누구도 그들을 쫓아내지 못했다.

누구도 그들이 내뻗는 손을 피할 수 없었다.

누구도 그들의 몸놀림보다 빠르지 못했고, 누구도 그들의 몸보다 단단하지 못했다.

그 차이의 결과는 참혹함, 그 자체였다.

비명이 광양문에 울려 퍼지자 일각도 되지 않아 광양문의 문주인 광양마수(光陽魔手) 석관일이 열 명의 장로와 함께 뛰쳐나왔다.

하지만 천하에서 이름 높은 절정고수인 그들조차 귀혼의 귀신처럼 표홀하고, 악귀처럼 끈질긴 공격에 하나둘 쓰러져 갔다.

쓰러진 자는 밟히고 뜯겨져 시신조차 제대로 남기지 못했다.

그러다 결국, 석관일마저 세 명의 귀혼에 둘러싸여 한 시진 만에 시신도 남기지 못하고 죽어가자, 광양문의 무사들은 앞 다투어 도망을 가기 시작했다.

그때까지 쓰러진 귀혼은 겨우 넷뿐.

귀혼들은 무엇 때문인지 죽어간 동료의 몸을 차지하기 위해 자기들끼리 싸우기도 했다.

악마가 따로 없었다. 그들이 악마였다.

죽어간 동료의 머리에 손가락을 박고 희열에 떠는 그들이 악마가 아니면 무엇이 악마랴.

그나마 그사이, 살아남은 무사들은 정신없이 장원을 빠져나갔다. 오백의 무사들 중 단 백여 명만이.

광양문을 탈출한 무사들은 뒤도 안 돌아보고 위양을 빠져나갔다, 악마의 손길에서 조금이라도 멀어지기 위해.

침입한 지 단 두 시진 만에 일어난 일이었다.

귀혼이 나타날 때처럼 소리없이 사라진 후, 광양문에 남겨진 시신은 사백을 헤아렸다.

겨우겨우 몸을 피한 무사들은 넋이 빠진 얼굴로 중얼거렸다.

"그들은…… 악마……. 으으으……. 악마야!! 흐으……."

3

심양의 천검보 분타에 머문 지 삼 일째 되던 날, 두 가지 소식이 한꺼번에 전해졌다.

벌컥!

방문이 열리더니 얼굴이 붉게 달아오른 방혁기가 차를 마시며 담소를 나누고 있던 화정월과 휘를 찾아왔다.

"화 노사, 광양문의 총단이 멸문지경에 이르도록 쑥대밭이 되었다 합니다. 문주인 석관일이 죽고 장로들도 대부분 처참하게 죽었다 합니다."

"뭣이?!"

놀라지 않을 수 없는 말이다.

광양문이라면 삼양신문을 이루는 중추 삼대세력 중 하나다. 본 문의 제자 수만도 오백이 넘고 방계 제자들까지 일천이 넘는 대문파가 바로 광양문이다. 한데 그런 광양문이 당했다니.

하지만 놀랄 만한 소식은 그것으로 끝이 아니었다.

"아무래도… 귀혼에게 당한 듯합니다."

굳은 얼굴의 화정월이 침음성을 흘리며 물었다.

"그리 판단하는 이유는?"

"대부분이 찢겨져 죽었다 합니다. 마치 본 보의 무사들이 죽은 것처럼 말입니다. 그리고 살아남은 자들이 괴물 같은 악마라고 하는데… 아무래도 귀혼 같습니다."

휘는 이를 악 물었다.

역시 자신의 느낌이 틀리지 않았다. 연연이를 납치하기 위해 자신을 유인했던 그날의 묘했던 그 기분. 심양으로 오기 전에도 그 기분을 느꼈었다.

한데 아니나 다를까, 놈들은 귀혼척살조를 심양 쪽으로 유인해 놓고 안휘로 가서 광양문을 쳤다.

휘는 번쩍 머리를 스치는 생각에 얼굴이 굳어졌다.

휘가 굳은 표정으로 입을 열었다.

"놈들, 귀혼을 뒤에서 움직이고 있는 놈들은 우리의 움직임을 환히 읽고 있습니다."

화정월의 표정도 굳어졌다.

귀혼척살조는 빠르게 이동했다. 절정의 고수들이 거의 쉬지도 않고 이동한 것이다. 그런데 적은 모든 것을 알고 있는 것처럼 움직였다.

생각할 수 있는 답은 하나다.

"첩자가 있다는 것인가?"

"첩자는 처음부터 생각했습니다. 신마천궁의 첩자는 중원의 어느 문파에나 다 있다고 생각하고 움직였으니까요."

화정월이 조금은 어이없는 표정으로 물었다.

"황산에도 있다는 말처럼 들리는군."

"그럴지도 모릅니다. 아니, 일단은 그렇게 생각해야 합니다."
"허……."
"첩자도 문제긴 하지만 진짜 문제는 첩자가 아닙니다."
"첩자가 문제가 아니다?"
"첩자가 아무리 가까이 있다 해도 우리가 움직이는 것과 동시에 소식을 전할 수는 없습니다. 적어도 며칠의 시간 차이는 날 수밖에 없지요."
그렇다. 정보를 전하고 명령을 받으려면 시간이 걸릴 수밖에 없다.
휘는 눈을 빛내며 화정월을 바라보았다.
"문제는 이 일을 꾸미는 자의 능력입니다. 그는 마치 우리의 머릿속에 들어와 있는 것처럼 모든 것을 예상하고 움직이고 있습니다. 예상한 것이 아니라면 동시에 움직인 것이 말이 되지 않습니다."
"그러니까, 우리의 생각을 예상하고 철저한 계획 하에 움직인다, 그 말인가?"
"최소한 지금까지는 그렇습니다."
"으음……."
멀뚱히 두 사람의 문답을 듣던 방혁기가 불쑥 입을 열어 물었다.
"그럼 방법이 없단 말이오?"
휘가 굳은 표정을 풀고 두 사람을 번갈아 봤다.
"지금까지는 그랬지요. 하지만 적의 머리가 그토록 뛰어나다면 한 가지 방법이 있습니다."
화정월과 방혁기가 휘를 바라보았다.
휘가 말했다.
"우리가 미친 사람처럼 행동하는 겁니다."
"……?"
방혁기가 멍한 표정을 지은 채 말을 하지 못하자 화정월이 조심스럽게 입을 열었다.

"적의 생각을 빗나가게 하자, 그 말인가?"

"미친 자들의 생각은 종잡기가 힘들지요."

"음……. 그 말도 일리가 있긴 있군."

"그리고 아둔해 보이고 무식해 보이는 방법이 때로는 그 어떤 방법보다 현명할 때가 있습니다."

아둔하고 무식한 것을 떠올리니 석두아버지가 떠오른다.

세 살 땐가? 석두아버지가 아파서 우는 휘의 울음을 멈추게 한다고 다리를 잡고 돌리자 돌팔이 염소아버지가 그랬었다.

"석두, 저놈은 가끔 가다 엉뚱한 짓을 해서 사람을 놀라게 한다니까. 좌우간 미친놈들이 하는 짓은 하늘도 모를 거여."

좌우간 휘는 도는 게 재미있었는지 울음을 멈췄었다.

그리고 또 한 번은 석두아버지가 휘의 몸을 단단하게 한다고 두들겨 패자 빼빼아버지가 난리를 쳤었다.

"이 멍청한 놈아! 그러다 멀쩡한 애 잡겠다!!"

하지만 석두아버지는 계속 때렸고, 휘의 몸은 아이의 몸답지 않게 단단하게 단련되어 갔다.

문득 오랜만에 아버지들이 생각나자 휘는 코끝이 찡해지고 눈가에는 습기가 맺혔다. 생각해 보니 너무 오랫동안 잊고 있었던 것 같다

'미안해, 아버지들…….'

그 모습에 화정월이 부드러운 눈빛으로 휘를 바라다봤다.

"자네, 감정이 무척 예민하구먼. 별다른 관계도 없는 사람들의 죽음을 그리 슬퍼하다니……."

아니라고 말하기도 어정쩡한 상황. 휘는 아무 말도 하지 않고 고개를 돌렸다.

'훗!'

이 상황에서 웃을 수는 없으니 이를 악물었다. 그런데 그 모습이 꼭 슬픔을 참는 모습처럼 보였는가 보다.

화정월이 휘의 어깨를 두들겨 줬다.

토닥토닥.

"자네 같은 사람이 있는 이상, 놈들은 꼭 잡힐 것이네."

만약 초평우와 풍인강이 이 모습을 봤다면?

*   *   *

단 하나의 계획만이 세워졌다.

귀혼척살조가 모두 모이자 휘가 계획을 말했다.

"막고, 푸는 겁니다!"

"……."

서늘한 바람이 나른한 봄날의 햇살을 얼려 버렸다.

"무식이 상책! 무조건 쫓는 겁니다. 예상 도주로 같은 것도 필요없습니다. 정보가 들어오면 거기까지만 무조건 쫓는 거지요. 최대한 빨리."

참을 수 없는지 신검문의 부문주 양해진이 물었다.

"후……. 그렇게 해서 어느 세월에 놈들을 잡겠소?"

휘가 간단히 답했다.

"쫓다 보면 잡히겠지요."

귀혼척살조의 눈빛이 휘를 잡아먹을 듯 노려봤다, 귀혼보다 너를 먼저 때려잡아야겠다는 듯.

하지만 휘는 꿈쩍도 하지 않고 말을 이었다.

"밀은당과 저희 만상문의 형제들, 그리고 천검보와 저희를 도와줄 개방의 제자들까지, 이 일을 위해서 적어도 수백 명의 정보요원이 귀혼척살조를 중심으로 정신없이 뛰게 될 겁니다. 그들이 소식을 전해오면 귀혼척살조는 그들의 정보를 받는 즉시 정보의 출발점까지 무작정 움직이는 겁니다."

서서히 눈빛들이 가라앉았다.

"왜 그런 말이 있잖습니까? 잃어버린 아이를 찾는답시고 동분서주하다 엇갈리는 것보다는, 한 자리에서 소식 오기를 기다리는 것이 때론 현명한 방법이라고 말입니다. 우리의 다음 목적지는 무조건 자기들이 있었던 곳이 될 테니, 놈들은 다른 계획을 세우기가 쉽지 않을 것입니다."

말을 듣고 보니 그렇게 가능성없는 계획은 아닌 듯 느껴지는지 가라앉은 눈들이 휘를 향했다, 다음 말을 재촉하며.

그러자 휘가 주먹을 불끈 쥐고 틀림없다는 듯 강하게 말했다.

"점점 거리를 좁히다 보면, 놈들이 하늘로 솟든지 땅으로 꺼지지 않는 이상, 우리는 놈들을 잡게 될 겁니다!"

그 말에 비룡방주 고진방의 동생인 고산방이 미간을 찌푸리며 물었다.

"하지만 놈들이 별다른 일을 저지르지 않고 도망만 치면 거리가 더 벌어질 것 아니오? 그러다 귀혼이 자신들의 세력 속으로 들어가 버리면 어찌한단 말이오?"

그의 물음에 휘는 속으로 혀를 찼다. 하지만 겉으로는 씩 웃으며 입을 열었다.

"그럼 미친개를 푼 주인을 때려잡을 수 있으니 오히려 더 잘된 일이지요. 하지만 놈들은 절대 자기 주인의 품속으로 들어가지 않을 겁니다. 그 정도로 멍청했다면 우리가 굳이 여기서 머리를 맞대고 있을 필요도 없을 테니까요."

그제야 이해를 했다는 듯 고산방이 고개를 끄덕였다. 그러나 몇 사람은 고개를 끄덕이는 고산방과 휘를 번갈아 보며 쓴웃음을 지었다. 휘가 적을 빗대어 고산방을 멍청하다고 놀린 것을 어렴풋이 알아들은 것이다.

더 이상의 다른 의견이 없자 화정월이 입가의 웃음을 지우고 결정을 내리듯 입을 열었다.

"그럼 계획대로 조금 전에 정보가 들어온 위양으로 가세."

귀혼척살조가 천검보 심양분타를 떠나려는데 두 번째 소식이 전해졌다.

강서성의 서쪽이 누군가의 공격에 의해 빠르게 무너지고 있다는 소식이었다. 그러나 이미 광양문의 참변을 전해들은 사람들에게 그 소식은 그다지 충격이 되지 못했다.

하지만 휘의 머릿속에서는 그동안 실체가 그려지지 않았던 한 가지 가정이 서서히 모습을 드러내고 있었다.

휘는 강서의 소식을 자세히 듣고서야 자리에서 일어났다. 그런 휘를 보고 적인풍이 물었다.

"뭔가 집히는 것이 있습니까? 역시 혈천교입니까?"

"가면서 말씀드리지요. 일단 적 호법님은 본 문의 형제들과 바로 연결될 수 있게 비표를 남기고 따라 오십시오."

"알겠습니다."

4

광양문의 혈겁은 일시에 안휘 무림을 공황 상태로 몰아넣었다.
그동안 대문파들은 장강의 혈풍에서 비켜서 있었기에 어느 정도 안심하고 있었던 것이 사실이었다. 그러나 광양문의 혈겁이 말하고 있었다.
아무리 대문파라도 혈풍에서 비켜서 있지 않다는 것을.

삼양신문의 총단인 신풍문의 풍환대전.
이십여 명의 삼양신문 간부가 숨을 죽이고 앉아 있었다.
"용천문의 지부들이 일제히 습격을 당하고 광양문이 멸문에 가깝게 당했소. 본 문이 생긴 이래 처음 있는 일이오. 그런데도 우리는 우왕좌왕할 뿐, 아무것도 하지 못하고 있소."
호령묵은 상석의 태사의에 앉아 분노의 불길을 쏟아내며, 말없이 앉아 있는 간부들 중 삼양신문의 정보를 담당하는 풍비당주 동수금을 바라보았다.
"동 당주, 적에 대한 것은 얼마나 밝혀졌소?"
동수금의 얼굴에서 식은땀 한 방울이 볼을 타고 흘러내렸다.
"현재 들어온 정보로는…… 광양문의 일을 저지른 자들은 열둘, 하나같이 초절정의 괴물들이라는……."
"그러니까 그들이 누구냐, 그 말이외다!"
"그게… 아직……."
"그럼 용천문의 지부를 습격한 자들은?"
"정확하지는 않으나, 장강혈풍을 일으킨 자들과 동일한 자들로 보입니다."
호령묵의 이마가 꿈틀거렸다.
눈에서 쏟아지는 불길은 더욱 거세게 타오르는데, 표정은 반대로 한겨

울의 얼음장처럼 한기가 서렸다.

쾅!

태사의의 팔걸침대가 가루가 되어 흩날렸다.

"정확하지 않다? 보여진다? 지금 그게 대삼양신문의 정보 담당자가 할 말이오?"

동수금의 이마에서 흘러내리는 땀방울이 점점 굵어졌다.

"추마단의 조사에 의하면 그들은 신마천궁의 무리들이라 했습니다만, 아직 어느 문파의 정보망도 그들의 근거지를 찾지 못하고 있는 형편입니다, 대문주."

"추마단의 조사가 아니라 진조여휘란 자의 말이겠지."

"그렇… 습니다."

힘없는 동수금의 답변을 끝으로 호령묵은 침묵으로 굳어 있는 간부들을 천천히 둘러보았다.

동료들을 잃은 것에 대한 분노보다 극강의 적을 상대해야 한다는 불안감이 저들의 마음을 짓누르고 있는 듯하다.

'너무 오래 안주했나?'

그간 수십 년, 칠패라는 이름이면 모든 것이 다 통했다.

누가 감히 칠패를 건드리랴!

그러나 자만이었다. 자만이 지나쳐 무인이 가져야 할 투지마저 사라졌다.

동료들이 죽었는데, 처참히 찢기고 밟혀서 죽었는데, 저들의 마음속에는 복수가 아닌 공포가 더 크게 자리를 잡고 있다.

안 된다! 이래선 복수고 뭐고 아무것도 할 수 없다!

호령묵은 이를 지그시 깨물었다.

뭔가 특단의 조치가 있어야 한다. 그것만이 삼양신문을 다시 본래의 자리로 끌어올릴 수 있다!

주먹을 움켜쥔 호령묵은 싸늘한 표정으로 입을 열었다.

"본 문의 모든 힘을 집결시키시오! 정보가 부족하다면 힘으로라도 놈들을 잡을 것이오! 힘을 따로 남길 필요는 없소. 놈들이 죽든, 우리가 죽든, 둘 중 하나만이 살아남을 것이오!"

간부들의 표정이 더욱 굳어졌다. 그러나 호령묵은 아랑곳없이 입을 열었다.

"복수를 할 수 있다면 그 누구와도 손을 잡을 것이오! 동 단주!"

"예, 대문주!"

"천도맹에 나의 뜻을 전하고 장강을 막아달라 하시오!"

"예? 예, 알겠습니다."

"그리고… 만상문의 진조여휘에게 전해 정보를 사겠다 하시오. 돈은 얼마든지 들어도 좋으니, 놈들에 대한 모든 정보를 넘겨달라 하시오. 필요하다면 개방에도 손을 벌리시오."

"대문주……!"

"싸움에서 물러서는 자는 내가 용서치 않을 것이오. 동료의 복수를 외면하는 자는 내가 먼저 죽일 것이오! 명심하시오!!"

5

"귀혼? 그들에게 창천보의 보주가 죽고, 천검보가 당한 데다, 이제는 광양문마저 무너졌단 말이오?"

"마접들이 전해온 정보대로라면 그렇습니다."

"귀혼을 움직이는 자는 누구요?"

"그게 의문입니다. 아직 그에 대한 아무런 단서도 잡히지 않고 있습니다."

야율무궁은 눈살을 찌푸리며 단강신을 바라보았다.

"아무래도 이상해……."

"저희로선 손해 볼 일이 없지 않습니까? 구정마원의 원로 두 명이 진조여휘에게 당한 것이 마음에 걸렸는데, 귀혼인가 하는 괴물 덕분에 천검보와 삼양신문의 힘이 많이 약해졌으니 말입니다."

"그게 문제가 아니오."

"하면……."

"공교롭게도 우리가 천검보와 막 싸움을 시작하려는 마당에 귀혼이라는 괴물이 튀어나왔소. 생각해 보시오. 사람들이 생각하기에 귀혼이라는 괴물의 주인이 누구라 생각하겠소?"

그제야 야율무궁의 생각을 눈치 챈 단강신의 얼굴이 굳어졌다.

"누군가가 우리에게 죄를 뒤집어씌우려 한단 말입니까?"

"죄를 뒤집어쓰는 거야 두려울 게 뭐 있겠소? 어차피 싸울 적인데. 문제는… 어둠 속에 숨어 있는 놈이 마련한 무대에서 쏙누각시 춤을 추다 제풀에 쓰러질 수가 있다는 것이오."

"그건 북천로주님의 말씀이 맞습니다."

"우리가 쓰러지면 누가 가장 좋아할 것 같소?"

야율무궁의 말에 단강신의 표정이 얼어붙었다.

"설마……? 남천로주나 혈천로주가?"

야율무궁이 고개를 가로저었다.

"섣부른 판단은 금물, 아직 확실한 것은 아무것도 없소. 그러니 이제부터라도 확실한 상황을 알아야겠소. 단 전주는 두 사제의 움직임에 대해 철저히 파악해 보고하시오."

"존명!"

"그리고 천검보에 대해 적극적인 공격을 가하라 하시오. 조사는 조사고, 해야 할 일은 해야 하니까."

"즉시 시행하겠습니다, 북천로주!"

6

"……해서 그들은 호북으로 향하고 있습니다, 교주."

침대에 비스듬히 누워 우윳빛 여인의 손에 몸을 맡기고 있던 신도연백은 만면에 미소를 띠고 고개를 끄덕였다.

"좋아! 생각보다 잘해주고 있군."

"아예 이 기회에 삼양신문을 계속 몰아붙일까 하옵니다만……."

중년인의 말에 신도연백은 가볍게 고개를 가로저었다.

"아냐, 아냐. 우리는 몰이꾼의 역할만 하면 돼. 상처 난 멧돼지를 바로 잡으려 하다 보면 다치는 수가 있거든. 굳이 그럴 필요는 없어. 차라리 아예 안휘에 나가 있는 교도들도 모두 철수시켜 버려."

"예? 하오면 용천문은……?"

"호랑이와 멧돼지의 싸움을 지켜보는 것도 재미있겠지. 후후, 우리는 그동안 우리 할 일이나 하면 돼, 멧돼지와 호랑이가 나가떨어질 때까지. 그리고 나중에 가죽만 챙기는 거야."

"복명!"

"그동안 그대는 다른 곳에 신경 쓸 것 없이 진조여휘란 놈의 움직임이나 신경 써. 왠지 그놈이 자꾸 마음에 걸리거든."

중년인의 눈이 굳어졌다.

"그놈이 구정마원의 고수를 두 명이나 죽일 줄은 생각도 못했습니다."

신도연백의 입가에 만연하던 웃음기가 일순간에 사라졌다.

"흥! 놈이 설쳐 봤자 결과는 변하지 않아. 화정월까지 움직였다고 하지만 이미 흐르는 물을 막기에는 너무 늦었어."

중년인의 굳어진 눈이 비록 찰나간이었지만 잘게 흔들렸다.

'교주께서 진조여휘에 대해 경쟁심을 느끼는가 보군.'

단순히 그리 생각했다, 경쟁심이라면 도움이 될지 모른다고.

하지만 그는 몰랐다, 신도연백의 마음속에 도사린 것은 순수한 경쟁심이 아닌, 치졸한 질투심이란 것을.

"그럼 속하는 이만 물러가겠사옵니다."

중년인이 뒷걸음질로 조용히 물러나자 신도연백은 허리를 주무르던 여인의 손을 홱 뿌리쳤다.

"진조여휘… 천옥대공이라고? 천뢰혈화검이라고도 불린다지? 흥! 네 놈만은 내 손으로 직접 죽여주마. 크크크크……!"

1

 귀혼을 쫓은 지 열흘이 되었다.
 그동안 들어온 정확한 정보만 해도 십여 회, 정신없이 놈들이 보였던 곳으로 달려가면 놈들은 이미 사라진 뒤였다. 하지만 귀혼척살조는 실망하지 않았다. 정보가 오기 전에는 힘을 비축하고, 정보가 오면 전력으로 치달리며 놈들의 뒤를 계속 쫓았다.
 귀혼은 소수인 데다 움직임이 빠르고, 게다가 동에서 번쩍, 서에서 번쩍하는 탓에 그 뒤를 쫓는 일이 쉽지가 않았다. 그러나 분명한 것은 추격한 지 열흘 만에 놈들과의 거리가 많이 가까워졌다는 것이다.
 게다가 귀혼척살조와의 거리가 가까워지자 귀혼은 더 이상 살행을 하지 못하고 계속 이동만 할 뿐이었다. 비록 거리가 더 좁혀지지는 않았지만, 그만큼 장강에 흘러들 피가 줄어들었다. 그것만으로도 사람들은 조금이나마 쫓는 보람을 느끼고 있었다.
 삼양신문의 풍비당주 동수금이 휘를 찾아온 것은 그렇게 귀혼척살조가 귀혼을 쫓던 중 안휘 서남쪽 잠산의 비호장에 잠시 머물 때였다.

"대문주께선 정보를 원하시오. 대가는 서운치 않게 드릴 것이오."
"단순히 귀혼에 대한 정보를 원하시는 겁니까, 아니면 신마천궁에 대한 정보를 원하는 겁니까?"
"무엇이든 상관없소, 놈들이 관련된 거라면."
절실함을 감추려 고개를 반쯤 숙인 동수금의 눈을 직시하며 휘가 물었다.
"한 가지, 삼양신문의 가고자 하는 길은 뭡니까?"
동수금의 눈꼬리가 잘게 흔들렸다. 하지만 곧 이를 지그시 물고 강한 어조로 입을 열었다.
"대문주께선… 모든 힘을 모아 놈들을 치려 하오. 대문주께서 이리 말씀하셨소. '놈들이 죽든, 우리가 죽든, 둘 중 하나만 살아남을 거다' 라고 말이오."
"흠……."
휘는 천천히 고개를 끄덕였다.
호령묵이 단단히 결심을 한 듯하다, 그가 사공천처럼 조금만 일찍, 좀 더 멀리 내다봤다면 좋았을 것을.
"좋습니다. 그럼 일단 한 가지 먼저 말씀드리지요. 광양문의 혈겁이 귀혼에 의해 저질러진 것은 아시겠지요?"
동수금이 한숨을 내쉬었다.
"후우……. 부끄럽게도 귀혼이라는 이름조차 이곳으로 오던 도중에 들었소."
"그럼 귀혼에 대한 것을 먼저 아셔야 할 것 같군요."
눈을 빛내며 귀를 기울이는 동수금에게 휘는 천천히 귀혼에 대한 것을 이야기했다, 처음부터 끝까지 동수금의 입이 쩍 벌어졌다가 입술을 피나도록 깨문 그의 입이 다시 굳게 닫힐 때까지.

"놈들은 강합니다, 남은 여덟의 귀혼을 모두 처리하기 위해 삼양신문이 존망을 걸어야 할 정도로."

"맙소사……!"

"그리고 더한 문제는 그들을 배후에서 조종하는 자들이 신마천궁 같다는 것입니다."

부르르, 몸을 떠는 동수금을 향해 휘가 진지한 표정으로 말했다.

"곧 놈들의 근거지가 밝혀질 것입니다."

적들의 근거지는 화룡점정과도 같은 정보였다. 동수금은 목이 타는 갈증을 느끼며 휘에게 물었다.

"어, 언제쯤……?"

휘가 대답했다, 씩 웃으며.

"그리 멀지는 않은 듯합니다. 그에 대한 정보가 들어오면 바로 알려드리죠. 단!"

말을 끊고 고개를 내민 휘가 목소리를 낮추더니 나직이 말했다, 동수금만이 겨우 들을 수 있게.

2

귀혼에 대한 정보가 갑자기 뚝 끊겼다.

하늘로 꺼졌는지 땅으로 솟았는지 그 어디에서도 귀혼을 봤다는 사람이 없었다.

너무나 갑작스럽게 사라지는 바람에 귀혼척살조는 움직이지를 못하고 잠산(潛山)에 발이 묶여 버렸다.

"어찌할 생각인가?"

화정월의 물음에 휘는 짧게 답했다.

"시간 났을 때 쉬죠."

답답해도 어쩔 수가 없었다, 놈들이 의도적으로 몸을 숨긴 이상 찾기는 쉽지 않을 테니까.

그리고 놈들 역시 철저히 숨기려다 보면 쉽게 움직이지도 못할 것이다.

"놈들도 답답하기는 마찬가지일 겁니다. 하지만 언제까지 숨어 있지만은 않을 테니 정보망은 그대로 긴장 상태로 유지해야 할 것입니다."

휘의 말에 화정월은 고개를 끄덕이고 귀혼척살조에게 휴식을 명했다.

귀혼이 사라진 후, 수많은 정보가 들어오다 보니 별의별 정보가 다 들어왔다.

들어온 소식 중에는 사공천과 영호광 등 젊은 사람들이 모여 모임을 만들었다는 소식도 있었다.

그 이름이 척마회라나?

어쨌든 자신들끼리 뛰어서라도 혈풍을 일으킨 자들을 잡겠다고 동분서주하고 있다고 한다. 아마 진조여휘가 없어도 그 정도 일쯤은 자신들이 해결할 수 있다는 자신감의 발로였을 것이다.

그 소식에 초평우가 코웃음을 쳤다.

"흥! 온몸에 불이 붙어봐야 불이 뜨거운 줄을 안다더니, 그들이 꼭 그 짝입니다. 그냥 놔두죠, 형님."

휘는 그 말을 듣고 빙그레 웃었다.

"해보는 것은 괜찮은데 그러다 죽기라도 하면 천도맹이나 삼양신문에서는 내가 소홀히 했기 때문에 자신들의 자식이 죽었다고 할 것이 아닙니까?"

휘의 어린아이를 걱정하는 듯한 말투에 풍인강이 툭 불거진 입으로 말했다.

"애들도 아니고… 설마 그러기까지 하겠습니까? 명색이 칠성인가 뭔가 하는 작자들인데."

"그것도 그렇지만 돈 받은 값은 해줘야죠."

사실 그것이 문제였다. 분명 위지혁성은 불만을 토로할 것이다. 그럼 전부는 아니더라도 반은 돌려줘야 할 터.

하지만 휘는 만상문의 일 년 예산에 버금가는 돈을 절대 돌려줄 생각이 없었다. 또한 훗날 만상문의 행보에 지대한 재정적 도움을 줄 것이 확실한 두 문파와의 관계를 소홀히 할 생각도 없었다.

그렇다면 그들이 죽어서는 안 된다, 적어도 추마단의 공식적인 해체가 이루어지기까지는.

휘는 간단하고도 명료한 방법을 생각해냈다.

"서신을 보내봐서 안 오면…… 누들겨 패서라도 끌고 와야셌습니다."

적인풍을 비롯한 휘 일행이 일제히 답했다, 어깨를 부르르 떨며.

"정말 좋은 방법입니다, 문주!"

"훌륭한 선택!"

"매가 약이죠!"

3

정운수사 남 대협에게서 연락이 왔음. 수상해 보이는 자들이 모여 있는 장소를 찾았다 함.

휘의 눈이 번쩍 뜨였다.

남가정이 움직인 것은 기껏 한 달이 되지 않는다. 죽련의 회합조차 아직 시일이 남아 있는 상황. 그런데 수상한 무리들을 찾았다니?

대홍산의 묵운산장이라는 곳임. 대홍산 녹림의 무리가 하룻밤 새 몰살되다시피 했으나 살아서 산을 내려온 자가 없어 미처 그 사실이 알려지지 않았음. 그러나 혈겁의 와중에 유일하게 살아남은 자가 산에 숨어 있다 보름 만에 내려와 수주의 친구에게 이야기해서 알려짐. 그의 말을 들은 수주의 친구가 묵운산장에 찾아갔다 실종되자 그 가족이 죽련에 도움을 요청함. 지시 바람.

휘는 서찰을 내려놓고 잠시 생각에 잠겼다.

대홍산이라면 호북의 북동부에 위치한 산이다. 하남과의 접경이 그리 멀지 않은 곳, 하남 무림을 공략키 위해선 최고의 요지 중 하나이다.

휘는 붓을 들어 서찰을 써내려 갔다.

묵운산장에 대한 정밀 조사는 하되 함부로 공략은 말 것. 죽련에도 절대 개별적 행동을 하지 말라 전하기 바람.

만일 그들이 신마천궁의 무리들이라면 아무리 죽림삼우가 결성한 죽련에 무사들이 많이 모여들었다고 해도 그들을 어쩔 수는 없다. 오히려 엄청난 피해만 볼 뿐.

휘는 붓을 내려놓다 말고 문득 귀혼이 서쪽으로 향하다가 행방이 묘연해졌다는 밀은당의 연락이 생각났다.

'서쪽?'

그들이 귀혼을 부린 자들인가? 아니면 또 다른 자들?

하지만 그 문제는 중요하지가 않았다. 같은 자들이든 아니든, 그들이 신마천궁의 무리라면 없애야 할 자들임은 마찬가지니까.

휘는 다시 붓을 들어 한 줄을 더 썼다.

귀혼이 서쪽으로 향하던 중 행방이 사라졌음. 묵운산장과 귀혼의 관계를 염두에 두고 조사 바람.

4

그날 밤, 대별산의 청풍곡에서 한창 집단장을 지휘하던 만시량은 전서 구가 매달고 온 휘의 서신을 읽고서 급히 공이연을 찾았다.

"뭔 일이야, 밤중에?"

"문주에게서 서신이 왔다. 네 아이들 좀 써야겠다."

"내 아이들? 그 도둑놈들을 어디에 써먹게?"

"어디에 쓰긴, 도둑놈을 남의 집 담 넘어가는 데 쓰는 것말고 어디다 쓰겠나?"

어째 듣고 보니 이상하다. 도둑놈을 당연히 도둑놈이라고 하는데도 목에 뭐가 걸린 것만 같다.

공이연이 째려보며 물었다.

"누구 집인데?"

만시량은 묵운산장에 대해 아는 대로 말해주고는 신영문의 도둑놈들 중에 제일 날쌔고 솜씨 좋은 도둑놈을 보내라고 했다. 그러자 공이연이 손가락으로 자신을 가리켰다.

"그러니까……. 나보고 가란 말이네?"

신영문에서 제일 솜씨 좋은 도둑놈은 바로 공이연 자신이 아니던가.

"응? 그렇게 되나? 하긴 자네가 제일 솜씨 좋은 도둑놈이긴 하지. 근데 자네가 직접 가려고? 나중에 안 간다고 하면 안 되는데……."

만시량이 고개를 모로 꼬며 불안한 듯 말하자 공이연이 끝내 으르렁거리며 입을 열었다.

"거 자꾸 도둑놈 도둑놈 하니까 듣는 도둑놈 기분이 나쁘잖아! 가면 될 거 아냐!!"

5

"숨어 있던 귀혼을 묵운산장 쪽으로 움직이게 했습니다."

"흠, 귀혼척살조는?"

"현재 잠산에서 잠시 추적을 멈추고 정보가 들어오기를 기다리고 있습니다."

"그래? 그들에게 정보는 흘렸겠지?"

"물론입니다, 교주. 묵운산장과 귀혼에 대한 정보를 흘렸으니 지금쯤 놈들은 묵운산장에 대해 조사를 시작했을 겁니다."

"언제쯤 움직일 것 같느냐?"

"묵운산장에 대한 정보가 들어간 이상 놈들은 귀혼도 잡을 겸 최대한 빨리 움직이게 될 것입니다."

신도연백이 만족한 듯 희미한 웃음을 머금었다.

"아! 그리고 죽림삼우가 죽련을 소집했다고 하던데, 그들이 느닷없이 움직인 이유는 밝혀진 것이 있는가?"

"정확한 이유는 없습니다만, 최근의 혈풍에 불안감을 느낀 일반 중소문파의 무인들이 죽림삼우에 의지해 혈풍을 비켜 가려 한 것이 아닐까 생각됩니다."

중년인, 혈유(血儒)의 대답에 신도연백이 제법이라는 표정을 지었다.

"흠… 죽림삼우의 영향력이 일천의 무인을 모이게 하다니, 대단하군."

"오죽하면 '강호에 협심은 죽림삼우가 제일이다' 라는 말이 있었겠습니까?"

"흥! 그래 봐야 오합지졸들. 폭풍이 불면 쓸려갈 자들이야. 그런 자들보다 어떻게 하면 진조여휘와 야율무궁을 동귀어진시킬까 하는 것에 신경 쓰도록!"

"존명!"

"아! 철군명도 귀마련에 둥지를 틀었다지?"

"천살귀들을 이용해 귀마련주를 죽이고 귀마련을 장악했다 합니다. 하나 귀마련을 마음대로 움직이기 위해선 시간이 걸릴 테니 당장은 움직이기가 힘들 것입니다."

"제법이군. 제일 약하다 하나 그래도 명색이 칠패 중 하나거늘, 그런 귀마련을 부너뜨리다니 말이야. 그에게 협력해서 축하한다는 말을 전하도록. 어쨌든 사제가 아닌가?"

"알겠습니다!"

"그리고 한번 운을 떼봐라. 나와 함께할 것인지, 아니면 야율무궁을 따를 것인지."

"그가 명청하지 않다면 이 상황에서 야율무궁을 따르지는 않을 것이옵니다. 걱정하지 않아도 될 것입니다, 교주."

"후후후……. 하긴, 야율무궁이 무너질 때쯤 내가 나서서 진조여휘와 강호의 연합세력을 쓸어버린다면 궁주라 해도 어쩔 수 없이 궁의 모든 것을 내게 물려주지 않을 수 없을 것이야. 그걸 안다면 나를 따르지 않을 수가 없겠지. 후후후, 하하하!!"

잠시 후 웃음이 그치자 혈유가 다시 물었다.

"하온데 언제 호북으로 가실 생각이신지……?"

"좋은 구경이 곧 벌어질 텐데 그 구경을 마다할 수는 없지 않겠는가? 그리고 기회가 나면 본좌의 손으로 진조여휘를 직접 죽일 작정이네. 아무래도 그러려면 날짜에 맞춰 가야겠지?"

"하면 준비하겠습니다. 교주님의 꿈은 곧 이루어지실 것입니다. 혈천교와 교주님의 앞날에 영광을!"

6

천검보에 한 마리 전서구가 안개 자욱한 아침을 깨우며 날아든 것은 휘가 만상문의 총단에 전서를 보낸 다음날이었다.

"놈들의 근거지를 알아냈다고?"

"그렇사옵니다, 보주! 신출귀몰하던 놈들의 꼬리가 잡힌 듯합니다! 놈들은 모두 호북에 웅크리고 있다 하옵니다. 게다가 귀혼의 움직임도 호북으로 향하고 있습니다. 이미 소식이 남양의 이공자와 부양청 대협께 전해졌습니다. 심양의 방 단주님께서 남양으로 가셨으니 보주님의 명이 떨어지는 대로 놈들을 치기 위해 움직일 것이옵니다."

"좋다! 본 보의 무사들 중 일류 이상의 무공을 지닌 자는 모두 소집하라! 나도 간다! 놈들의 피로써 죽은 무사들의 영혼을 위로하겠다!"

보고를 올리던 천궁단주 윤석문이 그럴 줄 알았다는 듯 고개를 깊숙이 숙였다.

"알겠사옵니다, 보주!"

"진조여휘의 현 위치는?"

"잠산에 귀혼척살조와 함께 있사옵니다."

"호령묵과 위지혁성도 이 사실을 알고 있겠지?"

"이미 천궁단에서 삼양신문과 천도맹의 정보망에 소식을 전했으니 그들도 곧 알게 될 것이옵니다."

"그래? 좋아! 신마천궁의 마졸들을 깡그리 쓸어버리겠다!"

이를 지그시 깨문 사공천의 눈에서 새파란 신광이 쏟아졌다.

비록 힘이 약화되고 전체의 힘이 아니라곤 하지만 칠패의 네 곳이 뭉쳤다 해도 과언이 아니다. 또한 천하제일검이라는 검성의 황산검문과 그 강함의 끝을 알 수 없는 진조여휘의 만상문이 힘을 보태고 있다.

적은 신마천궁에서 나온 자들과 혈천교. 그리고 그들을 따르는 얼마나 되는지 모를 중원의 마도문파들. 결코 만만한 적이 아니다.

그러나 어차피 이러한 힘으로 물리칠 수 없는 적이라면 강호는 그들의 것이 될 수밖에 없을 터.

'중원의 판도가 다시 정리되겠군!'

천김보가 복수의 검을 들었다는 소문에 하남 무림이 긴장하기 시작했다. 예상은 했지만 소문이 뒤따라가지 못할 정도로 움직임이 급속하게 진행되고 있기 때문이었다. 전쟁의 시기가 가까워졌다는 말.

하지만 폭풍의 시작은 북쪽에서부터 시작되었다.

주인이 바뀐 용혈궁과 하북의 북두검회가 손을 잡고서 상당한 힘을 황하에 집결시키고 있다는 소식이 전해진 것이다.

그 소식에 소림과 개방, 그리고 황보세가가 비상 사태에 돌입했다. 그들이 황하를 건너면, 그것이 곧 전쟁의 시작임을 모두가 잘 알고 있기 때문이었다.

결국 누가 원했든, 원하지 않았든, 그런 이유로 소림을 비롯한 하남 중북부의 세력들은 자신들의 터전에서 움직일 수가 없었다.

7

 귀혼을 쫓던 중 검성의 귀혼척살조와 함께 잠산의 비호장에 머물고 있던 휘는 천궁단에서 전해온 소식을 받고 묵묵히 생각에 잠겼다.
 이미 알고 있는 사실이었지만 좀 더 확실한 것을 알기 위해 정보를 넘겨주지 않았는데, 하루의 차이를 두고 천궁단도 호북의 묵운산장에 대해 알아냈다. 거의 동시라 할 수 있는 시기에 똑같은 정보가 접수된 것이다.
 왠지 의도적인 느낌이 드는 것은 자신만의 생각인지…….
 "사공 보주가 직접 나섰다 합니다, 문주."
 적인풍의 말에 휘는 생각을 거두고 담담한 표정으로 말했다.
 "그 양반 화가 나도 단단히 났나보군요."
 "귀혼에 의해 백 명이 넘는 수하들이 안방에서 죽었으니 그럴 만도 합니다."
 "어쨌거나 그건 그렇고, 호 문주는 어찌하겠다 합니까?"
 "이미 합비를 출발했다 합니다."
 "열받으니 세 분 다 똑같군요."
 사공천과 위지혁성, 호령묵을 말함이었다.
 칠패의 주인들을 마치 제 성질을 못 이겨 싸우는 어린아이들처럼 생각하는 휘를 보며 적인풍은 웃음이 나오려는 것을 참고 다른 소식을 전했다.
 "용혈궁과 북두검회가 남하하고 있다는 소식에 하남의 북무림이 잔뜩 긴장하고 있습니다."
 "흠, 그렇다면 놈들의 계획 중 일부는 성공했다 봐야겠군요. 소림과 개방, 황보세가 등이 움직이지 못한다면, 그만큼의 지원이 줄어든다는 말일 테니까요."

"그래도 칠패의 네 곳이 움직인 이상 놈들도 어쩔 수 없을 겁니다."

"어쩔 수 없다? 칠패의 네 곳이 뭉쳤으니 틀림없이 신마천궁의 마인들을 때려잡을 수 있다, 그 말인가요?"

휘의 반문에 적인풍이 떨떠름한 목소리로 답했다.

"아닙…… 니까?"

갑자기 휘의 눈빛이 차갑게 가라앉았다.

"우리가 놈들에 대해 확실히 알고 있는 것이 뭐죠?"

"그거야……."

그러고 보니 확실히 아는 것은 단 두 가지뿐.

놈들의 이름이 신마천궁이라는 것과 놈들은 강하다는 것뿐이다.

"구정마원의 고수들에 대해 다 아나요?"

"그게……."

아는 이름은 혼원쌍도와 혈령마신, 무음살마제, 탈백마도, 마우 위경. 그중 둘이 죽었고, 하나는 중상을 당했다는 것 정도.

나머지 셋은 이름도 알지 못한다.

"실혼인이 얼마나 있는지 아나요?"

"……."

말은 들었다. 하지만 본 적은 없다. 그러니 숫자가 얼마나 되는지는 더욱 모른다. 더구나 그들이 얼마나 강한지조차도.

"놈들의 하부세력 중 하나가 혈천교죠. 그런데 혈천교의 힘이 어느 정도인지 적 호법은 아나요?"

갈수록 신랄해지는 휘의 질문. 하나 답을 할 수 없는 적인풍의 고개는 점점 아래로 아래로 꺾어질 뿐이다

나름대로 혈천교에 대해서 안다 생각했는데, 막상 그들에 대한 것을

말하려니 아는 것이 거의 없다. 심지어 지금의 교주가 누군지조차 모르는 것이다.

"우리가 아는 것은 극히 일부분일 뿐이죠. 그럼에도 신마천궁의 힘은 칠패 중 네 곳과 검성이 나서야 할 정도로 강합니다. 만일 저들의 힘이 생각하고 있던 것보다 더 강하다면, 이 싸움은 그리 유리한 싸움이 아닙니다."

휘가 나직이 하는 말에 적인풍은 천천히 고개를 끄덕였다. 그러자 휘가 말을 이었다.

"저는 칠패의 주인들이 부디 적을 얕보는 일이 없기만을 바라고 있습니다. 그렇지 않다면, 자만심이라는 또 다른 강적이 그들의 앞을 가로막을 테니까 말이죠."

모두가 심각한 얼굴로 침묵에 잠겼다.

시간이 지날수록 거대한 모습을 보이는 신마천궁이다. 기가 질리지 않을 수가 없는 일.

침묵의 시간이 길어질 때였다. 적인풍이 숙이고 있던 고개를 들며 묘한 표정으로 입을 열었다.

"문주님께서도 모르고 계시는 것이 있습니다."

"……?"

"문주님께서는 천하에서 제일 강한 분이십니다. 문주님만 모르고 계시는 것은 아닌지……?"

"너무 과한 생각."

휘가 슬며시 고개를 젓자 적인풍이 힘주어 말했다.

"누구보다 놈들이 더 잘 알고 있는 사실입니다. 아마 놈들은 문주님을 생각할 때마다 잠이 오지 않을 것입니다."

조용히 두 사람의 대화를 듣고만 있던 초평우 등 네 명이 일제히 고개를 끄덕였다, 적인풍의 말이 당연하다는 듯.

"적 호법님의 말씀이 맞습니다, 형님!"

"대형의 무공은 천하제일, 당연합니다."

"두말하면 입만 아퍼. 문주님은 사람이 아니라니까."

"아미타불, 사람이 어찌 부처를 개 패듯 때릴 수 있으랴……."

중얼중얼…….

휘는 머쓱한 표정을 지으며 고개를 창밖으로 돌렸다.

그때였다. 밖에서 누군가의 목소리가 들려 왔다.

"진조여휘 문주님께 아룁니다. 사공후 공자와 몇몇의 공자 분들이 문주님을 찾아오셨습니다."

휘는 무슨 바쁜 일이라도 생긴 것처럼 벌떡 일어섰다. 그리고 급히 밖으로 나서며 물었다.

"아! 그래요? 그 사람들은 어디 있습니까?"

사공후는 휘가 바쁜 걸음으로 디기오지 몸을 부르르 떨었다.

'저 인간이 왜……? 설마 우리끼리 움직였다고 화나서……?'

그런데 왜 호영광을 두들겨 패던 광경이 지금 생각나는 거지?

흘낏 호영광을 돌아다봤다.

그의 눈도 가늘게 떨리고 있다. 태연한 기색을 하고 있지만 주먹 쥔 손에는 핏줄이 돋아 있다.

'크큭! 너도 별수없군. 하긴 맞은 것은 너니까.'

그때,

"사공 형!"

휘가 큰 소리로 사공후를 불렀다.

헉! 사공후는 자신도 모르게 부동자세로 대답했다.

"옙! 단주!"
'이, 이런……!'

방으로 들어가자 사공후가 먼저 입을 열었다.
"마누라 될 분은 무사히 구하셨다고 들었습니다. 다행입니다, 단주."
사공후의 인사에 휘는 빙그레 웃음을 지었다.
"예, 천만다행이었지요. 한데……. 사공 형, 어디 아픕니까? 어째 표정이……?"
"예? 아, 아닙니다."
"추마단을 그동안 잘 이끌었나 보더군요. 여기저기서 소문이 들리는 것을 보니."
"그, 그야……."
사공후가 머뭇거리자 호영광이 딱딱하게 굳은 얼굴로 답했다.
"우리가 움직인 덕분에 용천문의 분타 중 세 곳이 혈풍을 피해갈 수 있었소이다."
"흠, 잘하셨습니다. 한데 혈풍을 일으킨 자들이 천도맹의 무사들이던 가요?"
"…아니오."
"그럼 천도맹에 대한 의심은 끝난 건가요?"
호영광의 눈이 위지현도를 향했다가 다시 휘를 바라보았다.
"그렇다고 봐도 무방하오. 그래서 우리는 조양검문의 일로 천도맹에 약간의 보상을 하기로 했소."
"잘됐군요. 아주 잘됐어요."
"그러니 이제 추마단의 일은 끝난 것이 아니겠소?"
"음? 누가 그러던 가요, 추마단의 일이 끝났다고?"

"…무슨?"

다섯 명의 눈이 부릅떠졌다.

서신을 받고서 척마회의 본격적인 활동도 알릴 겸, 검성을 만날 수 있다는 기대감에 여기까지 왔거늘……. 뭐? 추마단의 일이 아직 끝나지 않았다고?

"아직 십팔마마공을 누가 퍼뜨렸는지는 알아내지 못했지 않습니까? 해서 나는 추마단과 함께 호북으로 가볼 생각입니다. 생각이 없으신 분은 빠지셔도 됩니다. 뭐, 목숨은 누구에게나 귀중한 것이니까."

마지막 몇 마디 말로 다섯 명의 목에 다시 사슬이 매였다.

목숨을 아낀 겁쟁이라는 수식어를 매단 채 살 수는 없지 않은가.

5장
혈투(血鬪)

1

호북의 무림도 하남 못지않게 어수선했다.
단 한 가지 이유 때문이었다.

─죽림삼우가 다시 검을 들었다! 상대는 장강에 혈풍을 일으킨 마인들을 상대하기 위해서다!

소문에 소문이 꼬리를 물고 퍼졌다.
각지를 떠돌던 낭인들. 혈풍에 휘말려 가족을 잃고, 동료를 잃은 중소문파의 무사들. 과거 죽림삼우의 의기에 감탄해 생사를 같이했던 수많은 무인들이 몸을 일으켰다.
무려 일천에 달하는 무사들, 그들이 한 곳으로 움직이기 시작했다.
약속이라고 한 듯 한목소리로 외치며.
"협을 숭앙하는 이들이여, 칠리평에서 삼월 보름에 만나자!"

　　　　　＊　　　＊　　　＊

　검성과 귀혼척살조는 영산(英山), 마성(麻城)을 거쳐 호북의 북서쪽으로 놈들을 쫓고, 휘와 추마단은 황매(黃梅), 매천(梅川)을 거쳐 서남로로 놈들을 쫓기로 했다.
　문제는 이제 귀혼만이 적이 아니라는 것. 호북으로 들어가는 이상 신마천궁의 무리와 부딪치지 않을 수가 없다. 더구나 놈들의 근거지가 밝혀지자 천검보와 삼양신문의 고수들이 대대적으로 이동하고 있지 않은가.
　앞을 점칠 수 없는 전쟁이 코앞으로 다가왔다는 생각에 사람들은 가슴이 무거워졌다.
　그렇게 잠산을 출발한 지 사흘, 귀혼의 흔적이 보이지 않자 희수(浠水)와 장강(長江)이 만나는 곳에서 천도맹이 제공한 상선을 타고 무창으로 향하기로 했다. 귀혼의 흔적을 찾지 못한 것은 찾지 못한 것이고, 신마천궁의 근거지가 가까워지는 만큼 놈들의 이목이나 피해볼까 해서였다.

　장강을 거슬러 올라가는 상선에 몸을 맡긴 채 휘는 지그시 눈을 감고 생각에 잠겼다.
　죽련에 대한 소문은 장강을 타고 급속도로 번지고 있었다.
　이제는 이목을 가린다는 것 자체가 무의미하다. 신마천궁은 이미 죽림삼우의 죽련에 대해 알고 있을 테니까.
　한데 과연 어디까지 알고 있을까.
　자신이 관여하고 있다는 것을 그들이 알까?
　아니다. 아직 그것까지는 모를 것이다. 알았다면 벌써 피바람이 불었을 것이 아닌가.
 다만 한 가지 사실은 분명했다. 죽련이 자신들의 적이 될 것이 분명한 이상 틀림없이 뭔가 도발을 할 것이라는 사실. 한데 과연 죽련의 힘으로 놈들을 당해낼 수 있을까?
 대답하라면 고개를 저을 수밖에 없다. 남들이 뭐라 하든.
 신마천궁이라는 곳이 결코 죽련의 힘만으로 어찌할 수 있는 힘이 아님을 잘 아는 휘로선 어쩔 수가 없었다.
 "놈들이 죽련에 대해 과소평가하기만 바라는 수밖에……. 후우… 많은 사람이 참여할수록 더 많은 피가 장강에 흘러들겠지?"
 휘는 상념을 털어내고자 고개를 들어 밤하늘을 바라보았다.
 북극성이 밝은 빛을 뿜어내며 세상을 굽어보고 있었다.
 마치 서하의 커다란 눈망울처럼.
 배를 타기 전 만상문의 총단에서 전해온 서신이 생각났다.

 문주, 공가가 묵운산장으로 직접 갔소이다. 곧 놈들의 정체가 밝혀질 것이외다. 그리고… 부인께 유향당을 맡겼소이다. 한데……. 너무 총명하셔서 우리 늙은이들의 할 일이 없어질까 봐 큰일이오.

 유향당이라면 문의 살림을 도맡아 운영하는 곳, 만시량은 문의 규모가 커지자 모용서하에게 살림을 떠맡긴 듯싶다. 하지만 그는 몰랐을 것이다, 모용서하가 얼마나 똑똑한 여인인지.
 문득 그 다음 글이 생각나자 휘의 입가에 떠올라 있던 웃음이 흔적도 없이 사라졌다.

 부인께서 총단의 주위에 방어진을 설치했소이다. 아마 문주도 총단에 들어오시려면 애 좀 먹을 것이외다. 크하하하!"

끙! 똑똑한 것은 좋은데 나중에 애 좀 먹을 것 같다, 어쩐지 출입 방법을 쉽게 알려주지 않을 것 같은 기분이 드는 것이.

어쨌든 방어진마저 설치가 되었다면 총단에 대한 걱정은 던 셈, 그걸로 위안을 삼기로 했다.

휘가 이런저런 생각에 잠겨 밤하늘을 바라보고 있을 때 사공후가 다가왔다.

"단주, 칠리평에는 안 가보실 거요?"

"거길 뭐 하러 갑니까?"

의외였는지 사공후가 눈을 동그랗게 뜨고 물었다.

"단주가 죽림삼우를 끌어들이지 않았습니까? 그럼 가보는 것이 당연한 일 아닙니까?"

휘는 사공후를 빤히 바라보며 입을 열었다.

"제가 가면 신마천궁은 죽련을 칠 것입니다. 지금까지는 저와의 관계를 몰라 가만히 있지만, 만일 저와 연계되었다는 것을 안다면, 단순히 그 이유만으로도 충분히 그리고 남을 자들이지요."

"그건 그렇습니다만……."

"그리고 거기 가서 얼굴 내밀고 어깨에 힘주는 것보다 놈들에게 한 발자국이라도 더 가까이 가는 것이 나은 일입니다. 죽련은 죽련대로 할 일을 하면 되는 것이고, 우리는 우리대로 할 일을 하면 되지요. 누가 알아주든, 알아주지 않든."

휘의 말이 나직이 뱃전을 울리자 사공후는 고개를 푹 숙였다.

명예는 무인들의 꿈과도 같다. 그런데 눈앞에 있는 사람은 그따위 명예가 무슨 소용이냐는 듯 말하는 것이 아닌가?

공연히 속내만 보인 것 같아 얼굴이 붉어진다.

벽인가? 도저히 넘을 수 없는 벽?

젠장!

2

안개가 어둠을 집어삼키고 새벽이 기지개를 켜기 시작했다.

장강을 거슬러 오르던 상선이 뭍 쪽으로 방향을 튼 것도 그때쯤이었다.

저 멀리 안개를 뚫고 희미하게 수많은 건물들이 보이자 누군가가 큰 소리로 외쳤다.

"무창이다!"

장강을 거슬러 오른 지 사흘. 지난 사흘간 땅은 밟아보지도 못했다.

아무리 일류 이상의 무공을 지닌 사람들이라 해도 사흘을 내리 배에서만 생활하다 보니 모두가 지쳐 있던 터였다. 그러디 보니 목적지를 두고 기쁘지 않은 사람이 없었다.

특히 초평우는 휑한 눈으로 이제 살았다는 듯 광소를 터뜨리며 기뻐했다.

"음하하하!! 드디어 땅이다!"

"늑대, 그렇게 좋아?"

"그럼!!"

"나보다?"

"물론이……. 헙!"

초평우가 입을 손으로 가리고 눈을 돌리자 당홍이 머릿결을 휘날리며 진절머리가 난다는 듯 입을 열었다.

"나도… 물은 이제 지겨워."

"헤헤……. 홍매도 그렇지?"

"아무 데서나 볼일 보는 인간을 수시로 보는 것도 지겨워 죽.겠.다.구!"

"……."

그 후로 배가 무창의 포구에 정박할 때까지, 누구도… 입을 열지 않았다.

3

"싱싱한 장어가 단돈 열 문이오!"

"자! 한 번 먹어봐! 이걸로 말할 것 같으면……."

"어머! 징그러. 근데 정말 효과가 있기는 있수?"

"흐흐흐. 아줌마, 당장 효과가 난다니깐? 몇 마리 줄까?"

웅성웅성, 시끌시끌…….

포구를 빠져나가는 길 양편은 물건을 팔기 위해 소매를 잡아당기는 상인들과 행여나 자신이 필요한 물건이 있는지 여기저기 기웃거리는 손님들로 북적거리고 있었다.

초평우가 한 걸음 앞으로 나섰다.

"제가 앞장서겠습니다, 형님."

무창으로 들어서기 위해선 그들을 통과하지 않을 수 없는 상황. 초평우를 필두로 무기를 소지한 휘 일행이 빠르게 장사꾼들을 비집고 빠져나가자 북적거리던 사람들이 정신없이 좌우로 비켜섰다.

한데 그때다. 물러서는 사람의 발에 걸려 생선 바구니 하나가 뒤집어졌다. 그러자 허름한 베옷을 입고 생선을 팔던 장한이 엎질러진 바구니를 발로 차며 화난 목소리로 중얼거렸다.

"젠장, 힘없는 놈 어디 겁나서 살겠나?"

빠르게 나아가던 휘는 귀를 파고드는 생선 장수의 말에 옮기던 발걸음을 우뚝 멈춰 세웠다.

"문주, 왜 그러십니까?"

옆에서 같이 가던 적인풍이 의아한 표정으로 물었다.

그러나 휘는 아무런 대답도 할 수가 없었다.

장한의 목소리가 귓속에 공명되어 울리고 있는 것이다.

─힘없는 놈 어디 겁나서 살겠나?

힘없는 놈, 힘없는 놈…….

다른 사람에게는 아무것도 아닌 말일 수도 있었다. 그러나 휘만은 그렇지가 않았다.

'아버지들이 제일 싫어하는 일을 내가 무의식중에 행하고 있었단 말인가?'

휘는 신형을 돌려 생신 장수를 바라보았다.

눈이 마주치자 하얗게 굳은 생선 장수의 얼굴이 와락 일그러진다. 공연히 입을 놀렸다는 생각인 듯 자책하는 표정, 인생이 여기서 끝장날지도 모른다는 두려움에 몸을 떨고 있다.

휘는 굳은 얼굴로 생선 장수에게 다가갔다.

느닷없이 휘가 생선 장수에게 다가가자 무슨 일인지를 모르는 일행은 그저 걸음을 멈춘 채 멍하니 두 사람을 바라만 봤다.

물러섰던 상인들이나 손님들은 겁에 질려 더욱 멀찍이 물러서고, 생선 장수는 발에 힘이 풀리는지 털썩 주저앉았다.

"나, 나으리… 공자님, 제발 용서를……."

휘는 주저앉은 생선 장수 앞에 다다르자 몸을 숙이고 물었다.

"제가 그렇게 무섭게 생겼습니까?"

"……예? 그건 아니……."

"남들은 저보고 못생겨서 그렇지 순하게는 생겼다고 하던데, 그럼 그게 거짓이었나 보군요."

휘의 풀 죽은 목소리에 생선 장수는 자신도 모르게 소리쳤다.

"무슨 소립니까요? 공자처럼 잘생긴 사람은 내 사십 평생에 처음 보는데?!"

그러다 자기가 너무 크게 소리쳤다는 생각이 들었는지 생선 장수의 목이 다시 자라목처럼 쏙 들어갔다.

하지만 휘는 별다른 신경도 쓰지 않고 생선 장수의 옆에 흩어져 있는 이름 모를 생선 한 마리를 집어 들었다.

쭉 찢어진 입 주변에 길게 달린 두 가닥 수염이 꼭 만시량의 수염처럼 생긴 물고기였다.

"이 고기 이름이 뭡니까? 거 되게 못생겼네, 꼭 나같이."

생선 장수의 목이 다시 튀어나왔다.

"에이! 어떻게 비교를 해도 메기에다 비교를 합니까요? 맛은 있지만 생긴 것은 영 아닌데……."

"그럼 뭐하고 비교하면 좋을까요?"

생선 장수가 자신있게 말했다.

"적어도 석 자는 되는 황금빛 화리하고 비교를 해야죠. 공자님 정도면……."

"그게 멍청하게 생겼나 보죠?"

"엥? 푸하하하! 공자님도 원. 화리가 멍청하다는 소리는 처음 듣는구면요. 화리는 용왕님의 자식이라는 말도 있는데."

"그래요? 허 참, 제가 뭘 몰라서……."

휘는 몸을 일으키고는 손을 내밀었다.
"그런데 계속 앉아 계실 겁니까? 장사를 하셔야죠."
"예? 아 예……. 그건 그런데……."
주춤거리는 생선 장수를 보고 빙그레 웃음 지은 휘.
"저 그렇게 나쁜 놈 아닙니다. 특히 힘 좀 있다고 남 무시하는 사람은 더 더욱 아니구요. 그랬다간 아버지들한테 엄청 혼나거든요."
생선 장수의 눈이 휘의 웃는 모습에서 떠날 줄을 몰랐다.
'세상에 무슨 남자 웃음이……. 사람이 아닌 겨.'
그가 어떻게 생각하든 휘는 생선 장수의 손을 억지로 잡아 일으키고는 미안한 표정으로 입을 열었다.
"오늘은 우리가 바쁘다 보니 그만 서두르다가 실수를 한 것 같군요. 그거 얼맙니까? 저희 때문에 엎어졌으니 저희가 사가죠."
"아, 아닙니다요, 공자님!"
"에이, 생긴 것은 누굴 닮았는지 몰라도 맛은 있다면서요."
"낡은 서야……."
생선 장수가 힐끔 고개를 돌렸다, 초평우가 있는 쪽으로.
그걸 본 휘는 웃음이 터져 나오려는 것을 참고 입을 열었다.
"저 돈 있습니다. 걱정 마세요."
"그게 아니고……."
주섬주섬…….
휘는 재빨리 새끼줄에 꿰인 십여 마리의 메기를 집어 들고는 품속에서 두 냥의 은자를 꺼내 생선 바구니에 집어넣었다.
"그 정도면 되죠?"
생선장수의 눈이 휘둥그레졌다.
"너, 너무 많습니다요."

"하하하, 처음 먹어 보는 물고긴데 그 정도 값은 치러야죠."

새끼줄에 꿰인 메기를 들고 털레털레 걸어가는 휘, 그의 입가에 환한 웃음이 떠올랐다.

'무의식도 결국은 내 자신의 모습, 단 돈 두 냥에 커다란 것을 배웠구나.'

멍하니 바라보고 있던 사람들도 휘를 향해 어설프지만 밝은 웃음을 지어 보였다.

왠지는 정확히 모른다. 다만 가슴이 뜨거워지는 것 같아 웃음을 짓지 않을 수가 없었을 뿐.

오직 초평우만이 심각한 표정으로 당홍에게 물었다.

"홍매, 아까 저 생선 장수가 왜 나를 쳐다본 거지?"

"…알려고 하지 마."

"……?"

      *   *   *

무창포구가 훤히 내려다보이는 객잔의 삼층, 다섯 개의 고급 탁자가 놓인 그곳을 단 두 사람만이 차지하고 있었다. 두 사람 중 앉아 있던 청삼인이 객잔의 창문 너머로 포구에서 빠져나오는 사람들을 바라보며 눈을 빛냈다.

'저자가 진조여휘가?'

밝은 하늘색 청삼을 입은 그는 잘해야 삼십을 갓 넘었을까 싶어 보였다.

굵은 턱선에 굳게 다문 입술, 그는 어느 누가 봐도 감탄하지 않을 수 없을 정도의 미남이었다. 게다가 굵은 눈썹 아래 날카로운 눈매에서 흘러나오는 광채는 그의 공부가 결코 가볍지 않음을 잘 보여주고 있었다.

군이 흠을 찾는다면, 눈꼬리를 타고 흐르는 광채에서 보기만 해도 살 떨리는 마기가 느껴지는 정도랄까?

그는 한시도 눈을 떼지 않고 포구에서 벌어지는 일을 바라보다 가라앉은 목소리로 입을 열었다.

"현재 그들의 위치는?"

"검성과 귀혼이 외나무다리를 건너고 있습니다."

옆에서 들려 온 나직한 음성에 청삼인은 조용히 고개를 끄덕였다.

"진조여휘도 그쪽으로 가게 될 것입니다."

말없이 창문 밖을 바라던 청삼인이 희미한 웃음을 지었다.

"그가 그곳에서 죽을 거라고 생각하나?"

"제가 아는 한, 그 결과는 교주님의 손에 달려 있습니다."

청삼인, 신도연백의 옆에 시립해 있던 혈의인의 대답에 청삼인의 웃음이 더욱 짙어졌다.

"생각보다 너한 놈이야. 생긴 것도 그렇고. 후후후. 아주 재미있겠어. 당장 죽이기는 아깝군. 어쨌든 이번에 나오기로 결정한 것은 아주 잘한 것 같아."

그때였다. 한 손에 메기 꿰미를 들고 건너편 객잔으로 들어가려던 휘가 고개를 드는 것이 보였다.

'응?'

포구를 빠져나온 휘는 연락을 하기로 한 객잔으로 들어가려다 등줄기를 타고 오르는 낯선 느낌에 맞은편을 향해 고개를 들었다.

찰나간에 맞은편 객잔의 삼층에 앉아 있는 청삼인의 눈과 휘의 눈이 마주쳤다. 그러나 그것은 말 그대로 찰나간, 너무도 짧은 시간이었다.

혈투(血鬪) 129

미처 상대를 파악할 시간도 없이 자신의 신경을 건드리던 기운이 씻은 듯이 사라져 버리자 휘는 괴이한 기분이 들었다.

무슨 일이 있었는지 전혀 모르는 적인풍이 주렴을 걷고 휘를 바라보았다.

"문주, 들어가시죠."

"아, 예……."

휘는 묘한 눈빛을 번뜩이며 잠시 망설이다가 일행을 따라 객잔 안으로 들어갔다.

'누굴까? 심상치 않은 기운을 지녔는데……. 확인해 봤어야 했나?'

신도연백은 자신도 모르게 고개를 돌리고는 잠시 숨을 멈췄다.

파스스스…….

'이, 이런…….'

손아귀에 쥐어져 있던 찻잔이 가루가 되어 탁자 위로 수북히 쌓이고, 웃음기가 사라진 신도연백의 얼굴에 한 겹 살얼음이 깔렸다.

'내가…… 나 신도연백이 저놈의 눈길을 피하다니……. 이런 어처구니없는 일…….'

휘의 눈을 피했다는 자괴감에 자존심이 무너지는 기분이었다.

그런 자신에게 분노가 치솟았다.

하지만 그가 모르고 있는 것이 있었다, 휘의 내부에 서린 삼령의 기운이 삼악(三惡)의 극성이란 것을. 그리고 그 때문에 자신의 기운이 위축될 수밖에 없었다는 것을.

"혈유(血儒)."

혈유라 불린 중년인이 떨리는 눈빛을 감추고 허리를 깊이 숙였다.

"예, 교주."

혈유의 눈빛이 떨리고 있음을 알지 못한 채 신도연백은 만년빙동에서 흘러나오는 듯한 싸늘한 음색으로 입을 열었다.

"외나무다리에서 귀혼을 모두 잃는 한이 있더라도 놈을 철저히 망가뜨려라. 단, 목숨만은 남겨두도록. 놈의 목숨은 내가 직접 거둘 것이다."

"존… 명……."

답하는 혈유의 떨리는 눈빛이 암울하게 물들어간다.

'불안하다. 대계를 앞두고 놈에게 집착해서는 안 되거늘……. 설마 잘못된 선택이었단 말인가? 나 혈유의 선택이……?'

휘는 점소이에게 손에 들린 메기를 넘겨주고 한 냥의 은자를 덤으로 얹혀주었다.

"멋진 요리를 기대하겠소."

"어이구! 걱정 마십시오, 공자!"

희희낙락한 점소이가 메기를 들고 물러나자 휘는 다시 건너편 객잔의 이층을 바라보았다. 그러나 장가에 비치던 그림자는 이미 사라진 뒤였다.

'누굴까?'

묘한 기운이었다.

마기 같기도 하고, 아닌 듯하기도 했다. 분명한 것은 그 기운이 매우 강렬했다는 것.

'급한 일만 없었다면 한 번 만나봤을 텐데…….'

운명의 갈림길이었다. 자신의 기운을 감출 수 있는 신도연백이 아니었다면 휘도 상대의 마기를 느끼고 누군지 확인 정도는 했을 것이거늘.

휘가 조금은 아쉬운 마음을 가라앉히고 자리에 앉자 평범한 상인 차림의 장한이 휘의 일행이 있는 곳으로 다가왔다.

"이단의 후안정이 삼가 문주를 뵈오이다."

"수고가 많습니다."

"별말씀을."

"현재 상황을 알고 싶습니다만."

후안정은 휘의 존대에 몸 둘 바를 모르고 얼굴을 붉혔지만, 휘의 입에서 일에 대한 물음이 던져지자 즉시 자신이 알고 있는 정보를 꺼내 놓았다.

"마침내 귀혼의 행방이 밝혀졌습니다. 들려온 소식으로는 검성 화 노사께서 곧 귀혼의 꼬리를 잡을 것 같다 합니다."

휘의 미간이 가볍게 찌푸려졌다.

"검성께서 귀혼의 꼬리를 잡을 것 같다?"

"어제만 해도 거리가 백오십 리 정도 떨어졌었는데, 오늘 아침에 오십 리 정도로 좁혀졌다는 연락이 왔습니다."

사공후가 반색하며 탄성을 내질렀다.

"드디어 놈들을 잡는가 보군요!"

귀혼이 제아무리 공포의 괴물이라 해도 상대는 검성이다. 천하제일검 검성 화정월. 게다가 검성과 함께하고 있는 사람들은 모두가 절정의 고수들. 웬만한 대문파들도 뒤집을 수 있는 전력이 아닌가.

호영광도 검성이 귀혼과 마주칠 거라는 말에 고개를 끄덕였다.

"그 찢어 죽여도 시원치 않을 괴물들을 대체 누가 풀어놓은 건지……"

하지만 다른 사람들의 기분과는 달리 휘의 찌푸려진 이마는 펴질 줄을 몰랐다. 그런 휘가 이상하게 보였는지 초평우가 넌지시 물었다.

"형님, 무슨 걱정이라도……?"

휘는 초평우의 말에 대답하지 않고 후안정에게 한 가지를 물었다.

"놈들의 흔적을 발견한 것이 언젭니까?"

"놈들의 흔적이 발견된 것은 이틀 전입니다. 그전만 해도 아무런 단서조차 찾지 못해 답답했었는데, 갑자기 놈들이 소규모의 무관(武館)을 치는 바람에 행적이 드러났습니다."

잠시 멈칫한 후안정이 고개를 갸웃거리며 말을 이었다.

"지금 생각해 보니 조금 이상하긴 합니다, 문주님. 그동안 자신들의 행적을 철저히 숨긴 것에 비하면 너무 쉽게 모습을 드러낸 것 같습니다. 본 문과 천궁단, 밀은당, 풍비단 등 수백 명이 동분서주해도 알아내지 못했었는데 말입니다."

"그 무관이 특별한 곳은 아니었겠지요?"

"예, 그저 평범한 무관입니다. 놈들이 관심을 가질 만한 것이 아무것도 없는……."

"그리고 발견한 지 하루 만에 백 리의 간격이 단축되었단 말이죠?"

"예, 맞습니다."

아무도 입을 열지 않고 휘만 바라보았나.

단순한 문답 속에 숨은 뜻은 결코 단순하지가 않았다.

귀혼은 스스로 몸을 드러냈다. 그리고 추격을 방치하고 있다. 아니, 추격해 오기를 기다리고 있다.

그 뜻을 알아챈 제갈효가 떨리는 음성으로 입을 열었다.

"함정입니다."

함정? 검성을 함정으로 유인하고 있다고?

호영광이 믿기 힘들다는 듯 입술을 깨물었다.

"검성께서는 이십 명의 절정고수와 동행하고 계십니다."

누가 감히 그들을 함정으로 유인한단 말인가.

"자멸할 생각이 아니고서야 검성과 절정고수 이십 명을 함정으로 유인한다는 것은 생각하기가 힘듭니다."

남궁중산이 호영광의 손을 들어줬다. 하지만 휘의 뒤이은 말에 사람들의 안색은 창백하게 변해 버렸다.

"자멸할 생각이라면 충분히 가능합니다, 귀혼을 버리고 검성을 비롯한 이십 명의 절정고수를 제거할 생각이라면."

휘가 안색이 굳은 호영광을 바라보며 물었다.

"귀혼이 광양문에서 죽은 자신들의 동료를 차지하기 위해 싸웠다고 했지요?"

"그렇습니다."

"그리고 죽은 동료의 머리에 손가락을 박았고 말이죠."

"…예."

"천검보에서도 조금 이해할 수 없는 행동을 했다고 하더군요. 마치 놓고 가는 것이 아깝다는 표정 같았다고 합니다. 왜 그런 행동을 했을까요?"

"……?"

"저도 처음에는 그러려니 했습니다. 제정신이 아닌 귀혼이라면 충분히 그럴 수도 있다 생각했으니까요. 전에 들었던 어떤 이야기 하나가 떠오르자 어쩌면 이유가 있을지도 모른다는 생각이 들더군요."

잠시 말을 끊자 재촉하는 눈빛이 쏟아진다.

휘는 자신을 향한 사람들을 돌아보며 조용히 자신의 생각을 말했다.

"귀혼은 이매망량이 인간의 정기를 흡정해서 힘을 키운 마물입니다. 무슨 말인지 아시겠습니까? 놈들은 흡정을 하는 괴물들이란 말입니다."

사공후가 제일 먼저 휘가 한 말의 뜻을 알아듣고는 아연한 눈을 부릅떴다.

"그, 그럼… 놈들이 동료의 기운을 흡취하기 위해서?"

"어쩌면… 귀혼의 힘은 전보다 더 강해져 있을지도 모릅니다. 만일 그게 사실이라면, 결과는 아무도 장담할 수가 없습니다."

단 열둘의 귀혼에 의해 광양문이 피로 뒤덮이지를 않았던가? 그런데 그때보다 힘이 더 강해졌을 수도 있다고?

모두가 말을 잊었다.

그런 괴물을 상대해야 하다니, 참으로 두려운 일이 아닌가.

사람들은 속으로나마 간절히 원했다, 제발 휘의 말이 틀리기만을.

침묵이 이어지자 휘가 후안정에게 물었다.

"현재 귀혼척살조의 위치는 어디쯤 됩니까?"

후안정이 넋을 잃고 있다가 휘의 물음에 흠칫 몸을 떨고 답했다.

"마성(碼城)을 지난 것이 어제 오후니까 지금쯤이면 홍안(紅安)을 지나 있을 것입니다."

"홍안까지의 거리는?"

"삼백 리 정도 됩니다."

"일단 귀혼척살조의 진로를 계속 파악하라 전해주시고 우리와 연락이 끊이지 않게 해주세요."

"알겠습니다. 그럼 먼저 출발하겠습니다, 문주님."

후안정이 뛰듯이 밖으로 나가자 휘가 사람들을 둘러보았다.

"최대한 빠른 속도로 귀혼척살조를 쫓아갈 것입니다. 힘이 들더라도 참고 따라와 주시기 바랍니다."

모두가 무겁게 고개를 끄덕였다. 머리가 백 근 철추라도 되는 것마냥.

그때다. 점소이가 두 손 가득 메기찜을 내오고 있었다.

영등은 안타까운 눈으로 모락모락 김이 피어오르는 커다란 접시를 바라보며 간절한 표정을 지었다.

"먹고 죽은 귀신 때깔도 좋다는데, 조금 맛이라도 보고……."

그러자 휘는 당연한 말을 간절하게 말하는 영등을 보고 묘한 웃음을 지었다.

"당연히 식사는 하고 가야죠. 누굴 닮아서 그렇지 맛있게 생겼는데요?"

4

천신의 도끼가 내려쳐 갈라놓은 것처럼 쩍 벌어진 협곡은 이십여 장 넓이에 그 깊이가 백 장도 넘어 보인다. 게다가 깎아지른 듯한 경사면은 금방이라도 무너질 듯이 안쪽으로 휘어져 있다.

절벽 아래로 흘러내린 자갈과 듬성듬성 자란 나무로 인해 황량해 보이는 모습만 아니라면 가히 장관이라 불러도 손색이 없을 정도의 경관이었다.

하늘 높이 솟은 태양이 서쪽으로 기울어가는 시각, 화정월은 삼 리가 넘을 것 같은 협곡을 바라보며 얼굴을 굳혔다.

귀혼의 흔적은 협곡의 안으로 이어져 있었다. 놈들을 이틀간 추적한 밀은당의 보고였으니 틀림없는 일일 것이다.

그런데도 그는 좀처럼 앞으로 나아가지 못하고 있었다.

놈들의 흔적을 발견한 것은 이틀 전, 그때만 해도 별다른 생각을 하지는 않았다. 놈들을 하루라도 빨리 발견한 것이 다행이라는 마음일 뿐.

한데 어제부터 한 가지 생각이 머리를 떠나지 않고 있었다.

놈들의 은밀함으로 인해 지난 열흘 이상 놈들의 행적을 놓쳤었다. 한데 너무 갑자기 모습을 드러냈다. 발견한 것이 아니고 스스로 드러낸 것이다.

왜?

그만한 자신감이 있어서인가? 아니면 호북에 자신들의 세력이 있기 때문에?

화정월이 협곡을 바라보기만 할 뿐 나아가지를 않자 이자청이 조심스럽게 입을 열었다.

"화 노사, 무슨 문제라도 있으신지요?"

"음, 아니네."

"하오면……?"

확실하지 않은 이야기를 무턱대고 할 수도 없었다. 이틀째 제대로 쉬지도 못하고 추적해 온 사람들에게 놈들을 쫓아가는 것이 꺼림칙하다고 말해봐야 씨알도 먹히지 않을 일.

어쩔 수 없다, 일단은 부딪치는 수밖에.

"가세!"

화정월의 명이 떨어지자 이십여 명이 일제히 협곡으로 몸을 날렸다. 스무 마리의 날렵한 제비마냥 지면을 스치듯 나아가는 그들의 모습은 협곡의 황량함 속에 한 폭의 그림과도 같았다.

뒤따라가는 화정월의 표정이 여전히 풀어질 줄을 모르자 한걸음 뒤처져서 나아가던 전홍상이 참지 못하고 입을 열었다.

"사부님, 걱정되시는 일이라도 있으십니까?"

차마 제자에게까지 숨길 수는 없다 생각했는지 화정월이 침중한 표정으로 고개를 끄덕였다.

"아무래도 놈들에게 끌려온 느낌이다. 게다가 이곳 지형도 왠지 마음에 걸린다. 지금까지 별다른 방해가 없었기 때문인지 사람들이 이상하게 생각하지 않는다만 이런 곳은 앞뒤가 막히면 매우 위험한 곳이다."

"그렇긴 하오나 사부님이 계시옵니다. 게다가 저들도 모두 절정의 고수들, 설마 무슨 일이 있겠습니까?"
"그렇긴 하다만 그래도 조심을……."
그때다! 미처 화정월의 말이 끝나기도 전.
쾅!
"크으윽!"
느닷없이 굉음이 울리고 신음성이 터져 나왔다.
화정월은 눈을 부릅뜨고 앞을 바라보았다.
맨 앞에서 가로막은 바위를 피해 옆으로 돌아가던 철기보의 권호(拳豪) 소명강이 튕겨지는 모습이 보였다. 그리고 전면에 유령처럼 내려서는 다섯의 귀혼.
굳이 말이 필요없었다. 머뭇거릴 필요도 없었다.
상대는 말이 통하지 않는 자들.
"이놈들! 마침내 네놈들을 만났구나!"
오룡회의 귀혼척살조 전원이 귀혼을 향해 달려들었다.
그들만큼 귀혼의 정체를 잘 알고 있는 사람도 없다.
귀혼 중에는 조카도 있고, 제자라 할 수 있는 자도 있다.
그렇기에 그들의 가슴은 무거웠다. 그렇기에 다른 사람에게 맡기지 않고 자신들의 손으로 직접 처리하고 싶었다. 그들이 귀혼척살조가 되어 이곳까지 온 것도 모두가 그러한 이유 때문이었다.
귀혼척살조 십오 인이 귀혼을 덮쳐 가는 것을 보고 있던 장군영이 화정월을 바라보았다.
"사부님, 놈들이 왜 다섯뿐이죠?"
그에 대한 대답은 뒤에서 들려왔다.
크르르르……. 크크크…….
화정월은 굳은 표정으로 천천히 뒤를 돌아보았다.

이십여 장 떨어진 곳, 그곳에 나머지 세 명의 귀혼이 있었다. 눈에서 일렁이는 파르스름한 귀화, 고요히 서 있는 그들의 전신에서는 연녹색 안개가 아지랑이처럼 흐르고 있었다.

'놈들의 기척을 느끼지 못했다.'

전율이 온몸을 관통했다.

창천보에서 두 명의 귀혼을 제압한 적이 있기에 둘 정도는 자신이 혼자서 처리할 수 있으리라 생각했다. 잘하면 셋까지도. 그러나 귀혼을 직접 본 순간, 화정월은 자신의 생각이 얼마나 잘못된 것인지를 깨달아야만 했다.

아직 손을 나눠보지는 않았지만 자신 정도 되면 상대의 능력을 본능으로 알 수가 있다. 그 본능이 말하고 있다.

놈들은 강하다. 그냥 강한 것 정도가 아니라 자신조차 둘을 감당할 수 없을 정도로 강하다.

'위험하다! 이곳을 빠져나가야 한다!'

뒤쪽에서는 치열한 격선이 벌어지고 있건만 화정월의 신경은 온통 눈앞의 귀혼만을 향했다.

"모두 조심해라. 너희들 넷이 힘을 합쳐 하나를 맡아라."

화정월의 명령에 귀혼을 향해 나아가려던 전홍상과 명지경이 움찔 어깨를 떨었다.

"절대 흩어지지 말고 오직 하나만 공격해라."

"사부님······?"

명지경의 의아한 표정은 아랑곳하지 않고 화정월은 강한 어조로 소리쳤다.

"살아남기 위해선 최선을 다해라!"

말의 여운이 사라지기도 전, 화정월의 몸이 아무런 예비 동작도 없이

혈투(血鬪) 139

귀혼을 향해 날아갔다.

그제야 전홍상과 명지경이 몸을 날리고 장군영이 소산연과 나란히 뒤따라갔다.

사부의 말이다. 검성이라 불리는 천하제일검의 말인 것이다. 그만큼 상대가 강하다는 뜻.

어느 순간 화정월의 뒤를 따라 몸을 날리는 황산 제자들의 표정이 딱딱하게 굳어졌다. 사부가 먼저 애검 무애를 뽑아드는 것이 눈에 들어온 것이다.

누가 먼저라 할 것도 없이 그들도 검을 뽑아 들었다.

그들이 검을 뽑아 들고 귀혼의 면전에 들이닥쳤을 때다.

최초의 비명이 귀혼척살조 쪽에서 터져 나왔다.

"으악!"

처절한 비명이 협곡에 메아리치며 울려 퍼진다.

"이놈들!"

"네놈들이 진정 악마가 되었구나!!"

분노에 찬 음성들이 휘몰아치는 바람결에 들려온다. 하지만 황산의 제자들은 누구도 뒤를 향해 고개를 돌릴 수가 없었다.

떠더덩!!

고막을 울리는 굉량한 충돌음, 협곡이 뒤흔들렸다.

화정월이 뒤로 물러서고 귀혼도 물러선다. 한데 귀혼은 그다지 충격을 받은 것 같지가 않다.

그사이 물러선 화정월을 향해 다른 귀혼이 달려든다.

화정월이 백색 검강이 서린 무애를 중단으로 들어올리자, 귀혼이 손에 들린 거무튀튀한 도 한 자루로 화정월의 무애를 내려쳤다.

그제야 황산의 제자들은 알 수 있었다. 왜 사부가 자신들 네 명에게 연수합격을 하라 했는지. 왜 최선을 다하라 했는지.

맙소사! 검성과 귀혼의 무위 차이가 그리 크지 않은 것이다.

화정월을 향해 두 명의 귀혼이 달려들자 황산의 제자들은 한 명의 귀혼을 향해 신형을 날렸다, 전력을 다해 이를 악물고.

콰과과광!!

떠덩!

앞에서는 다섯 명의 귀혼을 향해 귀혼척살조가 달려들고, 뒤에서는 검성 화정월과 황산검문의 제자들이 세 명의 귀혼을 향해 혼신의 힘을 쏟아낸다.

대혼전 속에 간간이 울리는 비명 소리가 귀청을 파고들 때마다 싸우는 사람들의 표정이 지옥 속에 빠져든 것마냥 처절하게 일그러졌다.

이자청이 분노를 이기지 못하고 소리쳤다.

"으아아아!! 죽어라! 이놈들!!"

피가 튀고 살점이 찢긴다.

머리가 쪼개지고 내장이 쏟아진다.

악마다! 놈들은 조카도 아니고 제자도 아니다. 이놈들은 진짜 악마가 되었다.

말로 들었을 때와 직접 대한 느낌은 천지 차이다.

눈앞에서 팔이 뜯겨지고 있다. 피가 분수처럼 치솟는다. 킬킬거리는 놈들의 손가락이 동료의 머릿속을 휘젓고 있다.

검강으로 베어도 기껏 살갗만이 베어진다. 웅혼한 권강에 정통으로 맞고도 그저 뒤로 몇 걸음 물러설 뿐이다. 귀신같은 몸놀림에 그마저도 적중시키기가 쉽지 않다.

특히 그중에 한 놈은 검강이 어린 검을 맨손으로 잡아 부러뜨릴 정도다. 일각도 되지 않아 그놈에게 죽은 사람이 두 명이다. 그러고도 놈은 어슬렁거리며 먹잇감을 찾아다닌다. 이제는 오히려 귀혼척살조의 고수들이 놈을 피해 다녀야 할 상황.

방법이 없다. 두세 명이 한 명의 귀혼을 붙잡고 싸우는 데도 쓰러진 건 모두 귀혼척살조뿐.

물러서고 싶다. 도망가고 싶다.

하지만 그럴 수도 없다. 물러설 곳이 없다.

뒤에서는 화정월과 황산의 제자들이 세 명의 귀혼을 맞이해 싸우고 있다. 그들의 일그러진 표정이 자신들과 같은 심경임을 보여주고 있다.

물러설 곳도 없고, 물러설 수도 없다.

죽는 것인가? 여기에서 죽는 것인가?

죽기 전에 한 놈이라도 죽여야 할 텐데…….

그래, 죽이자! 어차피 죽을 거면 한 놈이라도 더 죽이자!

"이놈들! 같이 죽자!!"

     *   *   *

"과연 검성이야. 대단하군!"

협곡의 아래를 내려다보던 신도연백에게서 진심 어린 감탄이 터져 나왔다.

"다행히 늦지 않게 와서 재미있는 구경을 하는군."

신도연백의 뒤에 엎드려 있던 황의인이 조심스럽게 입을 열었다.

"화정월을 상대하는 귀혼은 이차 각성한 귀혼 넷 중 둘이옵니다."

"이차 각성?"

신도연백의 물음에 황의인이 떨리는 목소리로 그에 대해 설명했다.

"귀혼은 다른 귀혼이 죽으면 죽은 귀혼의 귀기를 흡수할 수가 있사옵니다. 그리되면 본래의 힘보다 더 강해지온데, 그것을 이차 각성이라 하옵니다. 광양문의 일이 있고서야 확실히 알 수 있었사옵니다."

"그럼 또 다른 귀혼이 죽으면 계속 흡수할 수가 있느냐?"

"그건 아니옵니다. 육신이 견디지 못하기 때문에 두 번을 할 수는 없사옵니다."

"어쨌든 재미있는 일이군, 재미있는 일이야. 후후후……."

잠깐 들려졌던 신도연백의 눈이 다시 협곡의 아래로 향하자 옆에 조용히 서 있던 혈유가 입을 열었다.

"삼양신문과 천검보의 무사들이 수주로 집결하고 있다 합니다, 교주."

신도연백이 다시 고개를 들지도 않고 물었다.

"흠, 야율무궁도 그 사실을 알고 있겠지?"

"물론이옵니다."

"본 교의 무사들은?"

"일진이 이틀 전 장사를 출발했으니 늦지 않게 당도할 것이옵니다만, 행석을 최대한 숨기고 오나 보니 약간의 차질은 어찔 수 없을 듯합니다."

"좋아! 그럼 이곳의 일이 끝나는 대로 대홍산으로 간다. 살아남은 귀혼이 있거든 그들도 대홍산 쪽으로 이동시키도록."

"존명!"

"아! 그리고 강서의 일은 어찌 되고 있나?"

"부교주께서 천도맹이 함부로 움직이지 못하도록 적절히 움직이고 있사옵니다."

"후후후……. 잘하고 있군."

잠시 말을 멈추고 검성과 귀혼의 싸움을 내려다보던 신도연백이 숨을 한 번 들이쉬고는 나직하게 물었다.

"진조여휘는……?"
"곧 도착할 것이옵니다, 교주."

5

"귀혼은 구적산으로 들어갔습니다. 검성 화 노사를 비롯해 귀혼척살조도 곧 따라 들어갔는데 들어간 이후 굉음이 울리고 있는 것이 싸움이 벌어진 듯합니다. 조장님께선 아무도 들어가지 못하게 하시고 밖으로 나오는 길목만 지키라 하셨습니다."

이십여 리 떨어진 화룽현에서 만상문 이단의 조원이 전한 말이었다. 그리고 구적산의 입구에 다다르자 이단의 삼조장인 장오삼이 휘를 맞이했다.

"엄청난 싸움이 벌어지고 있습니다. 굉음과 비명 소리가 십 리 밖까지 울려 퍼지고 있습니다. 싸우고 있는 곳은 절부곡(絶斧谷)이라는 협곡입니다."

구적산이라 했던가?

바위가 겹겹이 쌓인 듯한 모습은 그 이름에 걸맞게 쌀가마니를 아홉 겹 쌓아 놓은 것만 같았다.

쿠르릉!

어디선가 뇌성이 울리는 것마냥 굉음이 메아리쳐 온다. 단순한 소리가 아니다. 격렬한 기의 충돌음이다.

휙!

휘의 신형이 옆쪽의 절벽을 타고 허공으로 치솟았다.

뒤따르던 사람들은 느닷없이 휘의 신형이 하늘로 솟아오르자 걸음을 멈추고 입을 딱 벌렸다.
"저게 새냐, 사람이냐?"
사공후의 허탈한 말투에 누구도 반박하지 않았다.
세 시진을 쉬지 않고 달렸다. 아무리 절정의 수준에 올라선 사람들이라 해도 지치지 않을 도리가 없다. 이미 적인풍을 비롯해서 사공후나 호영광 등도 굵은 땀방울이 송골송골 맺힐 지경이다.
한데 휘만은 땀은커녕 숨소리조차 변한 것이 없다. 게다가 까마득한 허공으로 치솟는 그의 모습, 참으로 보면 볼수록 사람 같지 않게 보이는 것이 어쩌면 당연할 정도다.

자신을 괴물로 보는 줄도 모른 채 휘는 절벽을 두어 번 박차고 이십 장 높이의 절벽 위에 올라섰다.
쿠릉! 콰아앙!
굉음은 쉬지 않고 울리고 있다.
근원지인 절무곡이 그리 멀지 않은 듯하나.
전면을 유심히 살펴보자 오 리 정도 떨어진 곳에 거대한 협곡이 보인다.
떠덩!
또다시 울리는 굉음.
'저곳이다!'

6

화정월은 믿을 수가 없었다.
두 명의 귀혼을 상대한 지 한 시진째, 이미 이긴다는 생각은 한여름 밤의 꿈같은 생각이었다.

조문인 백회혈도 눈앞의 귀혼에겐 아무 소용이 없는 듯 보였다. 귀혼의 움직임을 눈으로 쫓기도 힘든 판에 백회에 검을 쑤셔 넣는 것 자체가 불가능에 가까운 것이다.

자신도 그러할진대 제자들은 오죽할까.

허리가 반쯤 뜯긴 채 나뒹굴고 있는 전홍상의 모습이 눈에 들어온다. 그는 귀혼의 무자비한 손길에 반 시진을 채 버티지 못하고 쓰러졌다.

소산연을 구하려다 한쪽 팔이 떨어져 나간 명지경, 그런 명지경의 부상에 눈물을 글썽이며 귀혼을 향해 검을 날리고 있는 소산연, 그리고 머리를 산발한 채 연신 악을 쓰고 있는 장군영.

모두가 위태로운 상황이다. 그나마 다행이라면 제자들이 상대하는 귀혼의 움직임이 조금은 둔해졌다는 정도.

하지만 둔해진 것은 귀혼만이 아니다. 제자들의 입에서도 거친 숨소리가 지친 황소의 숨소리만큼이나 크게 흘러나오고 있다.

그래도 자신들은 나은 편이다.

오룡회의 귀혼척살조는 살아 있는 사람이 넷뿐, 열한 명이 귀혼의 손에 죽임을 당했다.

머리가 깨지고 심장이 뽑힌 채 널브러져 있는 귀혼척살조는 세 명의 귀혼을 저승길 동반자로 삼아 죽어갔다.

자신의 팔을 잡고 뜯어내는 귀혼을 끌어안으면 다른 사람이 귀혼의 백회에 검을 쑤셔 넣었다. 혼자가 안 되면 둘이 붙잡기도 하고, 둘이 안 되면 셋이 달려들었다.

그렇게 세 귀혼의 백회에 검을 쑤셔 넣었건만 아직도 남은 귀혼은 둘. 그러나 둘을 상대하기에는 남은 네 명의 힘이 너무 미약하다.

더구나 남아 있는 귀혼 중에는 이차 각성을 한 귀혼도 있다. 그에 의해서 죽은 귀혼척살조가 다섯.

"이놈! 훈아! 네놈이 어찌 이 형을 죽인단 말이냐!"

장인성이 귀혼으로 화한 상관훈을 바라보며 처절하게 외쳤다.

조금 전, 상관훈에 의해 이자청의 머리가 으깨졌다. 이자청은 상관훈을 어릴 적부터 무릎에 앉혀 놓고 키운 사람이다. 오늘 이 자리에 온 것도 오직 상관훈 때문이라 할 수 있었다.

한데 상관훈을 친아들처럼 보살피며 살아온 세월이 덧없이 처참한 죽음으로 보상받은 것이다. 치가 떨리고 분노가 하늘 끝까지 다다를 일이 아닌가.

그러나 귀혼의 눈에 어린 파란 귀기는 더욱 거세게 피어오를 뿐이다.

"크크크……. 죽이겠다. 모두 죽여…… 피를 마시고 싶어……. 피를……."

"으아아!! 이놈!!"

끝내 장인성의 입에서 죽음보다도 더 처절한 외침이 터져 나왔다.

검을 앞세우고 귀혼을 향해 몸을 던지는 장인성의 눈에서 광기가 일렁인다.

죽이리라! 죽이리라!

네놈을 죽여 저승길에서 하염없이 괴로워하고 있을 이 형을 위로하리라!

광기 서린 장인성이 검과 검신일체가 되어 귀혼의 머리에 박힐 찰나!

귀혼이 장인성의 검을 맨손으로 잡아버렸다.

쩌정!

부러지는 칼날, 귀혼의 한 손이 녹광을 흘리며 장인성의 복부로 파고들었다.

"이, 이놈……!! 훈아……."

우두둑!

장인성의 복부를 파고든 귀혼의 손이 심장을 움켜쥐고 빠져나온다. 귀혼이 귀소를 흘리며 펄떡거리는 심장을 들어올리자 장인성은 꺼져 가는 눈으로 자신의 심장을 바라보았다.

"죽거든…… 엎드려 죄를… 빌어……."

그때다. 무너지는 장인성의 귓가에 누군가가 자신을 부르는 소리가 아득하니 들려온다.

"장 대협!"

장인성은 꺼져 가는 의식 저편에서 그가 누구란 것을 알고는 희미한 웃음을 지었다.

'그가…… 왔구나…….'

툭, 장인성의 고개가 꺾어짐과 동시, 한줄기 거대한 힘이 귀혼의 전신을 덮어버렸다.

쾅!

협곡 안으로 들어서자마자 눈에 보이는 것은 처절한 싸움의 흔적들, 그리고 귀혼을 상대로 악전고투를 하고 있는 사람들.

검성 화정월이 두 명의 귀혼에게 밀려 전신이 피로 물들어 있다.

전홍상은 옆구리가 뜯긴 채 죽어 널브러져 있고, 잘린 팔뚝을 옷자락으로 싸맨 채 힘겹게 검을 휘두르는 명지경은 곧이라도 쓰러질 것처럼 위태위태하다.

장군영과 소산연만이 별다른 상처 없이 귀혼과 대적하고 있지만 그 두 사람조차 기력이 달린 듯 연신 뒤로 물러서고 있다.

그러다 안쪽을 바라보자 멀리서 누군가가 심장이 뽑히고 있는 광경이 눈에 들어왔다.

눈에 익은 얼굴.

"장 대협!"

휘는 멀리서 귀혼의 손에 잡혀 심장이 뽑힌 사람이 장인성임을 알고 전력을 다해 몸을 날렸다.

"여러분들은 이곳을 도와주세요!"

뒤따라오는 적인풍과 추마단에게 일갈을 내지른 휘는 장인성의 심장을 뽑아 들고 있는 귀혼을 향해 손가락을 튕겼다.

심장이 뽑힌 이상 이미 장인성의 죽음은 어쩔 수가 없다. 그러나 시신마저 훼손시킬 수는 없는 일.

전력을 다한 천홍이 귀혼의 가슴을 향해 날아갔다. 귀혼의 눈이 천홍을 향한다 싶은 순간!

쾅!

천홍이 귀혼의 가슴에 정통으로 틀어박혔다.

훌훌 날아가는 귀혼의 가슴이 움푹 들어갔다. 하나 그뿐, 떨어지자마자 벌떡 일어선 귀혼이 귀화를 번뜩이며 휘를 향해 달려들었다.

휘는 귀혼의 손에서 장인성이 떨어지자 재빨리 장인성의 몸을 안아 들었다. 그러나 장인성은 더 이상 산 사람이 아니었다.

눈을 들자 달려들고 있는 귀혼이 보였다. 가슴에 천홍을 정통으로 맞고도 달려들고 있는 귀혼을 보며 휘는 차갑게 코웃음을 쳤다.

"흥! 제법 몸뚱이가 단단하다만 설마 금강불괴는 아니겠지?"

츠릉!

달려드는 귀혼을 향해 만양이 불을 뿜었다.

붉은 천양의 기운이 쭉 뻗어나가자 달려들던 귀혼의 눈에 두려움이 떠오른다. 삼악의 극성, 천양의 기운 때문인 듯하다.

쩌렁!

만양에서 뻗친 붉은 강기가 그대로 귀혼의 어깨에 떨어져 내리고,

쾅!

강맹한 단천락의 일검에 주르륵 물러선 귀혼이 어깨를 늘어뜨렸다.

뒤로 주춤 물러선 귀혼을 향해 휘의 만양이 다시 붉은 강기를 뿜어냈다. 한 번이 안 되면 두 번, 두 번이 안 되면 세 번, 귀혼의 어깨가 잘려질 때까지 내려치겠다는 휘의 뜻을 담고.

귀혼도 휘의 검에서 느껴지는 기운이 심상치 않음을 알았는지 재빨리 몸을 날렸다.

"그따위 몸놀림으로는 나의 검을 피하지 못한다!"

신법이라면 천하에서 휘를 따라올 사람이 없다. 무음살마제마저 고개를 숙인 신법, 오보천환이 아니던가.

휘가 덮쳐 가자 귀혼의 몸놀림이 더욱 빨라졌다. 하지만 단천락의 일검을 완전히 피하지는 못했다.

쾅!

"끄으……"

귀혼의 입에서 고통스런 신음이 흘러나왔다. 신음을 흘리며 물러서는 귀혼을 향해 휘가 다시 쇄도했다.

그때였다.

뒤에서 빠르게 다가오는 기운이 느껴진다. 가공할 기운과 함께!

순간, 휘는 달려가던 자세 그대로 몸을 허공에 띄웠다.

빙글, 한 바퀴 공중제비를 도는 휘의 눈에 또 다른 귀혼이 들어왔다. 손에는 누군가의 뜯겨진 팔뚝이 들려 있다.

귀혼이 손에 들린 팔뚝으로 휘를 내려쳤다.

휘도 팔뚝을 휘두르는 귀혼을 향해 만양을 열십자로 내리그었다.

십자단천명!

쩌저적!

귀혼의 손에 들린 팔뚝이 붉은 피보라가 되어 허공으로 흩어졌다. 그러나 그 바람에 휘의 공격은 귀혼에게 아무런 영향도 미치지 못했다.

귀혼이 희미한 귀소를 입가에 건 채 휘를 향해 두 손을 흔들었다. 흔들리는 두 손에서 연한 녹광이 빗살처럼 쏟아져 온다.

녹광을 바라보는 휘의 얼굴이 굳어졌다.

놈의 장력에는 가공할 기운이 스며 있다. 지금껏 맞이한 그 어떤 장력보다 더 강한 기운이. 조금 전에 부딪쳐 본 귀혼의 공격과는 그 위력이 또 다르다.

'이놈이 바로 동료의 기운을 흡수한 놈인가?!'

휘는 단 번에 눈앞에 있는 귀혼이 이차 각성을 한 귀혼이라는 것을 알아봤다.

팔성의 기운을 십성으로 끌어올렸다.

천양과 지음의 기운이 척추와 기해에서 용솟음친다. 가슴에서 일어난 풍령의 기운에 의해 천양과 지음의 기운이 하나로 합쳐진 순간!

화아아악!

만양에서 무지개가 피어올랐다. 피어오른 무지개가 만양의 끝에 뭉치는가 싶더니, 뭉친 무지개가 일순간에 폭발하듯이 터져 버렸다.

폭멸혼!

콰아아!!

폭발한 폭멸혼의 기세가 귀혼의 전신을 휩쓸었다.

예전의 폭멸혼이 아니었다. 천양보다 더 강한 지음의 기운이 섞인 폭멸혼이었다

튕겨져 나간 귀혼의 옷이 걸레쪼가리처럼 찢겨져 나갔다. 전신에 난 수십 군데의 상처에서 핏물이 스며 나오자 순식간에 귀혼은 핏덩이처럼 변해 버렸다.

하나 일어서는 귀혼의 눈빛은 여전히 귀화가 넘실거리고 있다. 비록 좀 전에 비하면 많이 약화되긴 했지만 그렇다고 쓰러질 정도의 타격은 입지 않은 듯하다.

"크르르르……."

일그러진 표정으로 다가오는 귀혼을 보며 휘는 이를 지그시 깨물었다.

세상에! 자신의 십성 공력이 실린 폭멸혼에도 쓰러지지 않다니!

아무리 인간이 아니라 하지만 눈으로 보고도 믿을 수 없는 일이다.

진정 백회혈을 부숴야만 쓰러뜨릴 수 있단 말인가?

놀람도 잠시, 휘는 번개처럼 신형을 돌리며 만양을 휘둘렀다, 뒤에서 소리없이 접근하는 귀혼의 머리를 향해.

단천락!!

콰광!

한편 화정월은 휘 일행이 협곡 안으로 진입하자 무너져 내리는 몸을 바로 세웠다.

이제는 희망이 있다. 살아날 수 있는 희망이!

화정월이 무애를 고쳐 잡고 내력을 집중시킬 때였다.

적인풍 등이 날아오더니 한 명의 귀혼을 향해 덮쳐드는 것이 보였다. 화정월은 자신도 모르게 그들을 향해 소리쳤다.

"조심해! 놈은 일반 귀혼이 아니다!"

약간의 틈, 그야말로 찰나간의 틈이었다. 그 틈을 노리고 귀혼이 달려들었다.

화정월은 뒤로 한 발 물러서며 무애로 커다란 원을 그렸다.

혼신의 내력이 실린 일검. 자신의 애검 무애의 이름을 딴 무애팔검 중 일원무애(一元無涯)였다.

고오오!!

한데 조금의 망설임도 없이 허공에 걸린 원 안으로 귀혼이 손을 쑥 집어넣었다.

팍!

시뻘건 선혈이 안개처럼 퍼져 나가고, 갈기갈기 찢긴 귀혼의 팔이 뼈를 드러냈다. 하지만 그 대가로 귀혼의 강맹한 기운이 일원무애의 경력을 뒤집어 버렸다.

"크읍!"

화정월의 입에서 시뻘건 선혈이 뿜어져 나왔다. 끝임없이 순환해야 할 내력이 귀혼의 내력과 부딪치자 일순간 멈춰 버리고, 그 결과 화정월의 혈맥이 뒤틀려 버린 것이다.

주르륵 물러서는 화정월을 따라 귀혼의 신형이 귀신처럼 따라붙었다, 살점이 너덜너덜한 팔은 아랑곳하지 않고.

그리고…

픽!

뼈만 남은 팔뚝으로는 무애의 진로를 막고 남은 한 손을 화정월의 가슴에 틀어박았다.

그야말로 찰나간에 벌어진 일이었다. 잠시 방심한 결과치고는 너무나도 큰 대가를 치러야만 했다.

"화 노선배님!!"

사공후와 호영광이 화정월을 향해서 신형을 날렸다. 그러나 화정월의 가슴에 일장을 내지른 귀혼이 뼈만 남은 팔을 휘두르며 그들의 앞을 가로막았다.

"우흐흐흐……."

"조심…… 놈을 조심해……."

안간힘을 쓰며 입을 여는 화정월의 입에서 붉은 선혈이 뭉클거리며 흘러나온다. 그때까지도 두 사람은 눈앞의 귀혼이 얼마나 공포스러운 존재인지를 느끼지 못하고 있었다.

단 열둘이서 광양문을 초토화시켰고, 절정고수 이십 명을 몰살시키다시피 했으며, 둘이서 검성 화정월을 위급 지경까지 몰고 간 마물이 바로 귀혼이거늘.

쩌정!!

사공후의 검이 귀혼의 뼈만 남은 손에 막혀 튕겨졌다.

호영광은 귀혼의 일장에 힘 한 번 제대로 쓰지 못하고 주르륵 뒤로 물러섰다.

꿈에도 생각지 않았던 일이 현실에서 일어나자 두 사람은 멍한 눈으로 귀혼을 바라보았다.

"저놈도 누구만큼 괴물이군."

하지만 귀혼은 여유를 부릴 만큼 만만한 상대가 아니었다. 물러선 두 사람을 향해 천천히 다가오는 귀혼, 그의 입가에 떠오른 웃음을 제대로 읽었다면, 그들은 최대한 공력을 끌어올리고 대비했어야 옳았다.

그러지 못한 그들에게 남은 것은…… 다시는 생각하고 싶지 않은 지옥의 가시밭길이었다.

콰광!

일검으로 뒤에서 다가서던 귀혼의 어깨를 내려쳐 꿇리고 백회혈에 만양을 꽂으려던 휘는 뒤에서 다가오는 귀기 서린 경력에 검을 거두고 신형을 돌렸다.

시뻘건 피로 뒤덮인 귀혼이 주위들은 검을 겨눈 채 달려들고 있었다. 검에서는 연녹의 검강이 검신을 따라 흐르고 있다.

귀혼 하나를 없애자고 등을 내줄 수는 없는 일. 더구나 달려드는 귀혼은 무릎을 꿇은 귀혼보다 훨씬 강력한 존재다.

달려드는 귀혼을 향해 만양을 내뻗었다.

주욱, 검신을 타고 흐르던 천홍이 검첨에서 둥실 떠올랐다 싶은 순간!

쐐애애액!

찰나간에 이 장의 간격이 사라지고, 천홍이 귀혼의 이마에 틀어박히려 할 때다. 귀혼이 본능적인 동작으로 손을 들어올려 이마를 가렸다.

퍽!

미미한 소음, 움푹 파인 손바닥에서 점점이 떨어지는 선혈.

주르륵 물러선 귀혼이 흔들리는 눈을 들어 자신을 바라본다.

어이없는 상황.

"제기랄!"

휘의 입에서 자신도 모르게 상소리가 흘러나왔다. 그럴 수밖에. 지음의 기운마저 얻어 이제는 충분하지 않을까 생각했는데, 천홍을 정통으로 적중시키고도 손바닥에 구멍 하나 못 내다니.

제정신도 아닌, 귀신 들려 미친놈 하나도 제대로 죽이지 못하는 자신이 한심하기만 한 것이다.

그런 한편으로는 오기가 솟았다.

"어디 한 번 해보자! 다시 받아봐!!"

일갈에 귀혼이 녹광을 흘리며 주춤 한 걸음 물러선다.

일검이 비록 별다른 외상을 입히지 못했지만 상당한 타격을 준 것만은 확실한 듯.

그때다. 휘의 신형이 일순간 제자리에서 사라졌다. 동시에 터진 굉음!

콰앙! 쩌정!

본능으로 들어올린 귀혼의 검이 산산이 부서져 사방으로 튕겨졌다. 귀혼의 몸뚱이도 이 장 밖으로 날아가 처박혔다. 하지만 휘는 또다시 귀혼이 일어나리라는 것을 알고 있었다.

참으로 악귀 같은 놈들이 아닌가. 이런 놈들이 설쳐댔으니 광양문이 풍비박산날 수밖에.

휘는 일어서는 귀혼을 향해 만양을 중단으로 끌어올렸다.

세 치 크기의 둥근 점 하나가 선홍빛으로 밝게 빛나는가 싶더니, 찰나간에 거짓말처럼 사라져 버렸다. 귀천무종!

"퍼억!

둔탁한 소음, 입을 떡 벌린 귀혼, 살짝 굳은 안색의 휘

일시간 시간이 정지한 것처럼 귀혼과 휘의 움직임이 멎었다.

"꺼꺼……."

괴이한 신음이 귀혼의 입에서 흘러나온다.

주먹이 들어갈 만한 크기로 뚫린 가슴에서 녹기 띤 붉은 선혈이 주르륵 흘러내린다.

쿵쿵! 뒤로 물러서는 귀혼의 전신이 사시나무 떨듯 떨리고 있다.

물러서는 귀혼을 바라보던 휘의 신형이 주욱 늘어졌다.

쾅! 콰직!

"케엑!"

뚫린 가슴에 다시 붉은 검강이 틀어박히고, 훌훌 날아가는 귀혼의 입에서 처음으로 비명다운 비명이 터져 나왔다. 그러자 날아가는 귀혼을 쫓아 휘의 신형도 날아올랐다.

"이제 끝이다!"

만양을 역수로 잡은 휘가 날아가는 귀혼의 백회를 향해 검을 내리꽂았다.

허공을 격하고 백회혈을 공격할 수도 있지만 실패할 확률이 너무도 크

다. 상대는 귀혼! 될 수 있으면 단 한 번에 끝내야 한다!
 천양의 기운이 가득한 만양이 귀혼의 정수리를 파고들었다.
 "끄아아아!!"
 협곡을 뒤흔드는 처절한 귀명. 만양이 꽂힌 정수리에서 푸르스름한 녹기가 뭉클거리며 새어 나온다.
 '하나 잡았군.'
 휘의 입가에 하얀 웃음이 걸렸다. 하지만 그것도 잠시, 휘의 웃음이 씻은 듯이 사라졌다.
 귀혼의 손이 녹무에 덮인 채 허리를 후려쳐 온다! 만양을 뽑아들 시간도 없이!
 "이, 이런!"
 귀혼의 가슴을 박차고 몸을 튕긴 휘의 얼굴이 와락 일그러졌다.
 퍽!
 "헉!!"
 백회에 섬이 꽂히고도 움직일 수가 있다니!
 분명 귀기까지 새어 나왔건만…….
 그야말로 눈 한 번 깜짝일 시간의 방심이었다.
 상대는 검강으로도 죽지 않는 마물. 그럼에도 조문인 백회에 검을 꽂았다는 만족감에 놈에게 허리를 내줬다.
 허리에 후끈 달아오르는 느낌이 전해온다. 가슴을 박차고 피한 덕분에 정통으로 맞지는 않았지만, 기운에 스친 것만으로도 내장에 상당한 타격을 입은 듯하다.
 털썩!
 그것이 마지막 공격이었나?
 무너져 내린 귀혼이 아무런 움직임을 보이지 않는다.

땅에 내려선 휘는 입술을 지그시 깨물었다. 빠른 움직임, 강한 힘은 허리에서 나온다. 그런데 허리에 일격을 맞았다. 찌르르 울리는 느낌. 아무래도 운기를 하기 전에는 금방 정상화되기 어려울 듯하다.

그렇다고 지금 상황서 운기를 할 수도 없는 일. 더구나 뒤에서는 다른 귀혼이 소리없이 다가온다.

이를 악물고 홱 몸을 돌린 휘가 힘껏 만양을 내려쳤다.

쾅!!

소리없이 다가오던 귀혼이 손을 뻗다 말고 튕겨 나간다.

'젠장! 이런 괴물들을 상대하면서 방심하다니.'

휘는 튕겨진 귀혼을 향해 다시 검을 떨쳤다, 더 이상의 방심은 없다는 각오를 담아.

쐐애액!!

만양의 끝으로 또르르 굴러간 천홍이 귀혼을 향해 폭사되었다.

빗살처럼 날아가는 선홍빛 천홍, 천홍을 보는 귀혼의 눈빛이 격하게 흔들렸다.

흐느적거리며 옆으로 비켜서는 귀혼. 순간!

휘이익!!

천홍이 눈이라도 달린 듯 휘어지더니 귀혼의 정수리로 뇌전이 되어 내리 꽂혔다. 구전홍!

"크어어어!!"

구전홍이 정수리를 파고들자 백회에서 연녹의 녹기가 빠져나오고, 녹광을 흘리던 귀혼의 눈이 하얗게 뒤집어진다.

메어진 짚단처럼 스르르 무너지는 귀혼. 마침내 또 하나의 귀혼이 쓰러졌다.

휘는 귀혼이 더 이상 움직이지 않자 고개를 돌렸다.

그때였다!
"커억!"
계곡의 입구 쪽에서 들려오는 누군가의 외마디 답답한 신음 소리.
고개를 돌리자 비틀거리며 물러서고 있는 호영광이 눈에 들어온다.
하지만 문제는 그쪽이 아니다.
두 명의 귀혼을 상대하고 있는 쪽, 그쪽에선 벌써 누군가가 바닥을 기고 있다.
"뭐야? 설마……?!"
풍인강이다! 풍인강이 바닥을 기고 있다!
"풍 형!!"
헉! 그의 한 팔이 보이지를 않는다.
"으아아!! 이놈들! 네놈들이 감히!!"
초평우가 미친 듯이 도를 휘두르며 귀혼을 압박해 보지만 귀혼의 반격이 있을 때마다 물러서기에 정신이 없다.

애초에 힘의 대결을 한 것이 실수였다. 절정의 초입에 이른 진천검이지만 귀혼을 상대하기에는 많이 부족하거늘……. 더구나 이차 각성까지 한 귀혼의 힘은 이미 인간의 것이 아니지를 않던가.
단 오 초를 마무리 짓지도 못한 채 검이 부러져 버렸다. 그리고 녹무가 피어오르는 귀혼의 팔이 어깨 부위를 스치는 순간, 마치 예리한 칼날에 베어지듯 팔이 떨어져 나갔다.
너무도 어이없는 결과에 풍인강은 망연자실해졌다.
초평우가 광풍도를 휘둘러 귀혼의 손을 내려쳤기에 방향이 틀어져 목이 잘리는 화만은 면했다 하지만, 팔이 잘린 풍인강은 반쯤 넋이 나가 버렸다.

"비켜! 풍가야!!"

어깨 부위에서 피분수가 뿜어지는 풍인강을 밀치고 초평우가 귀혼을 향해 광풍도를 미친 듯이 휘둘렀다.

"물러나서 지혈부터 하게!"

적인풍과 당홍도 풍인강의 앞을 가로막은 채 전력을 다해 귀혼을 상대했다. 그럼에도 상황은 조금도 나아지지 않는다.

풍인강은 바닥에 나뒹굴고서야 정신을 차렸다.

정신을 들자 급히 팔의 혈을 눌러 뿜어지는 피를 지혈했다. 그러나 이미 상당한 피를 흘린 상태. 풍인강은 어지러운 머리를 세차게 흔들고 벌떡 몸을 일으켰다.

휘청!

흔들리는 몸을 바로잡은 풍인강은 입술을 피가 나도록 세차게 깨물었다.

정신이 번쩍 든다.

앞을 바라보자 초평우와 적인풍, 당홍, 영등이 귀혼을 맞이해 격렬한 싸움을 벌이고 있다.

단 하나의 귀혼과 네 명의 고수. 하지만 우세하기는커녕 뒤로 밀리지 않기 위해 필사적이다.

풍인강은 조금이라도 힘을 보태기 위해 부러진 검을 움켜쥐었다. 그때 이십여 장 밖에서 휘가 날아오는 것이 보였다.

"대형!"

"물러서요!"

휘의 일갈에 풍인강은 눈물이 앞을 가렸다. 도움이 되기는커녕 오히려 짐만 된 자신에게 울컥 화가 났다.

"죄송합니다. 크윽!"

그사이, 적인풍을 비롯한 네 명의 상황은 최악을 향해 치달리고 있었다. 너덜너덜해진 옷자락, 입에서는 핏물이 배어 나오고 손에 들린 도검은 가늘게 떨리고 있다.

"정말…… 괴물……."

적인풍이 넌더리가 나는지 고개를 내저었다.

검성 화정월을 상대로 상당한 시간을 싸우고도 아직 힘이 남아도는지 네 명의 쉴 틈 없는 공격을 귀신같은 몸놀림으로 피하고 있다. 어쩌다 검격을 성공시켜도 가느다란 흠집만이 날 뿐.

참으로 질리지 않을 수가 없는 일이 아닌가.

따다당!

"크읍!"

끝내 네 사람 중 공력이 달리는 초평우가 먼저 주르륵 물러섰다.

"우웩!"

선혈을 토해내는 것이 무리한 공격으로 적지 않은 내상을 입은 듯하다. 게다가 적인풍이나 당홍의 상황도 그리 좋은 상황은 아니다. 언뜻 보면 비등한 듯하지만 상대는 충격을 받지 않는 괴물. 아무래도 시간이 갈수록 불리해질 수밖에 없는 싸움이다.

휘는 재빨리 옷을 찢어 풍인강의 어깨를 감싸고는 초평우가 피를 토하며 물러서는 것이 보이자 황급히 귀혼을 향해 몸을 날렸다.

"물러서세요! 여러분은 저쪽을 도와주세요! 이놈은 내가 맡겠습니다!"

추마단의 다섯 명도 그리 좋은 상황이 아니었다.

사공후와 호영광이 귀혼 하나를 상대하고, 다른 세 명이 하나를 상대하고 있다.

하지만 제갈효는 이미 귀혼의 일장을 얻어맞고 쓰러져 움직이지를 않고 있는데, 아무래도 숨이 끊어진 듯 가슴의 기복이 보이지 않았다.

호영광은 귀혼과 정면으로 일장을 마주쳤다가 왼손의 손목이 탈골되는 부상을 입었다. 나머지 우수로 그동안 숨겨왔던 광령무혼장을 펼쳐 보지만 이미 상황은 급전직하다.

쇠도 부숴 버릴 수 있는 광령무혼장이 귀혼을 한 발자국도 밀어내지 못하다니……. 검성이 왜 단 둘의 귀혼을 어쩌지 못하고 있었는지 충분히 이해가 되고도 남는다.

'제기랄! 뭔 놈의 괴물들이 이리도 많단 말인가!'

진조여휘만 괴물인 줄 알았더니 이놈들도 그에 못지않다.

이제껏 이십수 년을 익혀온 자신의 무공에 회의가 들 지경이다.

그렇게 호영광과 사공후가 사이좋게 귀혼 하나에게 농락당하다시피 하고 있을 때 적인풍이 두 사람 사이로 끼어들었다.

"손발을 맞춰서 상대하게! 따로 놀지 말고!"

호영광과 사공후는 적인풍이 끼어들자 한숨을 돌렸다. 비록 우세하지는 않지만 잠깐 숨이라도 돌릴 수 있는 것이 어딘가.

적인풍이 사공후와 호영광을 도우려 몸을 날리는 것을 보고 초평우와 당홍, 영등도 위지현도와 남궁중산을 돕기 위해 몸을 날렸다.

그러자 좀 전보다는 훨씬 상대하기가 편해진 상태가 되었다.

그때 들려오는 소리.

"장 대협! 풍 형을 부탁합니다!"

창백한 안색으로 한쪽에서 소산연의 부상을 손보고 있는 장군영에게 풍인강을 부탁한 휘는 귀혼을 향해 만양을 뻗었다.

"괴물들! 지옥으로 돌아가라!!"

허리의 상태가 좋지 않다. 귀혼의 일장이 아무래도 내장을 건드린 것만 같다. 방법은 오직 하나뿐.

최대한 빨리 끝낸다!

휘의 만양에서 뻗어 나온 삼령의 기운에 귀혼이 움찔 몸을 떤다.

삼악의 극성, 삼령의 진가가 드러나는 순간이다.

콰우우!!

만양의 검첨에 한 송이 커다란 혈련화가 활짝 피어난다. 순간적으로 귀혼의 녹색 눈동자가 격하게 흔들렸다. 자신들의 기운과 극성이라는 것을 본능으로 알아챈 듯하다.

귀혼이 두 손을 거칠게 흔들었다.

흔드는 두 손에서 뭉클 피어오른 진녹색 운무. 사악한 귀기가 느껴지는 녹무가 혈련화를 감쌌다 싶은 순간, 녹무에 싸인 혈련화가 대기를 찢어발기며 일시에 터져 나갔다.

쾅!!

주르륵 물러서는 귀혼의 입이 쩍 벌어졌다.

단순한 고통 때문이 아니다. 귀혼의 본질은 귀기, 천화단심기와 삼령의 기운이 귀혼의 내부에 파고들자 귀기 자체가 커다란 충격을 받은 것이다.

휘는 광량화를 폭자결로 폭발시키고 이를 악물었다.

충격으로 내부가 다시 흔들렸다. 그러나 시간이 없다. 비록 절정의 고수 서너 명씩이 각기 귀혼 하나를 상대하고 있지만 언제 누가 쓰러질지 예측할 수가 없는 상황인 것이다.

검성 화정월이 움직이지 못하는 것을 보니 단시간 내에 도움을 받을 수도 없다. 결국은 자신 혼자 감당해야 할 상황이 올지도 모른다. 그러기 전에 하나라도 더 죽여야 한다.

지음의 기운을 끌어올려 내부를 보호하고 천양과 풍령의 기운을 끌어올렸다.

풍령의 기운을 빌어 오보천환을 펼치자 바람을 타고 귀혼을 향해 날아가는 몸짓이 표홀하기만 하다.

만양이 다시 허공에 잔상을 남기며 떨쳐졌다.

아홉 송이의 혈련화가 귀혼을 에워싸고. 천심화!

귀혼이 정신없이 손을 흔들며 강맹하기 이를 데 없는 장력을 뿜어낸다. 일순간!

콰르르…….

여덟 송이의 혈련화가 커다란 한 송이의 혈련화와 합쳐지고,

콰앙!!

"끄으으……."

이 장 밖으로 튕겨지는 귀혼의 얼굴이 악귀처럼 일그러졌다.

찰나, 휘의 신형이 허공에서 사라져 버렸다. 동시!

번쩍!

십 장 허공에서 떨어져 내린 붉은 번개, 찬연한 빛이 그대로 귀혼의 정수리를 향해 내리꽂혔다.

퍼억!

본능적인 몸짓으로 몸을 비튼 귀혼. 떨어져 내린 번개가 귀혼의 어깨를 짓이겼다.

그러자 또다시 떨어져 내리는 붉은 번개!

콰광!

"꺼어어……."

몸체가 무릎까지 땅을 파고든 귀혼의 입에서 마침내 푸르스름한 녹기가 새어 나오기 시작했다.

연속 공격의 반동으로 오 장 밖에 내려선 휘가 그 모습을 보더니 다시 신형을 날렸다.

한데 만양을 움켜쥔 휘의 입가로 붉은 선혈이 보인다. 계속된 충격에

내상이 더욱 심해진 듯 안색도 창백하게 굳어 있다. 그럼에도 눈빛만큼은 조금도 흔들림이 없었다.

날아가던 그대로 만양이 휘의 손을 떠났다. 빨랫줄 같은 붉은 선이 일수유의 순간에 귀혼의 가슴을 관통하며 지나간다.

"키엑!"

협곡을 울리는 괴이한 비명.

얼굴이 더욱 창백해진 휘는 이를 악다물고 검지를 들어 허공에 점 하나를 찍었다.

이미 검이 있고 없음은 휘에게 별다른 영향을 미치지 못했다. 검지에서 피어오른 천홍이나 만양에서 피어오른 천홍이나 별다를 바가 없었다.

퉁!

대기를 울리는 맑은 음향, 한 송이 커다란 혈련화가 귀혼의 머리 위에 나타났다.

대천화(大天花)! 핏빛보다 더 붉은 대천화가 귀혼의 백회를 향해 낙뢰처럼 떨어져 내렸다.

콰직!

"케에에엑!!"

귀혼의 입에서 소름 끼치는 비명 소리가 터져 나왔다. 동시에 귀혼의 정수리 부분이 깨진 바가지처럼 함몰되어 버렸다.

그때 진녹의 귀기가 움푹 꺼진 귀혼의 정수리에서 용암이 분출되듯 뿜어져 나왔다.

마침내 또 하나의 귀혼이 무너진 것인가!

"우욱!"

귀혼의 가슴을 관통하고 되돌아온 만양을 거둔 휘도 허리를 굽히고 한 줌의 선혈을 토해냈다. 단시간에 끝낼 생각으로 대천화를 펼친 것이 무리였던 듯, 내력이 격렬하게 끌어올렸다.

'남은 것은 둘.'

동료들이 맥없이 죽어가자 본능적인 위기를 느낀 귀혼들이 발악을 하기 시작했다.

그 바람에 혼신의 힘으로 귀혼을 상대하던 사람들의 표정이 처절하게 일그러졌다. 마치 지옥에 한발을 디딘 표정들, 오래 견디기가 힘들 것 같은 모습들이다.

"퉤!"

휘는 입속에 남은 선혈을 뱉어냈다. 그리고 저벅저벅 전장을 향해 걸어갔다.

둘을 동시에 상대할 수는 없는 상태. 최소한의 진기도 아껴야 한다. 한 줌의 진기가 생사를 가를 수 있는 상황이다.

휘는 자신의 상태에 맞는 싸움을 생각해 봤다.

스무 걸음의 거리, 걸어가는 동안의 짧은 순간이었지만 그사이 내력이 조금이나마 안정을 찾고 있다. 그러나 하나의 귀혼을 상대하고 나면 상태는 더욱 악화될 것이다.

그래도 어쩔 수 없다. 죽이지 못하면 내 형제들이 죽는다!

"초 형! 당 호법! 비켜요!!"

굳이 위지현도와 남궁중산에게는 말할 필요가 없었다. 그 두 사람은 휘와 정면으로 마주 보고 있었으니까.

휘의 일갈에 초평우와 당홍이 재빨리 옆으로 비켜섰다.

앞이 트이자 휘는 만양을 들어올리며 눈을 반쯤 감았다. 그리고 무음살마제를 죽일 당시의 상황을 떠올리며 귀혼을 향했다.

'시작도 없고 끝도 없으니 억지로 펼치려 할 것도 없다.'

만양의 검신을 타고 무언가가 내부에서 빠져나가는 것이 느껴진다. 휘는 빠져나가는 힘을 갈길 그대로 놔두었다.
 후우웅!
 그때다. 가벼운 바람 소리가 만양에서 일었다.
 무종무상!
 물러서서 휘를 향해 고개를 돌린 사람들은 벌어진 상황에 자신들의 눈을 의심했다.
 휘가 만양을 뻗고 귀혼의 화등잔만 해진 두 눈에 두려움이 떠오른 것은 한순간이었다.
 만양이 환하게 연붉은 빛으로 빛나는 것처럼 보이는가 싶더니,
 퍽.
 들릴 듯 말 듯 작은 소음 하나. 동시에 귀혼이 갑자기 입을 떡 벌리고 피분수를 뿜어낸다.
 휑하니 뚫린 귀혼의 심장.
 사람들은 아연한 눈으로 휘와 귀혼을 번갈아 봤다. 자신들의 눈을 믿을 수 없다는 듯이.
 그러자 휘가 굳은 표정으로 입을 열었다.
 "놈의…… 백회를……."
 입술을 깨물고, 흔들리는 몸을 최대한 곧추세운 채.
 "혀, 형님!"
 휘의 상태가 심상치 않다는 것을 알아봤는지 초평우가 놀라 소리쳤다. 휘는 아랑곳하지 않고 다급히 말했다.
 "어서…… 백회를 파괴……."
 휘가 억지로 입을 열자 핏물이 줄줄 흘러나온다.
 당홍이 휘의 말뜻을 알아듣고 재빨리 신형을 날렸다, 귀혼의 머리 위를 향해.

콱!

"끄그그그······."

혼신을 다한 당홍의 혈빙검이 귀혼의 정수리에 반나마 파고들었다. 귀혼의 정수리에 검을 꽂은 당홍이 거친 숨을 헐떡거리고 있는 초평우와 위지현도 등에게 소리쳤다.

"어서 다른 사람을 도와줘! 뭐 하는 거야!"

당홍의 외침에 그제야 적인풍과 사공후, 호영광이 분전하고 있는 곳으로 모두가 달려갔다.

그걸 보고 휘는 서 있던 자리에서 그대로 주저앉았다.

'이제 남은 것은 하나다. 당장 죽일 수는 없겠지만, 쉽게 도망칠 수도 없을 것이다.'

휘는 폭주하는 기운을 가라앉히기 위해 삼령의 법을 암송했다.

터진 둑에서 뿜어지는 것마냥 폭주하는 세 가닥 진기. 혈맥이 터질 것처럼 부풀어 올랐다가 가라앉기를 반복한다. 전신을 찢어발기고 튀어나오려 아우성치는 삼령의 기운들.

너무도 처절한 고통에 어찌나 세게 다물었는지 이가 다 부서져 버릴 것만 같다.

'크으으윽!!'

"우웩!!"

또다시 한 움큼의 선혈을 토해낸 휘의 몸이 가늘게 떨렸다. 선혈을 토해내자 잠시 잠깐 지음의 기운이 주춤한다. 휘는 주춤거리는 지음의 기운을 기해에 몰아넣으려 혼신의 노력을 기울였다. 일단 한 가지 기운이라도 가라앉혀야 나머지 두 가닥 기운도 진정시킬 수가 있는 것이다.

시간이 얼마나 지났는지 가늠이 되지를 않는다.

지음의 기운을 가라앉히려 혼신의 노력을 기울이다 보니 모든 감각마저 닫혀 버렸다. 십 장 앞에서 벌어지고 있는 격렬한 싸움조차 잊을 정도다.

참으로 위험한 순간이 휘도 의식하지 못하는 사이 지나갔다. 그 시각은 일각 정도.

　　　　＊　　　＊　　　＊

절벽 위에서 내려다보던 신도연백의 눈이 파르르 떨렸다.

말만 들었던 휘의 무위를 직접 보니 상상을 초월한다.

충분히 상대할 수 있으리라 생각했거늘… 구정마원의 원로들이 진조여휘의 손에 죽어갔다는 말을 듣고도 어느 정도는 자신이 있었거늘…….

맙소사! 검성조차 둘을 상대하며 고전한 귀혼을 하나씩 잡아 죽이다니.

"진조어휘의 부상이 심한 듯합니다, 교주."

혈유의 말을 듣고도 망설이지 않을 수가 없었다. 하지만 진조여휘가 부상을 입은 것은 확실해 보인다. 이때가 아니면 놈을 죽인다는 것이 더욱 어려워 질 것 같다.

'그래! 망설일 것 없다. 자존심이 상하더라도 이 자리에서…….'

그때다! 진조여휘가 연붉은 빛의 묘하게 생긴 검을 죽 뻗는 것이 보였다. 찰나, 귀혼의 가슴이 뻥 뚫려 버렸다.

"시, 심검?!"

신도연백은 경악으로 눈을 부릅뜨고 두 손을 으스러져라 움켜쥐었다, 곁에 있던 혈유가 움찔할 정도로.

"대체… 어, 어떻게…….."

한동안 아무도 입을 열지 않았다. 그러다 덧없는 시간이 반 각을 흐르자 혈유가 전음으로 조심스럽게 입을 열었다.

"……교주, 어찌하실지……."

심검이라는 말에 혈유는 입이 제대로 떨어지지가 않았다.

심검이라니! 진정 심검이란 말인가?

몇백 년간 나타나지 않았던 심검. 검을 익히는 자들이 하늘보다 높게 생각하는 경지가 눈앞에서 펼쳐지다니.

아무리 부상을 당했다지만, 과연 신도연백이 진조여휘를 상대할 수 있을까?

만일 죽기라도 한다면? 아니, 크게 다치기라도 한다면?

그렇다면 모든 계획이 틀어진다.

반 각이 덧없이 흘러갔다.

그리고 또다시 반 각.

진조여휘가 눈을 뜨는 것이 보인다.

"으음……."

신도연백의 입에서 침음성이 흘러나왔다.

"…혈유, 철군명이 재미있는 물건을 가지고 있다 했던가?"

"예, 교주."

"놈도 묵운산장으로 갈 테지? 놈은…… 그곳에서 처리한다. 그만… 가자."

결국 신도연백은 망설임 끝에 신형을 돌렸다.

"교주님의 뜻대로……."

혈유도 안도의 숨을 내쉬며 신도연백을 따라 절부곡을 떠나갔다.

하지만 그들은 꿈에도 모르고 있었다. 그들이 망설인 일각의 시간, 그 시간의 가치를.

　　　　　　*　　　*　　　*

휘는 의식이 돌아오자 눈을 뜨고는 전황을 살폈다.
아직도 귀혼과의 싸움은 계속되고 있다. 그러나 어느 한쪽도 유리할 것이 없는 팽팽한 상황이다. 한데 그때, 마침내 화정월이 몸을 일으키고 있다. 일어선 화정월이 자신을 바라본다.
"화 노선배님, 잠시 운기를 더 해야 할 것 같습니다. 부탁드립니다."
호법을 부탁한다는 말, 또한 형세를 지켜봐 달라는 말.
"알겠네. 걱정 말고 내상부터 돌보게나."
당분간은 형세가 급박하게 돌아가지는 않을 것 같아 보이자 휘는 다시 눈을 감고 가라앉힌 내력을 휘돌렸다.
이제 겨우 폭주만 가라앉혔을 뿐, 세 가닥의 기운을 제자리로 돌려놓기 위해선 적지 않은 시간이 필요할 듯하다. 시간이 얼마나 걸릴 지, 얼마나 회복이 될지 확실한 것은 아무것도 없다.
일단은 최선을 다해보는 수밖에.

　　　　　　　　7

휘가 다시 눈을 떴을 때는 어느덧 태양이 협곡의 서쪽 절벽 너머로 사라진 뒤였다. 족히 한 시진은 지난 듯.
"좀 더 운기를 하게."
중후한 음성이 이 장 정도 떨어진 옆에서 들려왔다. 목소리의 주인은 화정월이었다. 뒤따라 초평우가 떨리는 목소리로 물어왔다.
"형님! 괜찮으십니까?"

휘는 고개를 돌려 오른쪽을 바라보았다.

온몸에 피칠갑을 한 초평우와 잘린 팔을 옷으로 감싸고서 앉아 있는 풍인강이 보였다. 창백한 안색임에도 모두가 눈빛만은 살아서 꿈틀거리고 있다.

"대형, 팔이 하나 없으니 몸이 가벼워진 것 같습니다. 제 걱정 마시고 대형 몸부터 추스르십시오."

팔이 잘린 풍인강이 오히려 자신을 위로한다.

휘는 목이 메이는 기분에 아무 말도 하지 않고 희미한 웃음을 지으며 고개를 끄덕였다. 그러고는 어색한 표정을 감추려 주위를 둘러봤다.

십 장여 떨어진 곳에 마지막까지 날뛰던 귀혼이 머리가 부서진 채 쓰러져 있다. 화정월이 침울한 목소리로 말문을 열었다.

"너무 피해가 많았네. 기껏 여덟을 죽이기 위해 이 많은 사람이 죽다니....... 후우......"

여덟의 귀혼을 죽이기 위해 오룡회의 귀혼척살조는 대부분이 죽임을 당하고 단둘만 살아남았다, 그나마도 심한 부상을 입은 채.

게다가 황산검문의 제자들도 전홍상이 죽고, 명지경이 중상을 입었다. 그리고 추마단은 제갈효가 죽고, 호영광은 한 팔이 부러졌다. 사소한 부상은 아예 당하지 않은 사람이 없을 지경이다.

심지어 검성 화정월과 진조여휘마저 부상을 당했으니 오죽할까.

사공후가 진저리를 치며 입을 열었다.

"저런 괴물이 또 있을까요?"

부르르, 모두가 몸을 떨었다. 그런데 휘가 나직이 입을 연다.

"신마천궁에는 저보다는 못해도 또 다른 괴물들이 있습니다. 얼마나 되는지는 몰라도......"

할 말을 잊은 사람들이 먼 산을 바라보았다.

"젠장! 미치겠구만."

사공후의 한마디가 사람들의 마음을 대변했다.

정말 미칠 일이 아닌가 말이다. 저런 괴물들이 또 있다니.

8

효창에 도착하자 시신들을 먼저 만상문의 문도들을 통해 각파로 돌려보냈다. 그러고 난 후, 객잔의 별채를 하나 세내어 임시지부로 삼고서 부상자들을 치료하기 시작했다. 묵운산장으로 가는 것이 아무리 중요하다 해도 의욕만 앞선다고 될 일이 아니다.

다만 문제는, 상황이 생각보다 빠르게 진행되고 있다는 것.

천검보와 삼양신문의 주력이 서서히 수주에서 움직이려 합니다.

무당과 제갈세가 등 호북의 내문파들이 고수들을 파견했습니다. 특히 무당은 청자배 장로들과 운자배 고수들을 대거 파견했습니다. 그들은 현재 광한장에서 사태의 추이를 지켜보고 있습니다.

철혈성과 종남이 감숙 청심장의 요청을 받아들여 고수들을 감숙으로 보냈습니다.

용혈궁과 북두검회를 상대하기 위해 소림의 금강나한이 삼십 년 만에 모습을 드러냈습니다. 황보세가와 개방이 소림을 중심으로 방어 전선을 구축했습니다.

죽련의 죽림삼우가 대대적인 회합을 마치고 서진하고 있습니다. 남 대협께서 문주님을 뵙고자 하십니다.

시시각각 전해오는 소식은 강호 전체가 전장으로 변해가고 있음을 말해주고 있다. 이러다 황궁이 강호의 싸움에 개입하지 않을까 우려가 될 정도다.

휘가 만상문에서 전해온 서찰을 두 번, 세 번 반복해 읽으며 깊은 생각에 빠져 있을 때다. 화정월이 휘의 방으로 찾아왔다.

"몸은 좀 어떤가?"

"그리 염려하실 정도는 아닙니다."

휘가 그리 말해도 화정월은 알고 있었다, 고수일수록 심한 내상을 입으면 회복 기간이 더디다는 것을. 더구나 무슨 영약의 도움이 있는 것도 아니고, 운기만으로 심각한 내상을 치료한다는 것이 하루 이틀에 되는 것이 아니란 것도.

화정월은 잠시 휘를 바라보고는 심중에 가지고 있던 의문을 털어놨다.

"놈들은 기다리고 있었네. 그것에 대해 자네는 어떻게 생각하나?"

뜬금없는 말이었지만 숙고를 한 끝에 말하는 것일 것이다.

"한 가지 마음에 걸리는 것이 있습니다."

"후속 공격 말인가?"

검성의 말에 휘는 천천히 고개를 끄덕였다.

"신마천궁의 집요함으로 봐서는 도저히 이해할 수가 없습니다. 귀혼으로 우리를 다 죽일 수 있을 거라 생각하지 않았다면, 아니, 설사 귀혼이 우리를 다 죽일 수 있다 생각했어도, 이차 공격은 기본적인 일이지요."

"나도 그게 이상하긴 했네만……. 우리를 지켜보고 있는 눈이 있었다는 것은 자네도 알고 있었겠지?"

"절벽 위에 누군가가 있었습니다. 다만 우리의 상황이 좋지 않아서 그들을 억지로 자극하고 싶지 않아 모른 척했을 뿐이지만요."

"음……. 나도 어렴풋이 누군가가 있다는 것은 알아챘네. 그러나 그들이 적인지, 아닌지를 몰라 그냥 놔뒀었지. 적이라면 끔찍한 일이었으니까 말이네."

"왜 물러갔을까요?"

화정월이 잠시 입을 다물고 휘를 바라보았다. 그러다 한숨을 내쉬며 입을 열었다.

"후우… 아마 나라 해도 물러갔을 것이네."

"예?"

"생각해 보게, 이기어검에 심검마저 펼치는데 아무리 상대가 부상을 입었다 해도 어찌 함부로 덤벼들 수 있단 말인가?"

"그, 그건……."

사실 자신이 펼친 것이 진짜 이기어검이고 심검인시는 정확히 알지 못한다. 그저 깨우친 바를 떠올리며 검에 마음을 실었을 뿐.

휘가 쑥스런 표정으로 대답했다.

"사실 심검이 뭔지 잘 모릅니다, 화 노선배님. 그냥 검에다 제 마음을 실어봤을 뿐이지요."

"……."

화정월은 어이가 없는지 멍한 눈으로 휘를 빤히 바라보았다. 그러다 기분 좋은 너털웃음을 터뜨리고는 고개를 끄덕였다.

"허허허!! 심검이 별거 있나? 검에 마음을 실으면 그게 심검이지."

그런가?

말은 그렇게 하면서도 화정월은 그것이 얼마나 어렵고 힘든 일인지 잘 알고 있었다. 명색이 검성인 자신도 아직 요원한 경지가 아니던가.
 편해진 표정의 화정월을 바라보며 휘가 자신의 생각을 말했다.
 "아무리 생각해 봐도 귀혼을 움직인 것은 묵운산장이 아닌 듯합니다."
 "음? 그들이 아니면……?"
 "너무 속보이는 짓이거든요. 귀혼의 움직임을 보면 '이 일 우리가 저질렀소' 하는 것 같지 않습니까? 지금까지 은밀하게 움직인 묵운산장과 귀혼의 행동이 너무 일치하지 않습니다."
 "그럼 자네 생각은 뭔가?"
 "신마천궁의 세력이 나누어져 있다는 말씀을 드린 적 있지요? 아무래도… 서로를 견제하며 일석이조의 효과를 노리는 것 같습니다, 제 생각으로는."
 화정월의 이마에 골이 파였다.
 "적이 되는 세력의 힘도 꺾고, 다른 사람에게 덤터기를 씌워 공멸하게 한다, 이건가?"
 "단순히 추측일 뿐입니다만 그럴 가능성이 농후합니다."
 "그렇다고 묵운산장에 대한 공격을 늦출 수도 없는 일이 아닌가?"
 "묵운산장이나 정체불명의 그들이나 모두 신마천궁의 세력이니 그냥 놔둘 수는 없지요. 다만 뒤통수를 조심해야 한단 말이지요."
 "뒤통수라……."
 "지금으로선 그 세력이 혈천교일 가능성이 제일 커 보입니다, 광양문을 쳐서 삼양신문을 호북으로 끌어들인 것을 봐서는. 그렇지 않다면 자신들이 천도맹과 삼양신문을 한꺼번에 상대해야 될 테니 부담이 갈 수밖에 없었겠죠. 그리고 묵운산장 쪽에서 보면 천검보와 일전을 벌이려는 와중에 삼양신문을 함께 끌어들일 이유가 전혀 없거든요. 차례차례 한 곳씩 상대하는 것이 그들에게는 훨씬 편한 싸움이 될 테니까요."

"결국 적은 하나가 아니다, 이 말이군."
"그렇습니다. 그리고 그리 생각한다면 혈천교가 노리는 것이 뭔지 어렴풋이 알 듯도 합니다."

화정월과의 대화를 나누다 보니 뭔가 확실한 그림이 그려진다. 안개에 싸여 구체적인 형상을 드러내지 않던 생각이 서서히 선명한 모습을 드러내고 있다.

휘는 화정월이 나가고 난 후 잠시 생각을 정리하고는, 생각이 정리된 즉시 서찰을 써서 남가정과 위지혁성에게 지급으로 보냈다.

은밀히 장강을 봉쇄했으면 함. 혈천교가 묵운산장과의 싸움을 지원하기 위해 장강을 건널 것으로 예상됨.

휘가 걱정하는 것은 다름이 아니었다.
버마재비를 노리다 화살에 맞는 참새 꼴이 되는 것을 걱정하는 것이었다. 장상이 봉쇄된다면 최소한 그중 하나는 막을 수 있을 터였다.
다만 너무 늦지는 않았는지 그것이 걱정될 뿐.

그렇게 흘러가는 상황을 지켜보며 효창에 설치된 임시지부에 머문 지 닷새째 되던 날, 두 통의 서찰이 지급으로 날아왔다.
휘는 그중 하나의 서신을 읽고는 오랜만에 미소를 지었다.
고봉천이 보낸 서신이었다.

휘야야, 만상문의 서수장이라는 분이 물건을 하나 보내왔다. 네가 부탁했다며? 아주 멋진 물건이다. 팔이 하나 새로 생긴 기분이다. 그리고 무엇보다 네 사모가 기뻐하는 모습을 보니 나도 기분이 좋구나.

연연이는 빨리 달아보라고 떼를 쓴단다. 고맙다, 휘아야. 아차! 어디 아픈 데는 없지? 빨리 내 모습을 보여주고 싶은데……. 언제 올 거냐? 연연이도 오빠 보고 싶다고 난린데…….

철마귀 서수장이 성수곡에서 만났을 때 부탁했었던 의수를 만들어 보냈나 보다. 기뻐하는 사부와 사모, 그리고 연연이의 모습이 상상되자 휘의 입가에도 가벼운 웃음이 맺혔다.

"사부님……."

언제나 갈 수 있을까. 무저동에도 가봐야 되는데……. 서하와 둘이서…….

그러나 아직은 할 일이 남아 있다.

'내가 하고 싶어 시작했지만, 나를 따르는 사람들이 있는 이상 이제는 혼자만의 일이 아닌 것 같습니다. 사부님, 조금만 기다려 주세요.'

벌써 많은 사람들이 죽고 다쳤다. 누굴 위해서, 무엇을 위해서? 자신에게 그에 대한 책임이 없다 어찌 말할 수 있을까.

말로야 각자의 목숨은 알아서 책임지라 했지만, 어찌 다치고 죽는 것을 보고 마음이 편할 수 있을까. 풍인강의 팔이 잘린 것을 본 순간 마치 내 팔이 잘린 것 같은 기분이 들었을 정돈데.

"후우……."

휘는 머리를 털고 두 번째 서신을 펼쳐 봤다.

묵운산장에 들어간 공이연과의 연락이 두절되었음. 마지막 전해온 연락은 묵운산장이 악귀들의 소굴이라는 짤막한 한마디였음.

그리고 맨 아래에 적힌 한 줄의 글.

"취랑, 공 호법님을 꼭 구하셔야 돼요. 유유 동생의 걱정이 태산 같아요.

휘는 엉덩이를 털고 움직이지 않을 수 없었다.
"그 양반, 뭐 하러 직접 가서는……."
한데 가만! 유유 동생이라고?

9

한 마리 눈꽃처럼 하얀 전서구가 연분홍 진달래가 만발하게 피어 있는 대별산 상공을 유유히 맴돌더니, 어느 순간 짙은 안개가 끼어 있는 계곡 안으로 빠르게 내리꽂혔다.
그리고 일각 후, 깨끗하게 단장된 내원의 한가운데 자그마한 연못 주위에 꽃을 심고 있던 모용서하는 웃음 띤 얼굴로 내원에 들어서는 만시량을 보며 한바웃음을 지었다.
"총호법님, 뭐 기분 좋은 소식이라도 있나요?"
만시량은 자신의 표정을 보고 속마음을 알아본 듯 말하는 모용서하를 보며 눈을 휘둥그렇게 떴다.
"어떻게 알았나?"
"처녀들도 반할 정도로 멋진 눈웃음을 칠 때는 꼭 좋은 소식만 가져오시더라구요."
"엉? 진짜 내 눈웃음이 그렇게 멋져 보이나?"
"그럼요!"
"우허허허!!"
기분 좋은 대소를 터뜨린 만시량이 자그맣게 접힌 서신 하나를 모용서하에게 건넸다.

"좋은 소식은 다름이 아니라 문주의 부상이 많이 좋아졌다고 하네. 지금 공가를 구하기 위해 대흥산으로 향하고 있다는군. 그리고 이 서신은 삼단에서 보내온 것인데……. 음, 일단 보고……."

휘가 부상을 당했다는 말을 들었을 때는 대별산을 먹구름으로 덮을 듯이 상심해 있더니, 휘가 많이 좋아졌다는 말에 대별산 산신령도 넋을 잃을 정도로 환하게 웃는다.

만시량은 자신도 모르게 넋을 잃고 모용서하를 바라보았다.

그때다. 옆에서 혀 차는 소리가 들렸다.

"쯔쯔쯔, 그러다 침 떨어지겠다."

눈을 흘기며 혀를 차고 있는 사람은 공손척이었다.

"어? 허, 허허허……."

만시량은 멋쩍은 표정으로 고개를 돌렸다.

"서하야, 주책바가지 늙은이 신경 쓰지 말고 서신이나 펴보거라."

"풋! 예, 할아버지."

모용서하는 여전히 웃음이 가시지 않은 얼굴로 대흥산에서 날아온 서신을 펼쳐 보았다. 서신은 대흥산에 파견된 만상십이단 중 삼단의 단주, 여공명이 보낸 것이었다.

한데 내용이 심상치가 않다.

대흥산 십 리 주위에 괴이한 기운이 감돌고 있습니다. 본 단에서는 최근 갑자기 변화한 대흥산 일대의 기운을 조사하던 중 기문진이 펼쳐진 것 같은 상황을 감지했습니다. 간략하나 변화된 곳에 대한 설명을 곁들여 보내오니 지시를 바랍니다.

서신을 읽어 내려가던 모용서하의 얼굴에서 서서히 웃음이 사라져 갔다. 만시량과 공손척의 표정도 모용서하를 따라 변해가고, 그러던 한순간.

"맙소사!!"

모용서하의 입에서 경악한 듯한 탄성이 터지자 만시량이 다급히 물었다.

"뭔가?"

"마진! 제가 알고 있는 것이 틀리지 않다면, 이 서신에 적힌 변화는 오감을 차단하기 위해 만들어진 마진의 영향으로 생긴 변화예요! 건(乾)과 곤(坤)이 뒤바뀌고, 생문(生門)이 사문(死門)이 되었어요. 멋모르고 들어갔다가는 안개에 갇힐 수밖에 없어요. 만일 적들이 안개 속에서 무슨 수작을 부린다면……."

모용서하가 번쩍 고개를 들었다.

"총호법님, 어서 서신을 보내세요. 함부로 들어가지 말고 기다리라고 말이에요!"

"아, 알았네."

만시량이 허둥지둥 내원을 나서자 모용서하는 이를 지그시 깨물고 공손척을 바라보았다.

"할아버지, 어쩌면 제가 가봐야 할지도 모르겠어요."

"네가?"

"휘랑에게 공 호법님을 구해달라 했는데…… 어쩌면 그 때문에 완전하지 않은 몸인데도 나설지 몰라요. 만일 그러다 또 다치기라도 하면……."

손녀의 커다란 눈에서 금방이라도 눈물이 쏟아질 것처럼 이슬이 맺힌다. 모용진광을 잃고서 슬픔에 차 있다가 근래에 와서야 겨우 마음을 가라앉히고 웃음을 되찾았는데…….

공손척은 모용서하의 두 손을 꼭 잡고 말했다.

"네 마음은 안다만 우리가 도착할 때쯤이면 모든 일이 끝나 있을 것이다. 차라리 여기서 무사하기만을 부처님께 빌자꾸나. 그리고 그 아이는 쉽게 단명할 상이 아니니 너무 걱정 말거라. 천하에서 그 아이를 어찌할 수 있는 사람이 누가 있겠느냐?"

"할아버지……."

모용서하도 모르는 바가 아니다. 하지만 사랑에 눈이 멀면 총명하던 사람도 바보가 된다던가? 꼭 자신이 그 꼴이다.

왜 이리 아무것도 생각이 나지 않는지 답답할 뿐이다.

"서하야, 네가 그 아이를 사랑한다면 그 아이를 믿거라."

"…예, 할아버지."

10

호북성 보강(保康)의 광한장(光寒莊).

중원칠검의 한 사람, 광한신검 백리자군이 기거하고 있는 광한장의 안뜰에는 만개한 백매화가 매화나무 가지마다 눈송이처럼 매달려 있었다.

하늘거리는 바람을 타고 흩날리는 꽃잎이 마치 함박눈이 내리는 것만 같다.

그러나 뜰의 한가운데, 정자의 팔각 지붕 아래에서 탁자를 사이에 두고 앉아 있는 여섯 사람은 만개한 백매화의 아름다움을 감상할 마음의 여유가 없는지, 다 식은 찻잔을 앞에 두고 침묵에 잠겨 있었다.

두 명의 도인과 두 명의 노인, 그리고 오십대 중반으로 보이는 두 명의 장년인. 단 여섯 명만으로도 이십여 평 정자의 내부가 꽉 차 보일 정도다.

침묵이 흐른 지 일각여.

시비 대신 손님들의 수발을 들고 있던 백리연이 다가가 앉아 있는 사람들의 앞에 놓인 식은 찻잔을 비우고 따뜻한 차를 다시 따랐다.
쪼로로록……

은은한 다향이 바람결에 실린 매화향과 어울려 팔각정자 안을 맴돈다. 그러자 나른한 향기에 절로 긴장이 풀리는 듯, 사람들의 굳은 표정도 조금은 편안하게 바뀌었다.

그제야 백염 백발에 홍안의 노인이 찻잔을 들어 입으로 가져가며 던지듯이 물었다.

"어떻게 하겠는가, 청천?"

광한신검 백리자군의 묵직한 저음에 청천 도장은 감았던 눈을 뜨고 자신의 오랜 친우를 바라보았다.

친우의 말에는 여러 가지 뜻이 함축되어 있었다.

적을 칠 것인가, 방관할 것인가, 아니면 상황을 주시하며 움직일 것인가.

하지만 자신의 뜻은 하나다.

"쳐야겠지. 희생이야 있겠지만 어쩔 수 있나? 무량수불."

한쪽에 앉아 있던 황의장년인이 찻잔을 내려놓고 도호를 외며 다시 눈을 감는 청천 도장을 바라보았다.

"장문인, 분명 놈들은 강합니다. 검성 화 노사가 부상을 당할 정도로 말입니다. 그러니 희생이 없을 수는 없겠지요. 하나 그렇다고 해서 포기할 수는 없습니다. 만일 두 분께서 망설이신다면 저희 제갈세가만이라도 놈들을 칠 것입니다."

제갈세가의 가주인 천기신사 제갈만연의 바로 아래 동생인 제갈만곡, 무당의 장문인과 광한신검 백리자군에 비하면 다소 손색이 있는 이름이라 할 수 있었다.

하지만 이 자리의 어느 누구도 그런 생각을 가진 사람은 없었다. 그것은 그가 바로 중원 칠검의 하나이며, 제갈세가 사상 가장 강한 검의 고수라 불리는 반천검(半天劍) 제갈만곡이기 때문이다.

제갈만곡의 말에 청천 도장이 다시 눈을 떴다.

"천옥대공 진조여휘 도우도 부상을 입었다 들었소."

"예, 그리 들었습니다. 하나 그에 대한 소문은 다소 과장된 면이……."

눈살을 찌푸린 제갈만곡이 믿을 수 없다는 표정으로 고개를 내저을 때였다. 청천 도장이 다시 눈을 뜨더니 조용히 입을 열었다.

"빈도가 머뭇거리는 것은 그들을 피하고 싶어서가 아니외다. 좀 더 신중을 기하려 하는 것일 뿐. 게다가 진조여휘 도우에게 부상을 입혔을 정도의 적이라면 당연히 그리해야 될 것이오."

청천 도장의 말에 제갈만곡이 의혹에 찬 눈으로 물었다.

"그가 진정 장문인께서 그리 말씀하실 정도로 강하단 말입니까?"

"소문은 제갈 도우도 들었을 것이 아니오?"

"물론 소문도 듣고, 조카가 보낸 연락도 받아 봤습니다. 하지만 아직 그의 나이 삼십도 되지 않았다 하던데……."

"후……. 스물서넛 정도 되었을 것이오, 내 눈이 잘못되지 않았다면."

"그 말씀은… 직접 만나보셨단 말씀입니까?"

제갈만곡의 의외라는 표정에 청천 도장은 천천히 고개를 끄덕였다.

"일전에 본도의 사제인 운검을 찾아 본 파에 한 번 들른 적이 있었소. 그때 봤소. 그리고 그로부터 아주 무서운 이야기를 들었소. 도저히 믿을 수 없는 이야기여서 반밖에 믿지 않았지만 말이오. 하나……."

점점 나직해지는 청천 도장의 목소리에 사람들은 귀를 기울이고 청천 도장을 바라보았다. 그러자 청천 도장의 목소리가 조금씩 높아져 간다.

"한 가지만은 분명하오. 그가 강하다는 것! 결코 검성의 아래가 아니라는 것! 그리고 무엇보다도, 그는 그저 검만 다룰 줄 아는 평범한 무사가 아니라는 것이오."

그때 백리자군이 무겁게 고개를 끄덕이며 말했다.

"그저 일개 무사라면 서른도 안 된 나이에 그런 성취를 얻지도 못했겠지."

"맞네. 게다가 어느 날 갑자기 혜성처럼 나타난 만상문이라는 문파의 주인이 될 수도 없었을 것이네."

그건 그랬다.

만상문. 아는 사람은 알고, 모르는 사람은 모른다.

겉으로 알려진 것도 없고, 특별히 드러난 것도 없다.

그럼에도 대문파의 수장들 중 많은 사람들이 만상문의 이름으로 된 서신을 한 번쯤은 받아 봤다, 그것도 극비에 속할 정도의 정보가 담긴 서신을.

그 내용 중에는 자신들이 산 정보도 있고, 만상문에서 단순히 제공한 정보도 있었나. 분명한 것은, 시금까지 틀린 정보가 없었다는 것.

그런 문파의 주인이 어찌 평범한 일개 무사랴.

제갈만곡이 더 이상 이견을 제시하지 못하고 입을 닫자 백리자군이 무거운 음성으로 입을 열었다.

"청천의 우려가 잘못된 것만은 아닌 것 같네. 그처럼 고강한 무공에 뛰어난 머리를 지닌 사람이 당했다는 것은 단순히 힘에서만 당했다는 것이 아니라 해야 할 것이네. 우리야 제갈세가와 함께하니 그리 걱정은 되지 않네만, 어쨌든 조심해서 나쁠 것은 없겠지."

백리자군의 말이 끝나자 제갈만곡이 두 사람을 번갈아 보며 물었다.

"하면 언제쯤 움직일 생각들이십니까?"

청천 도장이 답했다.

"본산에서 제자들이 오는 대로."

백리자군도 희미한 미소를 지었다.

"준비되는 대로 가야겠지. 듣자 하니 수주에 머물고 있는 사공천과 호령묵이 슬슬 움직이려 한다는데, 최소한 그들과 보조는 맞춰야 하지 않겠나."

두 사람의 대답에 제갈만곡은 천천히 고개를 끄덕였다.

"당연히 따로 움직이는 것보단 낫겠지요. 다만 저들이 그렇게 하려 할지 그것이 문제긴 하지만 말입니다."

11

강호의 폭풍이 대홍산을 향해 치달릴 때, 악양에서 무창으로 가는 뱃길이 크고 작은 수십 척의 배에 의해 봉쇄당했다.

초유의 일이었다.

관(官)도 아니고, 일반 강호인이 뱃길을 봉쇄한다는 것은 생각지도 못했던 터라, 배를 몰던 선부들은 물론 배를 타고 장강을 내려가던 수많은 사람들이 아우성을 쳐댔다.

그럼에도 그들은 드러내 놓고 불만을 표출할 수가 없었다. 수십 척의 배에 매달린 깃발, 그것은 강남의 강호를 양분하고 있는 천도맹의 천도기(天道旗)였기 때문이다.

"천도맹에서 왜 장강을 틀어막는 거지?"

"글쎄, 간단한 검문만 통과하면 된다니까 기다려 보지 뭐."

수군거리는 선부들의 말대로 천도맹의 배들은 한 곳을 터놓고 간단한 검문을 한 후에야 통과시키고 있었다. 그렇다면 시간이 조금 지체될 뿐, 그리 문제될 것은 없었다.

하지만 검문 순서를 기다리는 수십 척의 배 중에서 맨 후미의 커다란 상선에 타고 있던 사람들은 일반 선부들처럼 그리 태평한 마음을 가질 수가 없었다.

특히 갈 길이 바쁜 혈천교 서열 삼위 혈천대사령(血天大使令) 노량으로선 열불이 치솟을 일이었다.

"대체 왜 저놈들이 갑자기 안 하던 짓을 하는 것이지?"

선상에 서서 돌아가는 상황을 지켜보던 노량이 잔뜩 이마를 찌푸린 채 짜증 난 표정을 짓자 노량의 뒤에 시립해 있던 중년인, 혈명전주 오경상이 공손히 입을 열었다.

"속하도 처음으로 당하는 일인지라……. 다만 놈들이 뭔가를 눈치 챈 것은 아닌지 모르겠습니다."

"흥! 눈치 챘다고 달라질 일이 뭐가 있겠느냐? 배를 돌려라. 우리의 목적은 대흥산으로 가는 것이지 여기서 저놈들과 노닥거리는 것이 아니다."

"예, 대사령."

한 척의 배가 선수를 돌리는 것이 보였다.

여만정은 조용히 그 모습을 바라보다 배의 선수가 완전히 반대편으로 돌아서자 그제야 천천히 입을 열었다.

"화전을 쏘아 올려라."

"예, 사부님."

뒤에 서 있던 소진용이 대답을 하기 무섭게 즉시 화살에 매달린 자그마한 통의 끝에 불을 붙이고 하늘을 향해 쏘아 올렸다. 화살이 삼십 장 정도를 치솟았을 때다. 화살에 매인 자그마한 통이 터지며 붉은 구름이 하늘을 수놓았다.

이날 올라간 화전 중 다섯 번째 화전이었다.

장강에서 화전이 쏟아지자 숲 속에 몸을 숨기고 있던 백여 명의 무사 중 열 명이 몸을 일으켰다.
그들 중 한 사람이 말했다.
"덩치가 커서 잃어버리지는 않겠군."
"덩치가 큰 만큼 더 많은 사람이 타고 있을 텐데, 겁은 안 나고?"
"어차피 놈들이 육지로 올라오면 도망가야 할 텐데, 뭐."
웅성거리며 엉덩이를 터는 그들을 향해 소나무에 등을 기대고 있던 사십대 후반의 청의중년인이 빽 소리쳤다.
"이봐! 시답잖은 소리 그만 하고 쫓아가! 놈들이 방향을 틀면 연락하는 것 잊지 말고!"
열 개, 한 묶음의 연통이 달린 화살을 옆구리에 꽂아 넣은 장한이 고개를 끄덕였다.
"걱정 마슈, 죽더라도 화살은 날리고 죽을 테니까. 자! 가자구!"
그를 선두로 열 명의 무사가 숲에서 나섰다.
그렇게 다섯 번째 조가 떠나가자 청의중년인은 다시 소나무에 등을 기대고 눈을 감았다.

놈들은 배를 이용해 최단거리로 가려 할 것이다. 그러니 천도맹이 장강을 틀어막은 후 수상한 배를 보고 연락하면 죽련이 그들의 뒤를 쫓는다.

전날 저녁, 남창에서 급히 달려 온 천도맹의 신도문주 여만정과 만나 한 시진 만에 급조한 대책이었지만 생각할수록 괜찮게 생각되었다.
혈천교의 놈들이 이미 장강을 넘었다면 어쩔 수 없는 일. 그러나 아직까지 혈천교의 무사들을 호북성에서 보았다는 연락은 어디에서도 없었다. 놈들이 호북에 없다면 생각할 수 있는 것은 두 가지뿐.

놈들이 호북으로 올라오지 않는다는 것과 정말로 오고 있다면 아직 장강을 넘지 못했다는 것.

죽림삼우 중 검에 미친 협객이라 불리는 광검협 등초위는 놈들이 장강을 넘지 못했다는 것에 생각이 미치자 여만정에게 한 가지 의견을 내놓았다.

"천도맹이 장강을 막으면 놈들은 육지로 올라설 수밖에 없소. 물론 가까운 곳에 하선하지는 않을 것이오. 행여나 들킬까 봐서라도 말이오. 그럼 나에게 한 가지 방법이 있소."

광검협(狂劍俠) 등초위.

죽림삼우 중 무공은 가장 강하면서도 정운수사 남가정과 은창신협 유운에 비해 한참 아래로 평가되는 사람이 바로 등초위였다. 성격이 불같은 데다 머리가 무공만큼 따라가지 못한다는 이유로.

하지만 이날만큼은 그의 머릿속이 이상하다 할 정도로 잘 돌아갔다.

"검문을 피해 선수를 돌리는 배 중 수상한 배가 있거든 화전을 쏘아구시오. 그럼 우리 죽련의 무사들이 장강을 따라서 그들의 뒤를 쫓겠소이다."

"놈들이 선수를 돌린다는 보장이 없지 않겠소?"

"은밀하게 움직이려는 놈들이 내놓고 싸우려 들지는 않을 것 아니겠소? 차라리 선수를 돌리지."

결국 여만정도 등초위의 생각에 고개를 끄덕이지 않을 수 없었다, 의외라는 눈빛으로 등초위를 바라보며.

문득 어제저녁에 본 여만정의 눈빛이 생각나자 등초위는 눈을 슬며시 뜨며 이마를 찌푸렸다.

'꼭 멍청한 놈이 제법이다란 눈빛 같았는데……'

뭐, 그건 그렇고……. 슬슬 따분해진다.

다섯 번째 조가 떠난 지도 한 시진이 넘어간다.

하루 종일 장강을 쳐다보며 붉은 구름이 뜨는지 바라보고 있으려니 온몸이 쑤시는 것만 같다.

"이봐! 누가 나하고 비무할 사람 없나?"

등초위의 한마디에 모두가 숲 밖으로 고개를 돌렸다, 꼭 '내가 미쳤수?' 하는 눈빛으로 등초위를 힐끔거리며.

그 눈빛이 여문정의 눈빛과 겹쳐 보이자 등초위의 얼굴이 와락 일그러졌다.

'이것들이!'

"없어?! 남자새끼들이 왜 이래? 좋아! 그럼 서열 순대로 내가 친절하니 한 수씩 가르쳐 주지!"

그때 마침, 오 리 정도 떨어져 있는 산꼭대기에서 황색 연기가 하늘로 솟구친 것이 보였다.

순간, 등초위의 바로 아래 서열이라 할 수 있는 일조 조장 정대웅이 벌떡 일어서서 소리쳤다.

"당주! 황연이 솟았습니다!"

황색 연기가 솟구친 것을 본 것은 죽련의 무사들만이 아니었다.

장강의 선상에 있던 여문정도 황색 연기를 보고 주먹을 불끈 쥐었다.

"찾았나 보군. 진용아, 봉쇄를 풀고 배를 육지에 대라 일러라."

"예, 사부님!"

6장
안개 속으로

1

"본 장을 향해 직접 검을 겨눈 적들의 수를 예상해 보면 모두 이천이 조금 넘는 정돕니다, 북천로주!"

"이천이 넘는냐? 아예 떼로 몰려오겠군. 내홍산을 핏빛으로 붉게 물들이면서 말이야. 후후후……."

이천이 넘는다는 소리를 듣고도 야율무궁의 표정에선 조금의 당황도 보이지 않았다.

"생각보다 많긴 합니다만 어느 정도는 예상했던 숫자지요."

"그거야 어차피 언젠가는 부딪쳐야 할 일이니 어쩔 수 없는 일이오만, 문제는 대체 어떤 놈이 우리를 정파 놈들의 입속에 밀어 넣으려 하나 하는 것이오."

야율무궁의 눈에서 한광이 쏟아졌다. 뒤에서 조종하는 누군가의 이끌림대로 진행되고 있다는 것, 그는 그것이 마음에 들지 않았다. 이끄는 것은 자신이어야지 남이 되어서는 안 되는 것이다.

"놈에 대한 정체는 밝혀졌소?"

야율무궁의 질문에 단강신이 소심스럽게 답했다.

"지금까지 밝혀진 바로는… 둘째 공자 같소이다."

야율무궁의 눈빛이 더욱 차갑게 굳어졌다.

"둘째? 역시 연백인가?"

"강서를 공략하며 시선을 돌려놓고 귀혼을 움직인 듯합니다."

"흥! 놈의 잔머리는 어릴 적부터 알아줬었지. 하나… 그렇다고 감히 나를 궁지로 몰아넣다니, 건방진 놈."

이마를 꿈틀거린 야율무궁이 숨을 한번 몰아쉬고는 다시 물었다.

"그건 그렇고, 현재 귀혼은 어떻게 되었소?"

"결국은 진조여휘와 화정월에 의해 소멸된 것으로 밝혀졌습니다만, 몇 되지 않는 숫자를 생각하면 엄청난 위력이었지요."

"멍청한 놈, 그런 귀물이 있으면 손을 잡고 움직였어야지. 쯔쯔쯔쯔, 그랬으면 훨씬 나았을 것을……."

움켜쥔 의자의 손잡이가 가루가 되어 흩어지고 있다는 것을 아는지 모르는지 야율무궁은 눈을 반쯤 감은 채 앞만 주시했다.

"어쨌든 이제는 한판 승부를 가릴 때가 되었어. 정파 놈들, 네놈들에게 지옥이 무엇인지를 확실히 보여주겠다."

"북천로주의 뜻대로 되실 겁니다, 이미 산장을 둘러싸고 신마무혼진(神魔霧魂陣)이 펼쳐졌으니."

야율무궁은 천천히 고개를 끄덕였다.

이제 전쟁을 해야 할 때가 다가온다. 하나 아무리 자신들의 힘이 강하다 해도 상대는 정파의 연합. 한시도 방심할 수 없는 상대다.

"전쟁을 해야 한다면…… 내 대홍산을 놈들의 피로 적시리라! 후후후."

2

"시작합시다!"

"아직 적들에 대한 정보도 미미한 상황인데 서두를 필요가 있겠소?"

"무당과 제갈세가에다 광한장마저 움직이고 있소이다. 또한 죽림삼우의 죽련도 근 일천에 달하는 무인들이 모였다 들었소이다. 그 정도면 되지 않겠소?"

눈에서 불을 내뿜는 호령묵의 말에 사공천의 눈매가 가늘게 잠겨들었다.

사공천 역시 말은 그리했지만 기다린다는 것이 마음에 들지 않았다. 핏발 선 수하들의 눈길을 대할 때면 더욱 그러했다. 그럼에도 왠지 모를 불안감이 머리끝을 잡아당기고 있었기에 망설이고 있던 터였다. 삼단 삼전에서 추리고 추린 삼백 정예와 휘의 말을 듣고 새롭게 조직한 천검단 일백, 그리고 삼양신문의 오백 성예고수들이 집결해 있는네도.

귀혼 때문도 아니다. 귀혼은 이미 화정월이 이끄는 귀혼척살조와 진조여휘에 의해 멸절되었다 하지 않던가.

그럼 뭘까? 무엇 때문에 이리도 가슴이 답답한 걸까?

'이럴 때 그의 의견을 들어보면 좋을 것을……'

하지만 그가 생각한 진조여휘는 너무 먼 거리에 있다.

사공천이 생각에 잠겨 답을 하지 않자 호령묵이 다시 재촉했다.

"언제까지 놈들을 보고만 있을 수는 없소. 더구나 적들을 코앞에 둬둔 상황이 아니오?"

그건 그렇다. 대홍산까지는 하루거리다. 신중을 기한다 해도 이틀이면 놈들의 본거지를 칠 수가 있다. 게다가 대홍산을 향해 다가서고 있는 정파무림의 고수들과 보조를 맞추려면 더 이상 출동을 늦춰서는 안 된다.

결국 사공천도 고개를 끄덕이는 수밖에 없었다.

"좋소! 갑시다. 단 너무 서둘러서는 안 될 것이오. 놈들도 우리가 왔다는 것을 알고 있을 테니까."

"그야 당연한 일이 아니겠소?"

전이었다면 삼양신문의 힘만으로 쳐들어가고도 남았을 호령묵이었다. 그러나 단 열둘의 귀혼에 의해 광양문이 멸문지경을 당한 마당에 적의 본거지를 쳐들어가면서 오기를 부릴 만큼 앞뒤 모르는 그가 아니었다.

귀혼과 귀혼척살조의 싸움 결과를 들은 지금은 오백의 정예도 적게 생각될 정도였으니, 천검보와 연합하지 않고 대홍산의 적을 친다는 생각은 아예 접어버린 상태였다.

그러던 차에 사공천이 적을 치는데 찬성하자 호령묵은 주먹을 불끈 쥐고 호기롭게 소리쳤다.

"일단은 본 문에서 척후조를 보내 상황을 알아보겠소."

누가 뭐래도 호령묵 역시 칠패의 하나 삼양신문의 대문주다. 기본 전술 정도를 모르는 사람이 아니다.

"우리가 동쪽을 치면 북쪽은 무당을 비롯한 호북의 정파연합이 치게 될 것이오. 그리고 비록 실력은 뒤처지지만 죽련도 곧 몰려올 테니 놈들을 깡그리 쓸어버리는 데는 그리 어렵지 않을 것이외다. 놈들이 어떤 대비책을 강구해 놨는지는 모르지만 이런 대군을 막을 수 있으리라고는 생각하지 않소이다. 갑시다! 가서 놈들에게 핏값을 받아냅시다!"

호기롭게 외치는 호령묵의 말을 들으며 사공천은 천천히 고개를 끄덕였다. 그러나 눈빛만은 여전히 어둠이 사라지지 않고 있었다.

3

영풍장원(永豐莊院).
십만 평 대지에 십여 채의 커다란 전각이 우뚝 서 있는 장원의 크기만을 생각하면 강호 대문파의 터전이라 해도 손색이 없을 정도였다. 그러나 강호인 중 영풍장원이라는 이름을 아는 사람은 그리 많지가 않았다.
그럴 수밖에 없으면서도 당연한 이유는 단 한 가지, 영풍장원은 강호의 세력이 아닌, 낙향한 고관의 저택이기 때문이었다.
그런데 언제부턴가 강호에 알려지지 않은 영풍장원에 수많은 강호인들이 모습을 보이기 시작했다. 그리고 높다란 대문 위에는 하나의 깃발이 매달렸다.
죽련(竹聯).
놀라운 일이었다, 죽림삼우로 대변되는 죽련의 깃발이 낙향고관의 장원인 영풍장원의 대문 위에 내걸리다니. 그러나 영풍장원의 주인의 아들이 누군지 아는 일부 사람들은 언젠가는 그럴 줄 알았다는 듯 고개를 끄덕였다.
영풍장원의 주인의 아들, 그는 다름 아닌 죽림삼우의 둘째 은창신협 유운이었던 것이다.

수백 년 된 아름드리 소나무가 둘러싼 내원의 영화각, 그곳에서는 사십대의 중년인부터 육십대의 노인까지 연령층이 다양한 일곱 명이 머리를 맞대고 탁자 위의 지도를 바라보고 있었다.
"진조여휘 문주의 말이 맞았습니다. 등 아우로부터 혈천교 놈들로 의심되는 자들을 발견했다는 연락입니다. 바로 이곳에서 말입니다."
사십대 중반으로 보이는 백의중년인의 말에 모두의 시선이 한곳으로 향했다.

금성(金城).

무창에서 뱃길로 이백 리가량 거슬러 올라간 곳이다.

"천도맹의 신도문주 여문정이 일백의 천도맹 고수들을 이끌고 등 아우와 합류해서 뒤쫓고 있다 합니다."

"적의 숫자는?"

동쪽 창문을 등지고 앉아 있던 육십 초반의 노인이 묵직한 음성으로 문자 백의중년인, 유운은 즉시 입을 열었다.

"백 명 정도라는 보곱니다."

"백 명?"

"하나같이 고수들인 것으로 봐서 혈천교의 최정예인 듯합니다, 태 노사."

태 노사라 불리는 강호의 고수는 단 한 명뿐이었다. 중원칠검 중에 한 사람, 고운 부양청조차 한 수 접어준다는 칠양신검 태진만이 바로 그였다.

그는 유운의 대답에 이맛살을 찌푸리며 입을 열었다.

"혈천교의 최정예 일백이라면 현재의 인원만으로는 막을 수 없을 것이네."

"저희도 그 점이 우려돼서 함부로 공격하지 말라 했습니다. 하지만 공격하지 말라 했다고 그냥 보고만 있지는 않을 터인 데다, 어차피 그들을 막기로 결정한 이상은 빨리 지원 무사들을 보내야 할 듯합니다."

"보낼 사람들은 정해졌나? 아직 정해지지 않았다면 내가 갔으면 싶군."

뜻밖의 말로 들렸는지 조용히 듣기만 하던 남가정이 눈을 크게 뜨고 말문을 열었다.

"태 노사께서요?"

"선불 맞은 멧돼지 같은 놈이 무슨 짓을 저지를지 모르니 회의가 끝나는 대로 바로 출발하겠네."

그 말에 남가정이 정중히 포권을 취하며 고개를 숙였다.

"태 노사께서 가신다면야 저희들로서는 안심이 됩니다만, 너무 힘드시지 않을지 그것이 염려됩니다."

"나 아직 죽을 때 안 됐네, 걱정 말게들."

태진만이 등초위를 지원하겠다고 나서자 회의는 빠른 속도로 진행됐다.

"태 노사께서는 이 개 당 이백의 무사들을 데리고 가십시오."

"너무 많이 빼는 것은 아닌가?"

"많을수록 피해는 줄어들 것이 아니겠습니까? 오히려 더 많은 인원을 빼 드리지 못해서 죄송할 따름입니다."

"무슨 소리. 대홍산의 무리들을 치려면 한 사람이라도 더 필요할 터인데……."

"그게 꼭 그렇지만도 않습니다. 그곳은 천검보와 삼양신문의 고수들만 해도 근 일천에 가까운 무사들이 있는 데다 무당과 제갈세가, 광한장이 합류하고 있습니다. 무려 이천에 가까운 고수가 공격에 가담하고 있지요. 우리까지 많은 숫자가 가면 자칫 혼란만 가중될 수가 있습니다."

"하면 어찌할 생각인가?"

"일단 그들의 뒤는 따르되 상황을 봐서 주된 싸움은 그들에게 맡기고 저희는 뒷수습하는데 중점을 둘 생각입니다."

무인으로서 남의 뒤치다꺼리나 한다는 것 자체가 어찌 보면 치욕이라 할 수 있었다. 그러나 혈기만을 앞세운 무모한 싸움으로 피해를 늘이는 것보단 훨씬 냉정하고도 옳은 판단이었다. 자신이 욕을 먹었으면 먹었지, 자신이 이끄는 사람들을 무모한 전장에 내세우지 않겠다는 생각은 아무나 할 수 있는 것이 아니었다, 아무리 그것이 옳은 판단일지라도.

태진만은 남가정의 말에 내심 고개를 끄덕이며 입을 열었다.

"흠, 하긴 그게 오히려 더 나을 수도 있겠군."

하지만 불만을 가진 사람도 없지는 않았다.

"남 대협, 그렇다면 우리가 참여한 의미가 없지 않습니까?"

백원신도 육정이 바로 그런 사람 중에 하나였다. 십대도객 중 하나로 꼽히며 나름대로 무위에 자신을 가지고 있는 그로선 남가정의 판단이 도대체가 마음에 들지 않았다.

남가정은 얼굴에 불만의 표정이 가득한 그를 보고는 그의 좌우에 앉아 있는 두 명의 장년인을 바라보았다.

"모두가 뒤에 남아 남의 뒤치다꺼리를 하자는 것이 아닙니다. 엄선된 이백 명 정도는 안으로 들어가게 될 것입니다. 다만 실력이 안 되는 사람들까지 안으로 들어가 공연한 피해를 당하는 것을 막자는 것일 뿐이지요."

그제야 육정의 표정이 조금은 풀어졌다.

"험, 뭐 그렇다면야."

그러자 태진만이 혀를 차며 고개를 내저었다.

"쯔쯔쯔. 어째 남 아우의 마음을 그리 못 알아주나 그래."

힐난하는 말투에 머쓱한 표정을 지은 육정이 고개를 돌렸다.

"제가 뭐라 했습니까? 어차피 협의를 위해 나섰으니 기왕이면 한팔 거들고 싶다는 것이지요."

"제가 왜 육 대협의 마음을 모르겠습니까. 어쨌든 이제 세부적인 계획을 짜보도록 하지요. 아무래도 천검보와 삼양신문이 수주에서 움직이려 하는 것 같으니 저희도 서둘러야겠습니다."

남가정이 가벼운 웃음을 지으며 입을 열자 사람들의 눈이 다시 탁자 위의 지도로 향했다. 잠시 갑론을박이 있었지만 대홍산에 도착하기 전까지는 그리 복잡할 것이 없었다.

"일단 태 노사께선 등 아우를 지원하러 가기로 했으니 그리하시고, 나머지는 혹시 모를 적들의 공격을 대비해 삼 조로 나누어 대홍산에 접근하기로 할까 합니다. 저와 유 아우가 한 조를 맡을 테니, 육 대협과 홍 대협께서 한 조, 담 대협과 소 대협께서 한 조를 맡아주십시오. 간격은 오 리 이상을 떨어져서는 안 됩니다. 그리고 대홍산에 도착할 때까지 각 조원들의 실력을 가늠해서 각각 육십 명씩의 정예를 뽑아주시기 바랍니다. 그들은 도착 즉시……."

서서히 사람들의 눈에 열기가 떠오르기 시작했다. 한 때의 의견은 달라도 협의를 위해 뭉친 사람들인 것이다.

남가정의 손이 지도를 따라 흐르는 대로 그들의 열기 띤 눈빛도 흐르고 있었다. 그러다 마침내, 남가정의 손끝이 대홍산의 어느 한 지점에서 멈추사 사람들의 얼굴이 자신들도 모르게 굳어졌다.

그렇게 잠시의 시간이 지나고.

"부디 모두가 무사하기만을 바라겠습니다."

남가정의 무사기원을 바라는 말을 듣고서야 사람들의 표정에 다시 열기가 돌기 시작했다.

고개를 들자 서로의 눈이 마주쳤다. 순간 누가 먼저라 할 것도 없이 모두가 포권을 한 손을 앞으로 내밀었다.

"협의를 위하여!"

"악을 물리칩시다!"

세간에 알려진 죽련의 다짐이 영화각을 울렸다.

4

뇌공점(雷公店)을 지나 송하(宋河)를 넘어가는 율령은 온통 붉은 물결로 넘실대고 있었다.
완연한 봄, 대자연의 정령들이 기지개를 켜는 계절.
인간들의 타락한 욕망은 아랑곳하지 않고 온갖 야화(野花)들이 자신들의 향기를 뿜내고 있다.
한데 묘한 기분이 든다.
무엇 때문에 이 길을 걷는 것일까.
전쟁을 하러 가는 것인지 여행을 떠나는 것인지, 도무지 알 수가 없다. 들뜬 기분에 입가의 웃음이 지워질 줄을 모른다.
억지로 굳은 표정을 지으려 해도 소용이 없다.
고갯길 가득한 꽃향기가 숨구멍으로 스며들어 모두의 마음을 후끈 달구어 버렸다.
그렇게 흐드러진 진달래 붉은 꽃길에 감정을 지배당한 채 고갯길을 거의 다 내려갔을 때쯤이었다.
저 만치서 헐레벌떡 뛰어가던 한 청의장한이 휘 일행을 발견하고는 방향을 바꿔 빠른 걸음으로 다가왔다.
거친 숨소리.
먼 길을 달려온 듯하다. 이마에서 비 오듯 흘러내리는 굵은 땀방울. 붉게 달아오른 안색. 그럼에도 휘를 주시하는 눈빛만큼은 예리하게 빛나고 있다.
누굴까?
사람들은 코앞까지 다가와 자신들을 쏘아보는 장한을 뚫어지게 바라보았다. 특히 초평우는 남들보다 한 걸음 더 앞으로 나선 자세였다, 도병에 손을 턱 얹고서.

그러자 빛나는 눈동자로 휘를 바라보던 장한은 부르르 몸을 떨고는 엎어지듯이 한쪽 무릎을 꿇고 외쳤다.

"제이단 수주지부의 영추군이 문주님을 뵈오이다!"

만상문의 형제? 무슨 일로 저리 급하게 왔을까?

휘가 물었다.

"무슨 일이오?"

"총단의 유향 단주님으로부터 긴급 연락이 왔사옵니다!"

영추군이 황급히 내민 서신을 바라보던 휘의 표정이 굳어졌다. 모용서하가 긴급히 서신을 보냈다면 단순히 안부나 묻자고 보내지는 않았을 거라는 생각이 든 것이다.

아니나 다를까, 재빨리 서신을 펴 본 휘의 표정이 딱딱하게 굳어졌다. 그 모습을 본 초평우가 급히 물었다.

"형수님에게 무슨 일이라도 있습니까?"

형수님!

한순간 휘의 굳은 표정이 격하게 흔들렸다, 몇몇 사람들은 마치 들어선 안 될 말을 들은 듯 휘를 바라보고.

결코 서신이 궁금한 눈빛들이 아니다, 뭔가 해명을 바라는 눈빛들.

하지만 휘는 못 본 척, 해명 대신 가슴을 서늘하게 하는 말을 했다.

"대홍산의 산장 주위에 진이 설치된 것 같다고 합니다. 그것도 사문만이 존재하는 마진이 말입니다."

"진이라고? 기문진 말인가?"

"예, 한데 마진의 영향으로 생긴 안개 속에 발을 디디면 그때부터 오감의 기능은 거의 무용지물이 되니 최대한 주위를 조심하라고 하는군요."

화정월이 놀란 표정으로 휘를 바라보았다.

당금 강호에서 기문진을 자유자재로 펼칠 수 있는 사람이 몇이나 될 것인가. 아마 다 세어봐도 열이 넘지 않을 것이다. 더구나 사문만 존재하는 진이라니… 가슴이 서늘해지다 못해 온몸이 떨려올 일이 아닌가!

화정월이 다시 물었다.

"한데 생문이 없는 진세도 있단 말인가?"

"저도 잘은 모릅니다만, 서하의 말이니 틀림이 없을 겁니다."

"서하? 아! 자네가 구하러 간다고 했던, 그 여인을 말함인가?"

"…예."

"호! 대단하군, 여인이 기문진에 그리고 해박하다니. 아마 제갈세가라 해도 기문진에 해박한 사람은 몇 안 될 것이네."

자기 여인을 칭찬해 주는데 기분 좋지 않을 사람이 누가 있을까.

기분이 좋아진 휘였지만 상황이 상황이니만큼 웃지는 못하고 어색한 표정으로 말했다.

"그보다… 사공 보주나 호 맹주가 서두르지나 않았으면 좋겠군요. 지금쯤 대홍산에 들어섰을 텐데 말입니다."

그 말에 별의별 엉뚱한 생각으로 휘를 바라보던 사람들의 안색이 확 굳어졌다. 정말 휘의 말대로, 아니, 휘가 말한 그 여인의 말대로 무서운 기문진이 펼쳐져 있다면 절대 서둘러서는 안 된다.

"설마 별일이야 있겠습니까?"

인상을 찌푸린 사공후가 불안함이 가득한 목소리로 입을 열자 화정월이 천천히 고개를 내저었다.

"아니네. 그리 쉽게 생각할 일이 아니야. 기문진의 무서움은 생각보다 더하다네. 한데 거기다가 만에 하나라도 놈들이 무슨 수작을 부려놨다면, 진세를 통과하는데 상당한 고초가 따를 것이야."

"본 보의 사람들 중에도 기문진을 잘 아는 사람이 있습니다. 아마 그분이라면 충분히 통과할 수 있을 것입니다."

사공후의 말대로라면 얼마나 좋을까. 사실 누구나 그렇게 되길 바라고 있었다. 하지만……

5

암울한 안개가 십 장 앞이 보이지 않을 정도로 짙게 끼어 있다.

인기척은커녕 산짐승의 소소한 움직임조차 느껴지지 않는다.

불길한 느낌, 마치 누군가가 숨을 죽이고 기다리고 있는 듯한 정적.

대흥산 묵운산장을 지척에 둔 사람들의 얼굴에 옅은 음영이 드리워졌다.

"조금 이상합니다. 지형상으로 봐서 이곳은 짙은 안개가 낄 이유가 없는 곳인데……"

선두에서 이십이 명의 척후조를 이끌고 묵운산장에 접근하던 척후조의 부조장 유한상이 속삭이듯 말했다.

그의 말에 척후조장 이동린은 이마를 찌푸렸다. 그도 느끼고 있는 것이다. 등줄기를 타고 오르는 본능의 속삭임을.

ㅡ이곳은 위험한 곳이다. 나가라. 빨리 뒤로 물러서라.

하지만 그럴 수 없다는 것을 누구보다 그가 잘 알고 있다.

자신들은 대삼양신문의 척후조를 맡은 풍음당의 무사들, 생과 사의 경계에 한 발을 내딛고 사는 사람들.

"조금 더 들어가 본다. 최소한 묵운산장의 담장은 구경하고 가야 하지 않겠나."

적의 동태를 살피는 것이 자신들의 임무다. 임무를 얼마나 충실히 수

행했느냐에 따라 동료들이 흘릴 피의 양이 결정된다. 그러니 여기서 뒤돌아설 수는 없다.

이동린의 말이 끝남과 동시, 이십이 명의 척후조가 빠르게 안개 속으로 스며들어 갔다.

그리고 일각여의 시간이 지난 후.

'아무도 없다. 분명 삼 장 이상을 떨어지지 않고 전진했거늘…….'

이동린은 굳은 얼굴로 한 자루 박도를 움켜쥐었다.

마지막 신호를 주고받은 것이 조금 전, 그 이후로는 신호에 답하는 사람이 없다. 적에게 당했다면 비명 소리라도 들려야 하는데 들리는 것은 오직 춤추는 안개에 묻힌 바람 소리뿐.

일직선으로 나아가던 방향을 틀어 사선으로 나아갔다. 행여나 다른 사람의 흔적을 찾을 수 있지 않을까 해서.

나아가길 이십여 장, 묵운산장의 담장이 얼마 남지 않았을 거라 생각하며 신형을 멈췄을 때다.

휘이이…….

뭔가가 신경을 건드리며 허공을 날아간다.

이동린은 고개를 번쩍 쳐들고 위를 바라보았다. 보이는 건 여전히 짙은 안개. 그리고…… 그 속에서 튀어나오는 하얀 칼날!

"흡!"

황급히 몸을 굴렸다.

스슥!

하얀 칼날이 스쳐 가자 한 주먹의 머리칼이 잘려져 허공에 흩날린다.

"웬……!"

눈을 부릅뜨고 입을 여는 이동린의 눈에 하얀 칼날이 보인다. 안개 속에서 번뜩이고 있는 눈꽃처럼 하얀 칼날.

그것이 이동린이 마지막으로 본 세상이었다.

번쩍! 떼구르르…….

목을 잃은 채 무너지는 이동린의 전면, 백색 칼날 사이에서 두 개의 시뻘건 눈이 떠올랐다.

"지옥에 들어온 것을 환영한다. 크크크……."

6

사공천과 호령묵은 저 멀리 대홍산의 길게 늘어진 능선을 주시했다.

이제 대홍산의 입구까지는 십 리 정도. 거리가 가까워지자 산허리를 감싼 뿌연 안개가 더욱 짙어 보인다. 그리고 그로 인해선지 대홍산의 모습은 더욱 깊어 보였다.

"사공 보주, 나는 도대체가 믿을 수가 없소. 본 문과 천검보의 고수 일천을 동시에 상대할 수 있는 자들이 존재하다니."

사공천은 묵묵히 대홍산을 바라보다가 호령묵의 말에 하늘을 올려다봤다.

"우리뿐만이 아니오. 죽림삼우의 죽련이 움직였소. 게다가 무당과 제갈세가 등 호북의 대문파들이 검을 뽑아 들고 이곳으로 오고 있소."

"그들이 오기 전에 끝나지 않겠소?"

사공천은 고개를 내리고 호령묵을 바라보았다, 조금은 어이없다는 눈빛으로.

"누가 그러더구려, 죽기를 각오하고 싸워야만 승산이 우리 쪽에 있을 거라고."

호령묵의 미간이 꿈틀거렸다. 사공천의 말속에 숨은 뜻은 다름이 아니었다. 한마디로 '시답잖은 소리 말고 죽을 각오를 하고 싸워라' 그 말이었다.

"혹시…… 그 말을 한 사람이 진조여휘라는 그 어린 친구 아니오? 그의 말을 믿을 수 있겠소?"

믿고 있던 아들이 진조여휘에게 박살났다는 말을 듣고 얼마나 분노했던가. 그러다 얼마 지나지 않아서 무음살마제와 탈백마도가 진조여휘에게 한날한시에 죽었다는 소문이 들려오자, 그 소문에 분노조차 사라진 그는 어이가 없다 못해 황당하기만 했다.

대체 어떤 놈이기에…….

그런데 이제 사공천마저 그에 대해 말하고 있다.

"적어도 지금까지 그의 말을 들어서 손해 본 적은 없었소. 그러니 그의 말을 신뢰하지 않을 수가 없지 않겠소?"

믿는 것이 당연하다는 듯한 태도다. 비록 어느 정도는 과장된 표정도 엿보이지만.

시간이 가면서 호령묵의 진조여휘에 대한 궁금증이 태산만 하게 부풀어 올랐다. 자기도 동수금에게 진조여휘를 찾아가 정보를 얻어오라 했지만 그렇다고 그의 모든 것을 인정해서는 아니다. 다만 하나의 정보라도 더 얻기를 원했을 뿐.

'한 번 만나봐야겠군.'

그때다.

"문주님께 아룁니다!"

"무슨 일이냐?"

날듯이 달려온 풍비당주 동수금이 호령묵의 앞에 엎드리더니 빠른 말투로 입을 열었다.

"풍음당 척후조와의 연락이 두절되었습니다."

"뭣이? 몇 명이나 연락이 끊겼느냐?"

"그게…… 단 한 명도 연락이 되지를 않습니다."

7

 선두조를 맡은 천검보의 패검단이 묵운산장의 주위로 넓게 퍼져 있는 안개 속에 발을 디딘 것은 태양이 중천으로 떠오른 오시 말쯤이었다.
 척후조의 연락을 이각가량 더 기다려 봤으나 아무런 연락이 없자 사공천이 패검단을 안으로 들여보낸 것이다.

 안개는 밖에서 보던 것보다 더욱 짙었다. 근처에 있는 사람조차 잘 보이지 않을 정도다.
 끈적거리는 안개 속을 헤치고 나아가며 패검단의 제오대 삼조장 우경문은 조심스럽게 검을 빼 들었다. 왠지 그렇게라도 하지 않으면 몸이 굳을 것만 같았다. 평상시 소심하다는 말을 자주 듣는 그는 고작 안개 때문에 검을 뽑은 자신에게 화가 날 지경이었다.
 '제기랄! 뭐 이따위 안개가 끼어 가지고…….'
 속으로 투덜거리며 전진하기를 삼십여 장, 우경문은 기이한 생각이 들었다.
 '왜 아무런 기척도 없지?'
 적어도 백 명이 넘는 인원이 선두조로 들어왔다. 그렇다면 작은 소음이라도 들려야 한다. 그런데 아무 소리도 들리지 않는다.
 등줄기를 타고 한 방울 식은땀이 주르륵 흘러내리고, 오싹한 느낌에 몸이 절로 부르르 떨렸다.
 그때다!
 더욱 짙어진 안개 속에서 소리 한 점 없이 백색 칼날이 튀어나왔다.

"헉!"

빼 들고 있던 검을 들어 전면의 백색 칼날을 막아갔다. 한데 당연히 부딪칠 줄 알았던 백색 칼날은 안개 속으로 스러지고, 느닷없이 사방에서 수십 가닥의 검기가 몰려온다.

서걱! 미처 소리 지를 시간도 없이 우경문의 목을 스치고 지나가는 검기.

툭! 바닥으로 떨어진 우경문의 얼굴이 공포에 물들어 있다.

우경문이 목을 잃고 쓰러지던 그 시각, 몇 명인지도 모를 무사들이 이곳저곳에서 힘 한 번 제대로 못 써보고 쓰러져 버렸다.

하지만 쓰러진 자도 말이 없고, 백색 칼날의 공격을 받지 않은 자도 말이 없다.

안개는 여전히 자욱이 흐르는데…….

잠시 후, 선두조를 뒤따라가던 무사 하나가 목을 잃은 시신을 발견하고는, 그가 자신의 앞을 헤치고 나갔던 선두조라는 것을 알아보고서 놀란 목소리로 커다랗게 소리쳤다.

"적이 숨어 있다! 모두 조심하라!"

비명 소리 같은 외침이 숲을 울렸다.

한데 괴이하다. 충분히 숲 전체에 울려 퍼질 만큼의 큰 소리였는데, 아무도 듣지 못한 듯 대답이 없다.

소리를 지른 무사는 주춤 걸음을 뒤로 옮겼다. 자신도 모르게 등줄기를 타고 오르는 오싹한 공포.

"으으으……. 대체 이곳에서 무슨 일이 벌어지고 있는 거지?"

8

"내가 먼저 들어가겠소!"
 호령묵이 성큼 걸음을 옮기며 입을 열었다.
 선두는 천검보에 내줬지만 두 번째까지는 안 된다는 태도다.
 사공천도 말릴 생각은 없었다. 신마천궁이라는 곳이 호기로만 상대할 수 없는 곳이라는 것을 잘 아는 그로선 오히려 반겨야 할 상황.
 "무운을 빌겠소, 호 문주. 조심하시구려."
 "하하하! 마도의 떨거지들을 다 때려잡고 나서 술 한잔 거나하게 합시다!"

 호기롭게 외친 호령묵이 용천문의 무사들을 앞세우고서 오백의 무사를 이끌고 안개가 자욱한 계곡 안으로 들어간 지 반 각이 지났다.
 싸우는 소리도, 비명 소리도 들리지 않았다. 바람 소리조차 들리지 않는 적막만이 안개와 함께 흐르고 있을 뿐. 이제는 오히려 너무 조용한 것이 마음에 걸릴 정도다.
 사공천의 이마가 찌푸려졌다.
 '너무 조용하군. 격렬한 저항이 있을 줄 알았는데……. 괴이한 일…….'
 왠지 불안감이 스멀거리며 기어오른다, 등 속으로 송충이라도 들어간 것마냥.
 하지만 생각은 생각에서 끝내야 했다. 더 머뭇거릴 여유가 없다. 멈추려 했으면 수주에서 호령묵의 의견에 단호히 대처했어야 했다. 더구나 삼양신문의 뒤를 제대로 받쳐 주기 위해서는 시간이 그리 많지 않은 상황.
 사공천은 천검보의 무사들을 둘러보았다.

자신의 명만을 기다리고 있는 무사들의 눈빛이 불타오르고 있다. 마도를 친다는 것, 동료의 원수를 갚고 형제의 죽음에 대한 복수를 할 시간이 되어간다는 것, 그 모든 것이 그들의 눈을 활활 불태우고 있었다.

사공천은 모든 불안감을 털어버리고 힘차게 고개를 끄덕였다.

한데 그때였다.

옆에서 곰곰이 생각에 잠겨 있던 천기단주 추명관이 느닷없이 눈을 번쩍 뜨고는 악을 쓰듯 소리쳤다.

"멈추십시오, 보주! 아직 들어가서는 안 됩니다!"

"왜 그러는가, 추 단주?"

"그게…… 진이 펼쳐져 있는 것 같습니다!"

사색이 된 천기단주 추명관의 말에 사공천의 표정이 와락 구겨졌다. 이미 패검단이 들어갔고, 뒤이어 삼양신문의 무사들이 안으로 들어갔다. 그런데 이제 와서 진이 펼쳐져 있다니?

"대체 그게 무슨 말인가? 자세히 말해보게."

"안개를 잘 보십시오, 보주."

추명관이 손을 들어 계곡을 가리켰다.

"이곳은 안개가 생길 곳이 아닙니다. 설령 안개가 낀다 해도 이처럼 짙게 끼지도 않을뿐더러, 바람의 방향을 봐서도 안개가 오래 머물 수는 없는 곳이란 말이지요."

"그러니까 지금 끼어 있는 안개는 자연적인 것이 아니다?"

"그렇게 보입니다. 자연이 진세의 영향을 받았을 때만 일어날 수 있는 현상입니다."

"위험한 진인가?"

"그것이… 어떤 진세인지 아직 확실치가 않습니다. 사실 제가 못 알아봤던 것도 단순히 안개만 끼어 있는 데다 들어가는 데 별다른 어려움이 없는 것 같아 깊게 생각해 보지 않았기 때문입니다. 더구나 진이라고 보기에 이상한 점도 많고 말입니다."

추명관이 곤혹스런 표정으로 안개 낀 계곡을 바라보자 사공천은 굳은 표정으로 무겁게 입을 열었다.

"이미 많은 사람들이 안으로 들어갔네. 이제는 어쩔 수가 없어. 그리 위험한 진이 아니라면 우리도 들어간다."

"하오나……."

추명관은 알 수 없는 불안감에 반대를 하려 했지만 사공천의 굳어진 눈빛을 보는 순간 내려진 결정을 돌이키기에는 늦었다는 것을 알았다.

"그럼 속하가 앞장서겠습니다, 보주."

사공천은 말없이 고개를 끄덕였다.

기문진을 펼치거나 알아볼 수 있는 사람은 천하에 몇 사람 되지를 않는다. 그런 점을 생각해 보면 자신들은 운이 좋은 편이다, 진세를 알아본 자가 아무도 없었던 삼양신문에 비한다면.

그 작은 정보 하나의 차이로 천섬보의 무사는 적어도 수십, 많으면 수백의 희생을 줄일 수 있을 것이다.

하지만 어쨌든 진세라는 것은 또 다른 장벽. 어쩌면 생각보다 험난한 길이 될지도 모른다는 생각에 뒷짐을 쥔 손에 힘이 들어갔다.

'그를 기다렸어야 했나? 으음…….'

하나 이제는 어쩔 수가 없다. 화살은 시위를 떠난 상황.

묵운산장이 잠겨 있는 안개 너머를 향하는 사공천의 두 눈에서 서서히 불길이 일기 시작했다.

7장
묵운산장

1

비릿한 피 냄새가 코를 찌른다.

얼마나 많은 사람이 죽은 것일까.

대체 얼마나 많은 사람이 죽어야 이 정도의 피 냄새가 날 수 있는 것이지?

향기로운 꽃내음, 폐부를 시원하게 만드는 청량감이 스며 나와야 할 숲 속에서 비릿한 혈향만이 풍겨 나온다.

"지독하군요."

휘가 굳어진 표정으로 나직이 입을 열었다.

펼쳐진 광경은 보는 것만으로도 몸서리가 쳐질 지경이었다. 휘를 따라 걸음을 옮기는 일행의 표정에 질린 기색이 역력하다.

모용서하의 서신을 받고 정신없이 달려 대홍산에 도착했을 때는 이미 사방에서 묵운산장에 대한 공격이 시작된 후였다.

천검보와 삼양신문의 공격을 필두로 죽련이 공격에 가담하고, 반 시진의 격차를 두고 무당과 제갈세가, 그리고 광한장이 중심이 된 호북연합이 대홍산의 북쪽을 넘었다 했다. 그렇다면 적어도 반 시진간의 격전이 벌어졌다는 말.

하나 안개 속으로 들어올 때만 해도 이 정도일 줄은 꿈에도 몰랐다.

일천이 훨씬 넘는 무인들이 들어왔으니 상당한 피해가 있을 거라 생각은 했지만, 설마하니 입구에서부터 핏물이 내[川]가 되어 흐르고 있을 줄이야……

"아무래도 기문진이 펼쳐진 줄을 모르고 들어왔다가 당한 것 같네."

휘와 이 장의 거리를 두고 나아가던 화정월이 침중한 얼굴로 말했다.

"지금쯤 격전이 벌어지고 있을 텐데도 아무런 소리가 들리지 않고 있네. 그 또한 기문진의 영향력 때문인 듯하네."

계속되는 화정월의 말에 휘는 천천히 고개를 끄덕였다.

맞는 말이다. 산장까지의 거리는 대략 백수십 장. 멀긴 하나 그렇다고 듣지 못할 정도는 아니다. 더구나 휘의 능력을 생각한다면 듣지 못한다는 것이 오히려 말이 되지 않는다.

"어떤 진세인지 아시겠습니까?"

"글쎄……"

화정월의 미간이 좁혀졌다. 기문진세라는 것은 한마디로 자연의 기운을 틀어 공간을 왜곡시키는 방법을 말한다. 하나 말이 쉽지 천하에서 기문진을 마음대로 펼칠 수 있는 사람은 손으로 헤아릴 정도다.

"나 역시 기문진에 대해서는 그저 수박 겉핥기로 알 뿐이네. 다만 그런 내가 봐서도 보통 진세가 아닌 것 같아. 더구나… 천하에서 이 정도 넓은 지역을 기문진으로 감쌀 만한 자가 몇이나 될지……"

화정월의 말대로라면 놈들 중에 매우 뛰어난 기문진학의 대가가 있다는 것.

"어쨌든 문제는 진세에 갇혀 엄청난 피해가 발생했다는 것이군요."

"음, 그렇다고 봐야겠지. 흔한 기문진만 잘 이용해도 수백의 무사들을 곤란하게 만들 수 있다 하니……."

"그나마 지금은 많이 약해진 것 같군요. 서하가 말한 대로라면 앞이 보이지 않을 정도의 안개가 끼어 있어야 하는데 그렇게까지 짙지는 않은 걸 보니 말입니다."

"그런 것 같군."

"일단 더 들어가 보죠."

확실히 주위 상황을 그럭저럭 둘러볼 수 있을 정도로 안개는 많이 약해져 있었다. 덕분에 휘 일행은 별다른 제지를 받지 않고 숲을 통과할 수 있었다.

혈하(血河)가 흐른 대가로 자신들이 편히 걸음을 옮기고 있는 것인가?

그 생각을 하자 옮기는 걸음마다에 이곳에서 스러진 혼령들이 달라붙는 것만 같았다.

"젠장!"

누군가의 입에서 악다문 잇소리가 새어 나왔다.

백여 장을 전진하자 안개가 더욱 옅어졌다. 그리고 소리가 들려오기 시작했다.

무기가 부딪치는 소리, 처절한 비명 소리, 대기가 진동하며 울부짖는 소리.

사람들의 안색이 굳어질 때다. 안개가 갑자기 사라지는가 싶더니 기다란 검은 띠가 앞을 가로막았다. 순간 전진하던 사람들이 하나둘 천천히 멈춰 섰다.

마침내 피로 얼룩진 진세가 끝나고 묵운산장의 시커먼 담장이 눈에 들어온 것이다.

2

 이런 일이 눈앞에서 벌어지다니!
 호령묵은 믿을 수가 없었다. 광양문의 혈겁에 대한 소식을 들었을 때도 그저 분한 마음뿐이었다. 수백 명이 죽었다는 이야기, 핏물이 광양문을 덮었다는 소문, 모두가 말로만 들은 이야기였다. 그러니 분하긴 해도 실감은 나지 않았었다.
 그러나 지금은 아니다. 그는 분노가 넘치다 못해 미치기 일보 직전이었다.
 산장의 담장을 보기 위해서 오백의 정예 중 이백 가까이가 사라졌다. 그나마도 담장 아래에 집결해서야 그 정도가 모자란다는 것을 알았다. 도망쳤을 리는 없으니 안개 속에 이백의 동료를 묻었다는 말이다. 소리 없는 전진 뒤에는 소리없는 죽음이 있었던 것이다.
 그나마도 천검보가 뒤따라오며 진세를 파괴해서 피해를 조금이나마 줄일 수 있었다.
 그렇게 들어온 곳인데, 씹어 먹어도 시원치 않을 놈들을 모두 때려죽이겠다며 들어온 곳인데, 그런데 들어온 곳이 안개 속보다 더한 지옥마귀들의 소굴이라니…….
 쓰러져 꿈틀거리는 삼양신문의 무사들이 보인다.
 철립으로 얼굴을 가린 흑의괴인들, 악마 같은 마귀들도 보인다.
 아홉의 마귀에 의해 쓰러져 간 천검보와 삼양신문의 일류고수들이 근 삼십여 명에 달한다. 검에 관통당하고도 아무렇지 않은 듯 움직이는 마귀들의 행동에 무사들의 얼굴이 새파랗게 질려 있다.

그들을 피해 물러서면 혈의인과 흑의인들이 덤벼들며 살수를 펼친다. 하나같이 일류 중의 일류에 달한 솜씨들.

문제는 그들을 도와주고 싶어도 도와줄 수가 없다는 것이다.

자신조차도 정체를 알 수 없는 고수를 상대하느라 손발이 어지러울 지경이다. 그것이 호령묵을 더욱 미치게 만들고 있었다. 노도가 되어 휩쓸어 버려도 시원치 않을 판에 걸음이 막히다니.

분노가 머리끝까지 솟구쳤다.

붉어진 얼굴의 호령묵이 혼신의 공력을 끌어올리고,

"으핫!!"

우르릉!

쌍장에서 뇌성이 일더니 시퍼런 장강이 줄기줄기 쏟아진다.

명옥천강수, 천하 십대수공 중에서도 수위를 다툰다는 명옥천강수였다.

명옥천강수의 가공할 위력에 호령묵의 앞을 가로막은 노인의 얼굴에 경악이 떠올랐다. 그 정도일 줄은 몰랐다는 눈빛이다.

그러면서도 신중하게 뻗어내는 일권. 평범하게 보이는 일권에 언뜻 사물이 비틀린다 느껴지더니, 한순간 호령묵의 명옥천강수가 허공에서 흐트러져 버렸다.

참으로 어이가 없는 일.

"늙은이! 그대는 누군가?"

답답한 마음에 호령묵이 뺙 소리쳤다. 그러자 노인이 무거운 표정으로 입을 열었다.

"내 이름은 위경이네. 남들이 마우(魔牛)라고 부르더군."

마우 위경의 대답에 호령묵의 안색이 썩은 돼지 간이라도 문 것마냥 와락 일그러졌다.

"마우 위경?! 당신이 왜 이곳에……?!"

마우 위경이라면 자신도 승부를 장담할 수가 없는 고수다. 말만 들은 구정마원의 고수 중 하나.

호령묵은 왜 사공천과 진조여휘가 죽을 각오를 하고 싸우라 했는지 어렴풋이 알 것만 같았다. 마우조차 쉬운 상대가 아니거늘, 또 다른 구정마원의 노물들이 있다면 그는 누가 상대한단 말인가.

문득 저 멀리 사공천이 자신과 마찬가지로 도를 든 흑의노인과 대치하고 있는 모습이 보였다. 한데 흑의노인을 보는 순간, 기억의 저편 어디선가 들었던 누군가의 모습이 떠오른다.

호령묵이 의아한 눈으로 다른 곳을 응시하자 위경의 표정이 기이하게 변했다. 감히 자신을 상대하면서 한눈을 팔다니.

"사공천이라는 아이가 상대하고 있는 늙은이가 누군지 궁금한가 보군."

친절한(?) 위경의 말에 그제야 자신의 실책을 느낀 호령묵이 벌게진 얼굴로 정신을 집중했다.

'죽으려고 환장했군. 마우 위경을 눈앞에 두고 이게 무슨 짓인지…….'

하지만 궁금한 것은 궁금한 거다.

"누구요, 저 늙은이는?!"

풀썩, 위경이 웃었다, 사방에서 들려오는 비명 소리쯤은 관심도 없다는 듯.

"탁무독."

"탁무독?"

호령묵이 고개를 갸웃거렸다, 기억이 날 듯 말 듯한 표정으로.

"흑양마제(黑陽魔帝)라고 불렸었지, 아마?"

그러다 위경의 말이 이어지자 입을 쩍 벌리고 놀라 소리쳤다.
"맙소사!! 흑양마제라고……?"
사십 년 전 쌍제라 불린 두 사람 중 일인.
정파에 천검제 사공혁령이 있다면, 마도에는 흑양마제가 있었다. 당시 무림에서 열 손가락에 들어간다는 고수, 그가 바로 흑양마제인 것이다.

호령묵이 입을 벌리고 놀라고 있을 때, 사공천은 이마에 흐르는 땀을 닦을 시간도 없이 오직 눈앞의 흑의노인을 향해 정신을 집중하고 있었다.
그는 알고 있었다. 눈앞의 노인은 흑양마제 탁무독, 과거 선친인 사공혁령과 함께 쌍제라 불렸던 전대의 고수라는 걸.
얼마나 더 놀라야 한단 말인가.
저런 고수들이 몇 명이나 더 있단 말인가.
신조여휘가 무음살나세나 혈령마신에 대해 이야기할 때도 자신이 있었다, 자신이라면 그들을 이길 수 있을 거라고. 심지어 마우 위경에 대한 소문이 들렸을 때도 마찬가지였다.
하지만 탁무독이라면 이야기가 달라진다. 선친이 살아오며 진정한 적수로 여겼던 세 사람 중 하나가 바로 탁무독이었던 것이다.
사공천은 딱딱하게 굳은 눈으로 탁무독을 노려보며 자신과 삼십 년을 동행해 온 천명검을 부드럽게 움켜쥐었다. 상대는 단 한순간의 실수도 용납하지 않을 절대고수다. 최선을 다한다 해도 이길 수 있을지 모를 상황.
안개를 통과하며 받은 손실도 컸지만 앞으로 벌어질 일에 비하면 아무것도 아니었다.

이미 마귀 같은 괴물들에 의해 백여 명의 무사들이 죽었다. 개중에는 중견고수들조차 십여 명이 끼어 있었다. 한데… 만일 현 상황에서 탁무독 같은 고수가 몇 명 더 있다면?

생각하는 것조차 두려울 지경이다.

사공천은 두려움을 떨치기 위해 검을 중단으로 들어올렸다.

시퍼런 검강이 검신을 따라 피어오르더니 한순간에 주욱 다섯 자를 뻗어나갔다. 짧지만 그러하기에 더욱 강력한 검강의 기운.

그걸 본 탁무독의 입에서 낮은 음성이 흘러나왔다.

"오랜만에 보는 천추무적검강이군."

사공천이 눈을 반개한 채 입을 열었다.

"탁 선배가 이곳에 있었을 줄은 몰랐소."

"구름이 흘러가는 것에도 이유가 있는 법이지."

탁무독이 천천히 허리 어름에서 두께가 얇고 도신이 시커먼 칼 한 자루를 꺼내 들었다.

"흑린마도(黑燐魔刀)……."

사공천의 입에서 가느다란 떨림이 새어 나왔다.

한때 무림을 공포로 몰아넣었던 마병. 흑양마제 탁무독의 애병이자 마도 팔대기병 중의 하나인 흑린마도가 마침내 사십 년 만에 모습을 드러낸 것이다.

"너희들은 오지 말아야 할 곳에 왔어. 하긴… 오지 않았다 해도 결과는 달라지지 않았겠지."

쓰으으응!

흑린마도가 대기를 길게 가르며 가로로 흘렀다. 그러자 화악, 시커먼 불꽃이 흑린마도의 도신을 따라 화려하게 피어났다.

사공천도 중단의 검을 천천히 눈높이로 끌어올렸다.

그리고 시작되었다.

마병 흑란마도와 천명검의 대결, 흑양마제 탁무독과 천수검왕 사공천의 대결이.

한쪽에선 호령묵이 마우 위경과 생사결을 벌이고, 한쪽에선 사공천과 탁무독이 공전절후의 대결을 벌이고 있는 동안 묵운산장의 곳곳에선 비명 소리가 끊이지 않고 터져 나왔다.

뒤늦게 남쪽으로 들어선 죽련의 무사들, 북쪽의 담장을 넘은 무당을 비롯한 호북의 대문파의 무사들. 그들의 눈에 공포의 빛이 떠오른 것은 묵운산장을 들어선 지 반 시진도 되지 않아서였다.

천여 명의 무사가 묵운산장을 향했는데, 그중 이백이 넘는 숫자가 묵운산장의 담장도 구경하지 못하고 목숨을 잃었다.

그나마 죽련의 무사들은 삼양신문과 천검보의 무사들이 뚫어 놓은 길로 온 덕분에 그리 많은 피해는 보지 않았다. 하지만 담장을 넘는 그 순간부터, 그들은 자신들이 바로 지옥의 선상에 내던져졌다는 것을 알아야만 했다.

죽련의 무사들을 반긴 것은 전마전의 살귀들.

일백오십 전마전의 살귀들은 죽음이 뭔지를 모르는 자들만 같았다.

그들이 휩쓸고 지나가는 곳에는 어김없이 선혈이 흐르고 사지가 튀어 올랐다, 적들의 것이든 자신들의 것이든.

단 서너 번의 공격에 죽련의 무사 중 팔십여 명이 쓰러졌다, 전마전의 고수 이십여 명과 함께.

핏물이 청석을 적시고 묵빛 담장을 더욱 검게 물들였다.

사지가 잘라지면서도 신음 소리 한 번 없는 전마전의 살귀들. 그들의 공격이 몇 번 더 이어지자 점차 죽련 무사들의 눈에 공포의 빛이 떠오르기 시작했다. 하지만 그들은 몰랐다, 싸움은 이제 시작일 뿐이라는 것을.

　천살귀령의 위력을 알지 못하는 사람들이 멋모르고 천살귀령을 상대하다 수없이 죽어갔다. 검에 맞아도 끄떡없고, 검강에 맞아야 겨우 멈칫거리는 천살귀령은 그들에게 마귀와 다름이 아니었다.
　북쪽 담장을 넘은 무당의 운자배 고수들은 물론이고 청자배 장로들조차 미처 천살귀령에 대해 알지 못한 채 공격했다가 몇 명이 당하고 말았다.
　검강을 일으켜 혼신의 힘으로 천살귀령의 팔을 자른 청호자가 잠시 멈칫하며 뒤로 물러서다 조금의 머뭇거림도 없이 휘두르는 천살귀령의 검에 이마가 쪼개졌다.
　그런 천살귀령의 등판에 검을 꽂은 운정 도장이 주의를 기울이지 않고 검을 뽑다가 거꾸로 놈의 검에 심장이 뚫리기도 했다.
　나중에야 천살귀령이 강시와 비슷한 실혼인임을 알고 신중히 대처했지만 그때까지 당한 고수들이 부지기수였다. 유령 같은 몸놀림에 검강이 아니면 생채기조차 내기 힘들 정도의 단단한 신체. 그들은 진정 지옥의 사자들이었다.
　하지만 흑살루와 귀명전의 공격을 받은 제갈세가와 광한장의 무사들에 비하면 그래도 무당의 상황은 훨씬 나은 편이었다, 삼백의 무사들이 반 시진만에 반으로 줄어든 그들에 비한다면.
　어쨌든 무사들의 수만은 압도적으로 많은 것이 그나마 싸움을 평행으로 달리게 하고 있었다.

3

한 시진이 흐르는 사이 전장은 지옥으로 변해가고 있었다. 사방이 죽은 자와 죽어가는 자들의 피로 시뻘겋게 물들어 있었다.

야율무궁은 전장을 내려다보며 눈살을 찌푸렸다.

생각과는 다르게 놈들이 빠르게 안정을 되찾더니 이제는 반격마저 하고 있다. 게다가 믿고 있었던 탁무독과 위경조차 우세를 점하지 못하고 있다. 신마무혼진으로 수백 명의 목숨을 빼앗았는데도 말이다.

야율무궁은 옆을 향해 입을 열었다.

"부원주님께서 나서주셔야겠습니다."

나란히 서 있던 은빛 비단옷의 노인, 구정마원의 부원주 연리굉이 천천히 고개를 끄덕였다.

"그러지. 아무래도 적의 힘을 너무 얕본 것 같군."

야율무궁의 눈썹이 꿈틀거렸다. 연리굉의 말뜻을 못 알아들을 그가 아니다. 그러나 대놓고 반발하기에는 상황이 너무 좋지 않았다.

"원로 분들이 조금만 더 도와주셨다면 상황이 이리 흐르지는 않았을 겝니다."

한마디로 늙은이들이 너무 게을러서 도움을 주지 않으니 그런 것 아니냐는 소리.

연리굉이 싸늘한 눈빛을 발하며 전장을 노려볼 때다. 몇 사람이 담장을 넘어 전각으로 날아오는 것이 보인다. 그들을 바라보던 연리굉이 가볍게 탄성을 발했다.

"화정월? 으음……."

'화정월? 저자가 검성 화정월이라고?'

야율무궁의 눈빛이 거세게 흔들렸다. 다름이 아니다. 화정월이 왔다면 그도 왔을 것이다.

천옥대공 진조여휘도.

아니나 다를까, 화정월의 뒤를 이어 전각 쪽으로 날아오는 자가 보인다. 여인보다도 더 아름답게 보이는 젊은 자.

'그다!'

야율무궁의 주먹에 힘이 들어갔다.

마침내 그를 만났다. 그토록 애를 먹이던 자, 자신의 계획에 찬물을 끼얹은 자.

휘는 화정월을 따라가며 앞을 가로막는 신마천궁의 무사들을 거세게 몰아쳤다.

"으악!"

"커억!"

일검에 두세 명의 무사가 제대로 저항도 못하고 튕겨진다.

한여름 바싹 마른 보릿대가 도리깨질에 산산이 부서져 흩날리듯 검으로 막으면 검이, 도로 막으면 도가 몸뚱이와 한꺼번에 잘려지고 부서져 무너져 내린다.

오보천환이 펼쳐져 신형이 흩어지면 한순간에 네댓 명이 사방으로 튕겨지고, 다시 하나로 합해지면 적들 중 간부로 보이는 절정고수가 썩은 나무 둥치 벼락에 터져 나가듯 피화살을 뿜으며 꼬꾸라진다.

두 줄기 벼락이 광란의 전장에 떨어졌다.

그 뒤를 만상문의 형제들과 추마단의 젊은 사자들이 정리하며 지나간다. 미처 정신을 가다듬을 시간도 없이 순식간에 수십 명이 쓰러져 버렸다.

누가 사람 죽이는 것을 좋아할까.

하지만 이놈들은 인정사정 봐줄려야 봐줄 것이 없는 마귀들이다.

사람을 푸줏간 돼지 다루듯이 하는 놈들, 어린아이의 가슴을 가르고 심장을 빼내는 놈들과 같은 족속이거늘 어찌 손속에 사정을 둔단 말인가.

신마천궁이 저지른 참상을 몇 번 봐온 이들에게 이들은 인간 세상에서 사라져야 할 망종 마귀들일 뿐이었다.

단 몇 수에 수십 명이 쓰러지다 보니 이제는 휘와 화정월의 앞을 막는 무사가 없을 지경이다. 가까이 접근할 때마다 분분히 피하느라 정신이 없다.

폭풍 같은 기세!

회오리바람이 갈대밭을 일직선으로 가르고 지나간 것마냥 수백 명이 엉켜 싸우던 전장에 한가운데로 길이 뻥 뚫려 버렸다.

"검성 화정월 대협이시다!!"

"천옥대공 진조여휘다!"

"와!! 힘내라! 악마 같은 놈들을 죽여 동료의 복수를 하자!!"

여기저기서 휘와 화정월을 알아본 자들이 소리를 질러댄다.

질대고수의 출현, 그것도 검성 화정월과 당금 천하를 뒤흔들고 있는 천옥대공 진조여휘. 두 사람의 이름은 일순간에 싸움의 향방을 백팔십도로 바꾸기에 충분했다.

그때!

"저곳에 있는 자들이 적들의 수괴인 것 같네! 가세!"

화정월이 전면에 우뚝 서 있는 거대한 전각을 가리키며 날아오르자 휘도 같이 몸을 솟구쳤다.

전각을 둘러싸고 있는 자만 백여 명. 하지만 이미 외곽에서 싸우던 자들 수십 명이 일시에 무너지며 기세에 짓눌린 자들이다. 이들은 다른 사람에게 맡겨도 충분할 듯싶었다.

문제는 거대한 전각의 이층에서 지옥의 전장을 내려다보고 있는 두 사람.

'강한 자들이다!'

지금 싸우고 있는 그 누구보다도 강해 보이는 자들이다. 심지어 사공천이 맞이하고 있는 탁무독보다도 더 강해 보일 정도다.

그중에 한 사람이 전각을 박차고 나온다. 은빛 비단옷을 입은 노인. 그를 본 화정월이 놀라 소리쳤다.

"마존 연리굉?!"

맙소사! 마존이라니! 한때 천하제일을 다투던 고수, 쌍제조차 아래로 내려다본다던 천하제일마 마존이 신마천궁의 사람이었단 말인가?

놀람도 잠시, 휘는 연리굉의 뒤를 이어 전각을 박차고 나서는 야율무궁을 보며 눈을 빛냈다.

이십대 후반? 아니면 삼십대 초반?

젊다. 그럼에도 강하다. 지금까지 본 저 나이 또래 중 그 누구보다도. 마존 연리굉에 비해 그리 뒤지지 않을 정도다.

화정월이 연리굉과 부딪쳐 가는 것을 보며 휘는 신형을 멈췄다.

연리굉이 아무리 강하다 해도 화정월 역시 천하제일검이다.

비록 귀혼과의 싸움으로 인해 부상을 입긴 했지만, 그의 말대로라면 휘의 검을 보고 얻은 것이 있다 했다. 그렇다면 승부는 누구도 장담할 수가 없다.

휘는 화정월에게서 신경을 거두고 자신에게 다가오는 야율무궁만을 바라보았다.

"그대가 진조여휘인가? 나는 야율무궁이라 하네."

그가 묻는다. 자신을 알고 있는 자.

휘는 조용히 고개를 끄덕였다. 그리고 천천히 만양을 뽑아 들었다.

"인사를 나눌 기분이 아니니 바로 시작하지."

그런 휘를 바라보는 야율무궁의 눈에 슬며시 웃음이 떠올랐다.

"계집보다 더 예쁜 얼굴이라 들었는데 잘못된 정보는 아닌 것 같군."

휘가 차갑게 말을 받았다.

"그 말로 인해서 당신은 더 많은 고통을 당할 거야. 내 장담하지."

말이 끝남과 동시 휘가 앞으로 한 걸음을 내딛었다. 찰나, 붉은 빛이 허공을 가르며 떨어졌다.

번쩍!

쾅!

어느새 빼어 들었는지 야율무궁의 손에도 두 자가 조금 넘어 보이는 칼이 한 자루 들려 있었다. 만양과 부딪친 칼날이 거센 떨림을 일으키며 울음을 터뜨렸다.

그러나 야율무궁의 가슴은 더욱 거세게 떨리고 있었다.

그는 이제야 알 수 있었다, 진조여휘의 무위에 대한 소문은 그를 절반도 제대로 표현하지 못하고 있다는 것을.

"정말… 대단하구나, 진조여휘."

하지만 휘는 야율무궁의 말을 한 귀로 흘리며 천천히 만양을 들어올렸다.

"아직 멀었어! 다시 받아봐!"

만양의 검첨에서 붉은빛이 영롱하게 피어오르더니, 아름다움을 넘어서 황홀해 보일 정도의 점 하나가 허공에 걸렸다.

하지만 야율무궁은 그 빛을 감상할 여유가 없었다.

심장이 파열될 것만 같은 엄청난 거력이 온몸을 짓누르고 있는 것이 느껴진다.

평생 처음 느껴보는 기세.

피할 수도, 피할 곳도 없다. 방법은 오직 하나.
"놈!!"
혼신의 힘으로 애도 광혼마도를 치켜들었다. 일순간 보이지 않는 뭔가가 해일처럼 밀려온다.
야율무궁은 천마수라강기를 극성으로 끌어올리고 전력을 다해 도를 내려쳤다.
콰아아아! 쩌저저적!!
대기가 찢기고 터져 나가는 굉음이 일고!
"크윽!!"
답답한 신음과 함께 야율무궁의 신형이 뒤로 튕겨졌다.
반면에 뒤로 두 걸음 물러선 휘는 다시 야율무궁을 향해 쇄도했다.
시간의 여유가 없다.
전쟁은 최고점을 향해 치달리고 있다.
흐르는 피를 줄이기 위해서라도 무언가 현 상황을 틀을 기점을 만들어야만 한다. 더구나 전각에 가까이 와서야 느꼈지만 누군가가 지켜보고 있다.
눈앞의 야율무궁이라는 자보다 못하지 않은 고수. 암중인이 적이라면, 그가 끼어들기 전에 무리를 해서라도 이자를 처리해야 한다.
쇄도하던 휘의 신형이 다섯으로 갈라졌다. 오보천환! 갈라졌던 신형이 다시 하나로 합쳐지고, 흔들리는 야율무궁의 눈동자에 붉은 검을 내뻗는 휘가 보인다.
폭멸혼!
대경실색한 야율무궁은 혼신의 힘으로 도를 휘둘렀다, 온 세상을 찢어발길 듯이.
콰과과광!!

연속적으로 휘의 만양과 야율무궁의 광혼마도가 다섯 자의 간격을 두고 충돌했다. 찰나간에 이루어진 십팔검의 교환.

"크으윽!"

또다시 야율무궁의 신형이 바람에 흩날리는 낙엽처럼 뒤로 날아갔다. 갈기갈기 찢어진 옷자락, 흐트러진 머리, 창백하게 변한 그의 얼굴에는 도저히 믿을 수 없다는 표정이 떠올라 있다. 상대의 일검을 막기 위해 십팔도를 내려쳤다. 그럼에도 밀린 건 자신.

"대체 네놈은……."

한데 그때다. 미처 말을 끝맺을 시간도 없이 하늘과 땅이 붉게 물들었다.

귀천무종!

야율무궁의 입이 쩍 벌어졌다. 거대한 기운이 전신을 관통하는 느낌. 찰나!

"사형, 물러서시오!!"

누군가가 허공에서 떨어져 내리며 소리쳤다. 그의 두 손에서 쏟아진 시뻘건 핏빛 장영이 휘를 향해 몰아쳐 간다.

'놈이다!'

휘는 망설이지 않을 수 없었다. 절묘하게 때를 맞춰 지켜보기만 하던 자가 끼어들었다.

검을 거두지 않는다면 야율무궁이라는 자를 죽일 수 있을지 모른다. 하지만 자신도 치명적인 부상을 면할 길이 없다. 핏빛 장영에는 평상시 자신이라도 함부로 할 수 없는 거력이 실려 있는 것이다.

하는 수 없이 검의 방향을 틀었다.

신도연백은 자신과 차이가 나지 않는 야율무궁이 생각보다 힘없이 밀리자 놀라지 않을 수가 없었다. 귀혼이 당하는 것을 볼 때도 느꼈던 것이지만 진조여휘란 자의 무공은 그 끝을 알 수가 없다.

생각 같아서는 야율무궁이 죽도록 내버려 두고 싶은 마음이다.

혈천교의 무사들만 제대로 도착했어도 그리했을지 모른다, 그들이라면 전세를 당장에 뒤집어 버릴 수 있을 테니까.

한데 무엇 때문인지 혈천교의 무사들이 도착하지 않고 있다. 혈유가 급히 상황을 알아보러 갔지만, 지금까지 도착하지 않은 무사들이 갑자기 하늘에서 뚝 떨어지지는 않을 터. 일단은 어쩔 수가 없다.

야율무궁이 자신의 눈앞에서 죽게 되면 책임론이 대두될 것이고, 무엇 하나 성공하지 못한 이상 자신 역시 책임을 면할 수 없는 것은 자명한 일. 더구나 적의 적은 동지. 일단은 구하는 것이 상책이다.

잠시 망설이는 사이, 야율무궁이 정신없이 밀리는 것이 보인다.

물러서는 야율무궁을 향해 놈이 검을 들어올리고 있다.

붉은 빛이 요사스런 검끝에 몰리고, 일순간 가공할 검력이 야율무궁을 향하고 있다.

'아차!'

신도연백은 두 손 가득 혈천마강을 끌어올리고 신형을 날렸다.

"사형! 물러서시오!"

놈이 야율무궁을 죽이려 한다면 자신 역시 놈에게 치명타를 가할 수 있다. 이러나저러나 자신에게 불리할 것은 없는 상황.

휘는 떨어져 내리는 자를 향해 검을 돌리고는 검을 흔들었다. 영롱한 혈련화가 검끝에서 피어오르더니 떨어져 내리는 자의 핏빛 장영에 마주쳐 간다.

콰웅!

첫 번째 혈련화가 허공에서 부서져 흩날린다. 그 충격에 허공에서 떨어져 내리던 자가 주춤거린다.

그사이 두 번째 쏘아진 혈련화가 시뻘건 장인의 한가운데를 찍어버렸다.

콰광!

굉음이 대기를 울리고, 주춤거린 자가 뒤로 튕겨진다.

그를 보고 정신을 차린 야율무궁이 놀라 소리쳤다.

"연백! 네가 어떻게……?"

휘는 그런 야율무궁을 향해 검을 들어올렸다.

내력이 들끓어오른다. 아무래도 완전하지 않은 몸으로 전력을 다한 것이 부담이 된 듯하다.

나중에 나타난 자만 끼어들지 않았어도 계획대로 되었을 것이거늘. 한데 사형이라고?

나중에 나타난 놈의 말에 의하면 두 놈은 사형제 지간이다. 놈들이 정말 사형제 간이리면 어떻게 해서든 히나를 먼저 끝장내야 한다, 무리를 해서라도.

만양에 마음을 담자 연붉은 검신에서 영롱한 빛이 어른거린다.

그걸 본 신도연백이 대경실색하며 소리쳤다.

"심검?! 피해!!"

저 한 수에 이차 각성을 한 귀혼의 몸뚱이조차 견디지 못하고 터져 나갔었다. 야율무궁이 온전하다 해도 막을 수 없는 검이다.

신도연백의 말에 야율무궁의 안색이 하얗게 탈색되었다.

심검이라니! 설마 전설 속에서나 회자되던 그 심검을 말하는 것인가?

그의 의문은 오래가지 않아 풀렸다.

번쩍!

갑자기 앞이 환해진다 느낀 순간, 정체를 알 수 없는 무언가가 자신의 가슴으로 다가온다.

그런데 움직일 수가 없다. 마치 거미줄에 걸린 잠자리마냥.

야율무궁은 본능적인 위험을 느끼고 혼신의 힘을 다해 온몸을 비틀었다.

순간, 소리도 없이 한줄기 기운이 가슴을 비스듬히 꿰뚫고 지나갔다.

"커억!"

어찌할 틈도 없이 야율무궁의 가슴에서 피가 분수처럼 치솟자 신도연백은 야율무궁을 부축하며 입술을 깨물었다.

단 한 수에 야율무궁이 무너졌다. 아무리 부상을 당한 상태였다 하더라도 어찌 이런 일이 있을 수 있단 말인가. 야율무궁 같은 고수가 저리도 맥없이 무너지다니.

한데 그때였다. 진조여휘의 검이 자신을 향하고 있다.

"헉!"

신도연백은 휘의 검이 자신을 향하자 대경하며 황급히 야율무궁을 안아 들고는 신형을 날렸다.

야율무궁의 상태는 나중에 볼일이었다. 심검이 자신을 상대로 펼쳐진다면 더 이상의 기회는 없을 테니 우선은 자신부터 살고 봐야 하지 않겠는가.

그럼에도 야율무궁을 놔두고 갈 수는 없었다. 나중에 궁주의 추궁을 면하기 위해서라도, 그리고 야율무궁의 추종 세력을 끌어들이기 위해서라도.

휘는 야율무궁이라는 자를 들쳐 안고 몸을 날리는 신도연백을 무심한 눈으로 바라보았다.

쫓아가고 싶어도 일시간이나마 내력이 뒤흔들려 버렸다.
"제기랄, 심검이라는 것 함부로 쓸 것이 못 되는군."
일단은 내력을 다스리는 것이 우선이란 생각에 휘는 가만히 서서 삼령의 기운을 휘돌렸다. 그러자 풍령신주와 지음신주의 기운이 혈맥 사이사이를 파고들며 온몸의 들끓어오른 기혈을 다스리기 시작했다.
하지만 연이은 격전으로 중첩된 내상이 그리 쉽게 회복될 리는 없는 일. 휘는 화정월과 연리궝의 격전을 지켜보며 운기에만 전념했다.
'일단 상황을 반전시킬 기점은 만들어진 건가?'

한편 야율무궁이 너무도 쉽게 무너지자 마존 연리궝의 손속도 흐트러지고 있었다. 행여나 야율무궁을 무너뜨린 휘가 달려들까 봐 신경을 쓰는 모습이었다.
그러다 보니 주위 십여 장을 초토화시키며 백중세로 진행되던 싸움이 화정월에게로 기울고 있었다.
그러다 삼십 초를 넘어가는 순간!
화정월의 무애검이 은은한 빛을 뿜어내더니, 한 줄기 광채가 연리궝의 척천마존수와 가슴을 동시에 뚫어버렸다.
퍽!
"쿨럭!"
순간 뒤로 튕겨진 연리궝의 입에서 피분수가 뿜어져 나왔다.
화정월은 그런 연리궝을 바라보며 조용히 웃음 지었다, 자신의 검에 만족을 한 듯.
그러나 화정월 역시 무사한 것은 아니었다. 입가에 떠오른 웃음은 한없이 밝아 보이지만 그의 몸은 움직이기조차 힘들 정도였다.
하기야 마존 연리궝을 이긴 대가로 그 정도 손해는 감수할 수밖에 없는 일.
 억지로 몸을 반쯤 일으킨 연리굉이 입가로 주르륵 피를 흘리며 물었다.
 "그, 그건……?"
 화정월이 창백한 안색으로 담담하게 답했다.
 "대연무애(大然無涯), 얼마 전 저 친구의 검을 보고서 깨달은 것이라오."
 "머, 멋진… 검…….''
 쿵!
 연리굉은 그 말을 끝으로 다시는 일어서지를 못했다. 영원히.
 한때 천하를 오시하며 천하제일의 권좌를 다투었던 마존 연리굉. 그가 당세의 천하제일검 검성 화정월에게 죽은 것이다.
 쓰러진 연리굉을 바라보는 화정월의 얼굴에 감회 어린 표정이 떠올랐다.
 지지는 않을 거라 생각했었다. 그렇다고 해서 이렇게 쉽게 이길 거라 생각하지도 않았었다.
 '훗! 단 한 달간의 깨달음에 마존 연리굉이 죽은 것인가?'
 문득 자신의 육십 년 정진이 조금은 허무하다는 생각이 든다. 아무리 깨달음이라는 것이 찰나의 순간에 온다고 하지만 막상 자신에게 그런 때가 오자 헛웃음만이 나올 뿐이다.
 화정월이 연리굉을 보며 착잡한 표정을 짓고 있을 때다. 어느 정도 기운을 되찾은 휘는 전각 위로 신형을 날렸다.
 전쟁의 승패는 서서히 한쪽으로 기울고 있었다. 수뇌라 할 수 있는 두 사람이 쓰러지자 신마천궁의 마인들이 허둥대기 시작한 것이다. 그렇다면 이제는 전체적인 상황을 둘러봐야 할 때.

전각 꼭대기에 내려서서 주위를 둘러보았다.

여기저기에 불어 붙고 있었다. 누군가가 고의로 불을 붙인 듯했다. 한데 어느 순간!

"음?"

휘는 눈살을 찌푸리며 귀를 기울였다.

불길 사이로 처절한 비명이 들려온다. 단순히 싸우면서 나오는 비명이 아니다. 비명 소리에 공포가 스며 있다. 일방적인 도살을 당하고 있기라도 한 듯.

화정월도 심상치 않은 비명 소리를 들었는지 밖을 향해 고개를 돌렸다.

"뭔 일이 있나 보네. 지금까지 들리던 소리와는 다른 것 같군."

"제가 먼저 가보겠습니다. 선배님께선 다른 곳을 봐주십시오."

휘의 말을 못 알아들을 화정월이 아니다. 자신의 몸 상태는 일반 절정고수 하나도 제대로 상대하기 힘들 정도다. 그걸 아는 휘는 자신에게 몸을 추스르라는 소리를 저리 밀하는 것이다.

휘가 몸을 날리는 것을 보면서도 화정월은 아무 말도 할 수가 없었다, 그의 말이 옳다는 것을 알기 때문에.

'연리굉을 무너뜨린 것으로 만족해야 하나?'

왠지 씁쓸한 마음이 들었다.

자신의 시대도 지나간 것만 같다, 저 어린 친구를 보면.

두 개의 전각을 한순간에 날아 넘어갔다.

순간 휘는 경악으로 눈을 부릅떴다.

폭풍처럼 들이닥쳐 한순간에 이십여 명을 짓이겨 버리고 다음 먹잇감을 찾고 있는 자는 철군명이었다. 정확히는 철군명과 그가 데려온 철가면을 쓴 흑의괴인.

다섯의 천살귀령이 더 있었지만, 철가면의 흑의괴인에 비하면 어른과 어린아이 정도의 차이였다. 보이지 않는 혼원쌍도조차 흑의괴인에 비할 바가 아니었다.

휘의 안색이 굳어졌다.

'뭐야? 위압감이 느껴질 정도라니……!'

상대는 믿을 수 없을 정도로 강해 보였다. 결코 자신에 비해 아래가 아닐 것만 같다.

한데 자신이 내려서자 철군명이 외눈으로 자신을 노려본다, 원한이 사무친 눈빛으로.

휘의 가슴에서도 불길이 일었다.

"철군명!"

"진조여휘!"

두 사람의 눈빛이 허공에서 불꽃을 튀기며 폭발했다. 그 여파에 주위에 있던 사람들마저 숨을 멈추고 몸이 굳어버렸다.

하지만 그것은 순간이었을 뿐, 굳이 말이 필요없었다.

죽인다! 사부님의 팔을 앗아간 자!

죽여 버리겠다! 세상의 한쪽 빛을 빼앗아간 놈!

두 사람은 누가 뭐라 할 것도 없이 동시에 몸을 날렸다.

연붉은 만양이 붉은빛을 뿌리고, 시커먼 묵검은 칙칙한 묵광을 토해냈다.

쾅!!

주르륵 물러선 철군명의, 아니, 혁군명의 외눈이 경악으로 홉떠졌다. 이건 자신이 아는 진조여휘의 힘이 아니다.

'이렇게 강하다니……. 크읍!'

속으로 비릿한 혈향이 느껴진다. 단 일 검에 혈맥이 상한 듯하다.
'제기랄! 쌍도를 괜히 멀리 떼어놨구나!'
쌍도만 곁에 있어도 문제될 것이 없을 것이거늘, 그 둘을 천검보의 부청양과 장로들을 상대하게 한 것이 후회가 되었다. 이제 와서 부른다고 해도 빠져나오기가 쉽지는 않을 터였다.
혁군명이 후회하는 표정을 지으며 급히 내력을 끌어올릴 때다.
"철군명! 네놈을 죽여 사부님의 한을 풀 것이다!"
휘가 이를 갈며 소리쳤다.
펄럭거리는 사부님의 소매를 볼 때마다 얼마나 안타까웠던가.
상무원에서 소일하며 지내는 사부님의 힘없는 모습을 볼 때마다 얼마나 분했던가.
그런데 이제 기회가 왔다. 기회가 온 이상 대가를 받아내리라!
"용서치 않으리라!!"
휘의 신형이 주욱 늘어졌다.
잘나간에 사 상에 가까웠넌 산격이 코앞으로 나가왔다.
휘는 만양을 비켜 치며 혁군명의 오른팔을 노렸다.
한순간 붉은 검강이 주욱 늘어나며 혁군명의 오른쪽을 쓸어갔다. 일순, 두 사람의 검이 다시 부딪쳤다.
콰광!!
"크으윽!"
기회를 잡은 이상 머뭇거릴 필요가 없었다.
물러서는 혁군명을 향해 휘의 검이 다시 불을 뿜었다. 일검에 결정을 지으려는 듯 가공할 폭멸혼의 검세가 혁군명을 향해 폭사되었다.
휘의 연속된 공격에 창백한 안색으로 물러서는 혁군명의 입에서 비명 같은 외침이 터져 나왔다.

"마신! 놈을 막아라!"
그때다!
검은 그림자가 드리워지더니 휘를 향해 강맹한 일격이 떨어졌다.
그대로 검로를 따라가면 혁군명을 죽일 수 있을 것만 같았다. 그러나 놈을 죽이자고 천지를 양단할 것 같은 검격에 몸을 내줄 수는 없는 일.
휘는 분루를 삼키며 폭멸혼의 방향을 틀어 떨어져 내리는 검격을 막아갔다.
콰광!
"으음……."
휘의 입에서 가느다란 신음이 절로 새어 나왔다.
엄청난 검격, 어느 정도 예상은 했지만 이건 생각보다 훨씬 더하다.
앞을 바라보았다, 자신을 물러서게 한 자를 보기 위해서.
그가 보였다, 시커먼 철가면으로 얼굴을 가린 흑의괴인이. 근래 들어 처음으로 자신에게 위압감을 느끼게 한 자.
'이자는 결코 철군명이 거느릴 자가 아니다. 한데 어떻게… 설마… 실혼인……?'
휘가 잠깐 생각에 잠긴 사이, 혁군명이 재빨리 흑의괴인을 향해 명령을 내렸다.
"마신! 일단 이곳을 빠져나간다!"
그리고 뒤도 돌아보지 않고 이 장 높이의 담장을 날아 넘었다. 흑의괴인의 몸도 한 번 움찔하는가 싶더니 담장을 넘어 사라져 버렸다.
주춤하는 바람에 혁군명을 놓치자 휘는 이를 갈며 소리쳤다.
"어딜 가는 것이냐?!"
순간, 휘의 신형도 전장에서 사라져 버렸다.

담장을 넘어가자 놈이 보인다.

휘의 신형이 바람을 타고 빠르게 날아가자 거리가 순식간에 십 장 간격으로 좁혀졌다.

"철군명! 비겁하게 도망가지 마라!!"

따돌릴 수 없음을 느꼈는지 놈이 뒤돌아선다. 마신이라 불린 흑의괴인이 놈의 앞을 가로막고 있다.

이미 묵운산장은 아수라장이다. 지옥의 겁화가 묵운산장의 허공을 배회하는 혼백들을 불태우며 하늘을 시뻘겋게 물들이고 있다.

어설프게 상대하기에는 시간이 없다. 도주하기 전에 잡아야 한다. 아니, 죽여야 한다, 최소한 철군명만이라도!

휘는 다급한 마음에 진기를 둘로 나누었다. 들끓어오르는 내력이 마음에 걸리지만 기회를 놓칠 수는 없었다.

붉은 하늘을 더욱 붉게 물들이며 만양의 검첨에서 한줄기 번개가 폭사되고, 영롱한 혈련화가 좌수의 검지를 떠나 허공을 갈랐다.

콰우우우우!! 쩌저직!

쐐애액!!

열 겹의 비단 천 찢어지는 뇌성과 함께 떨어져 내리는 붉은 번개를 향해 마신의 철검이 시커먼 광채를 뿜어냈다. 혁군명도 마주 검을 들어 미간을 향해 다가오는 혈련화를 내려쳤다.

세 가닥 기운이 허공에서 마주친 순간!

콰아아앙!!

찰나간 대기가 응축되어 뭉쳐지더니, 귀청을 찢어발기는 굉음을 터뜨리며 사방으로 퍼져 나갔다.

아름드리 나무들이 처절한 비명을 토하며 가루가 되어 부서지고, 만 근 바위들이 만년 풍상을 뒤로하고 모래성처럼 스러진다.

휘도 충격을 견디지 못하고 이 장 뒤로 튕겨졌다.

"커억!"

곤두박질친 혁군명은 넋이 빠진 얼굴로 휘를 올려다보고, 휘는 울컥 치솟은 웅혈을 억지로 되삼키고는 여전히 무심한 눈빛으로 혁군명의 앞을 가로막은 마신을 노려보았다.

철검을 늘어뜨리고 있는 마신의 두 발이 단단한 바위를 뚫고 들어가 있다. 가공하리 만큼 엄청난 충격을 몸으로 받아냈다는 말.

'어디까지 받아내는가 보자! 내 네놈만은 꼭 죽이리라!'

철군명이든, 마신이든 누구 하나 살려 보내고 싶지 않은 휘였다.

지그시 눈을 감은 휘가 만양을 들어올리자, 피를 토하고 고개를 든 혁군명의 외눈이 커다랗게 치켜떠졌다.

세 번의 공격을 맞받아 쳤다. 단 세 번을 말이다.

그런데 다리가 후들거리고, 손에 들고 있는 검이 무겁게만 느껴진다. 입에서 쏟아진 핏물은 가슴을 적시며 흘러내려 발치에 고이고 있다.

한데도 놈은 다시 검을 들고 있다. 게다가 전신에서 흘러나오는 저 기운은 또 뭐란 말인가.

문득 휘의 만양에서 한 송이 커다란 혈련화가 영롱하게 피어나는 것이 보인다. 대천화였다.

마신도 철검을 들어 앞으로 내밀고 있다. 어둠보다 더 어두운 묵빛 검강이 마신의 철검에서 마주쳐 쏘아졌다. 무적철혈검강이 탄자결로 쏘아진 것이다.

혁군명은 믿을 수 없는 상황에 억눌린 웃음이 새어 나왔다.

"큭! 크크크……."

이제는 어느 정도 대적할 수 있으리라 생각했는데, 마신체를 이루고 무적철검을 얻었으니 최소한 비등할 거라 생각했는데, 모든 것이 착각에 지나지 않았다.
"대단하구나! 정말 인정하지 않으려야 인정하지 않을 수가 없구나, 진조여휘! 천살귀령이 된 철운양과 마신체를 이룬 나를 이토록 곤혹스럽게 만들다니……."
주저앉은 채 뇌까리는 혁군명의 감탄성에 한순간 휘의 뇌리가 하얗게 마비되었다.
쿵!
'누구? 철… 운양이라고?? 무슨 소리를 하는 것이냐, 철군명!'
믿을 수 없는 말이다. 마신이 왜 철운양이란 말인가?
그럼에도 휘는 자신도 모르게 마신의 심장을 향해 뻗어나가는 대천화의 기운을 전력으로 비틀었다. 동시에 자신도 몸을 틀었다.
왠지 그렇게 해야만 할 것 같았다.

"운양은 대사형의 어릴 적 이름이었다."

사부의 말이 범종처럼 머릿속에 울려 퍼졌다.

"대사형은 사랑하는 여인을 찾아 성을 떠났다. 아마 네 어미가 갇혔을 때쯤이었던 것 같구나."

쾅!
콰광!
대천화의 가공할 검력이 철운양의 심장을 비켜나가 어깨 부위에 적중했다. 동시에 철운양의 뭉툭한 철검에서 뻗은 검강이 휘의 왼쪽 어깨를 후려쳐 서로의 신형을 삼 장 밖으로 날려 버렸다.

"철…… 운… 양?!"

일 장 이상을 튕겨난 휘가 어깨의 통증도 잊은 채 철가면에 가려진 마신을 바라보았다. 그러나 여전히 눈빛 하나 흔들림없이 철검을 들어올린 마신이 다시 신형을 날려 온다.

철검에서 시커멓게 피어오르는 가공할 묵빛 검강!

휘는 다시 물어볼 시간도 없이 만양을 들어올렸다. 일순간에 삼 장의 거리가 좁혀졌다.

콰과광!!

힘 대 힘의 대결. 주르륵 물러선 휘가 떨리는 눈으로 마신을 응시했다.

"당신이 정말로……."

떨리는 입이 억지로 벌어지고, 차마 묻기 싫은 질문이 휘의 입에서 흘러나오려는 그때,

"저기다! 문주님이 저기 계신다!"

"휘 형님!"

묵운산장의 담장 위에서 들려오는 소리. 만상문의 형제들이었다.

너덜너덜해진 가슴을 여밀 생각도 하지 않고 당홍의 품에 안겨 소리치는 초평우, 여기저기 불에 그슬린 채 절뚝거리며 달려오는 적인풍, 커다란 선장으로 땅을 콩콩 찍으며 잰걸음을 놀리는 영등.

하나같이 몸 성한 사람이 없지만 그들의 얼굴에는 기쁨의 미소가 가득 담겨 있다. 상황이 좋아져서 그런 것인지, 아니면 휘가 무사해서 그런 것인지는 몰라도.

그들이 달려오자 혁군명이 다급히 명을 내렸다. 상황이 돌이킬 수 없게 흘러가고 있다 생각한 듯.

"마신, 나를 안아라."

혁군명의 나직한 명에 마신이 묵묵히 혁군명을 안아 들자 휘는 눈을

부릅뜨고 혁군명을 직시했다.
 죽여야 한다, 무슨 일이 있어도.
 저 가공할 능력을 지닌 괴물을 죽이지 않는다면 오늘 승리를 한다 해도 반 쪽짜리일 뿐이다.
 그런데… 그런데…… 만일 철군명의 말이 사실이라면?
 잠시간의 갈등 끝에 휘는 이를 악물고 만양의 검끝을 아래로 향했다.
 "철군명, 좀 전에 그게 무슨 말이냐? 철운양이라니?"
 혁군명이 느닷없이 광소를 터뜨렸다.
 "우하하하!! 네놈의 앞에 철운양이 있지 않느냐? 내가 바로 무적철검 철운양의 주인이란 말이다, 진조여휘!"
 광소의 여운이 사라지기도 전 마신이 혁군명의 몸을 안고 허공으로 떠올랐다.
 "가자! 마신!"
 "헛?! 서라!!"
 마신이 십 장 높이의 절벽 위로 날아오르자 휘는 대갈을 터뜨리며 신형을 뽑아 올렸다. 놓칠 수는 없었다. 최소한 철가면의 흑의괴인이 진정 철운양이 맞는지만이라도 확인을 해야만 한다.
 십 장 허공에 이르자 몸을 수평으로 날리며 소리쳤다.
 "공 호법님을 찾아보시고, 찾거든 안전한 곳에서 기다려요!!"
 휘가 일갈을 내지르며 또다시 자신들의 눈앞에서 사라지자 달려오던 사람들이 발걸음을 멈추고 멍하니 절벽 위를 바라보았다.
 이제는 쫓아가고 싶어도 쫓아갈 수가 없다. 지나친 내력 소모로 인해 깎아지른 십 장 절벽이 백 장 높이보다 높게만 보인다.
 "후우……. 문주님께선 별일이 없을 테니 우리는 공 호법님을 찾아 이곳에서 대기한다."

"하지만 적 호법님……."
초평우가 망설이며 머뭇거리자 당홍이 평소와 다르게 그다지 차갑지 않은 말투로 말했다.
"늑대, 어려운 상황에서 나를 구해준 것은 고마운데, 판단은 정확히 해야지. 문주는 우리가 판단할 수 있는 사람이 아니야. 알잖아?"
그랬던가? 그래서 초평우가 당홍의 품속에 안겨 있었던 것인가?
초평우가 당홍의 말에 흐뭇한 웃음을 지으며 고개를 끄덕였다.
"홍매 말이 맞아. 형님은 그런 분이시지."
미소 짓는 늑대의 표정은 완전한 '믿습니다'였다.
하지만 누구도 몰랐다, 휘가 신형을 날리고 있던 그때, 절벽의 끄트머리 한쪽 구석에서 몇 명의 라마승들이 눈도 깜박이지 않고 휘를 주시하고 있었다는 것을.
잠시 후, 적인풍 일행마저 다시 묵운산장으로 들어가자 그들의 눈길도 절벽 위로 사라져 버렸다.

   *   *   *

절벽에 올라서자 이십여 장 앞을 바람처럼 달려가고 있는 마신이 보였다.
휘는 머뭇거리지 않고 땅을 박차 앞에 보이는 나무 중 제일 높은 나무 위로 몸을 날렸다. 그리고 나무 꼭대기에 발을 디딘 순간, 휘의 신형은 바람을 타고 날아가기 시작했다.
바람을 타고 비월신영이 펼쳐지자 휘는 한 마리 새가 되어 허공을 유영했다. 더구나 바람이 아래서 위로 불어온다.
숨 몇 번 쉬지도 않아 간격이 십 장 안쪽으로 가까워졌다.

"철군명!!"

사선으로 떨어져 내리는 휘의 만양에서 붉은 불길이 토해지고, 한 송이 커다란 혈련화가 영롱한 빛을 뿌리며 마신의 등판을 향해 날아갔다.

그러자 피할 수 없음을 느꼈는지, 마신은 혁군명을 내려놓고 철검을 휘둘렀다. 모든 동작이 자연스럽게 한순간에 이루어졌다

묵빛 철검에서 시커먼 강기가 그물처럼 펼쳐지고,

콰콰콰광!!

혈련화와 묵빛 검강이 마주치자 대기를 갈가리 찢을 듯한 굉음이 대홍산을 뒤흔들었다.

주르륵 물러선 마신, 뒤로 삼 장을 튕겨져 내려선 휘.

두 사람의 눈이 허공에서 부딪쳤다.

"당신이 정말 철운양이란 말이오?"

휘가 떨리는 음성으로 물었다. 묻지 않을 수가 없었다. 천하가 어떻게 된다 해도 철운양을 확인하는 것이 최우선이었다. 철군명을 죽이는 것은 그 다음이다.

하지만 마신의 눈빛은 미미한 흔들림조차 보이지 않는다.

휘가 노한 목소리로 소리쳤다.

"당신은 유벽혜라는 이름을 아시오?!"

그때다. 마신의 어깨가 움찔거린다.

자신이 던진 질문 때문인지, 아니면 가슴을 뚫린 부상 때문인지는 몰라도, 어쨌든 최초의 반응이었다.

마신이 휘와 마주쳐서 동요를 보이자 혁군명은 마음이 다급해졌다. 진조여휘가 무엇 때문에 저러는지는 알 수가 없다. 그러나 세상일이란 알 수가 없는 법. 마신이 철운양일 적에 무슨 사연이 있었는지 어찌 안단 말인가. 만일 진조여휘의 말에 과거를 기억해 내고 동요를 한다면? 그것이

묵운산장 249

야말로 큰일이다.

　더구나 자신은 심각한 내상을 입은 상태. 놈을 죽일 수 없다면 물러나는 것이 상책이다. 다른 놈들이 절벽을 기어올라 오기 전에.

　"마신! 놈을 쳐라!"

　혁군명의 사력을 다한 명령에 마신의 신형이 휘를 향해 날아갔다. 손에 들린 철검에선 시커먼 묵빛 검강이 대홍산을 쪼개 버릴 듯이 넘실거린다, 언제 흔들렸냐는 듯.

　찰나간에 두 사람간의 간격이 좁혀졌다.

　순간!

　"아느냔 말이야!!"

　휘가 끓어오르는 심경을 참지 못하고 대갈을 터뜨렸다.

　분명 흔들렸는데, 진정 눈앞의 마신이란 괴물이 철운양이라면, 그가 어머니의 이름을 아는지 알 수 있는 기회였는데…….

　제기랄!

　"으아아!!"

　동시에 혼신을 다한 만양이 마신의 묵빛 검강을 벼락처럼 쪼개갔다.

　콰아아!

　일순간, 두 사람의 붉고 시커먼 강기가 둥근 공 모양으로 뭉쳐졌다. 그걸 본 혁군명이 대경하며 뒤로 몸을 팅기고, 촌음의 여유도 없이 진공 상태를 이루었던 두 기운이 거센 폭발을 일으켰다.

　콰아아아앙!!

　대지가 터져 솟구친다!

　아름드리 나무와 만 근 바위들이 힘없이 부서져 비산한다!

　두 사람의 신형도 철벽에 부딪친 쇠구슬처럼 팅겨져 버렸다!

　"크읍!"

"끄으으……."

그 여파에 삼 장 밖으로 나가떨어진 혁군명의 두 눈이 부릅떠졌다.

천하에 적수가 없을 거라 생각한 마신이 신음을 흘리며 나가떨어지다니…….

'맙소사!! 저게 사람들이냐?!'

게다가 두 사람 사이에 움푹 파인 이 장 넓이의 구덩이, 조금 전에 벌어진 격돌의 충격이 얼마나 엄청났는지 말해주고 있다.

한데 그때다.

헉! 놈이 다시 검을 들어올리는 것이 보인다. 요사스럽게 생긴 검에서 시뻘건 불길이 천지를 불태울 듯이 일고 있다.

공포가 이지를 가렸다. 영악한 혁군명조차 계속되는 상황에 생각나는 것은 오직 한 가지뿐이었다.

―이 자리를 벗어나야 한다. 그것만이 살 길이다.

'참으로 지독한 놈! 대체 저놈의 끝은 어디란 말인가?'

혁군명은 장백하게 실린 얼굴로 떨리는 입을 열었다.

"마, 마신…… 가자!"

혁군명이 마신에게 명을 내리는 데도 휘는 검을 들어올린 채 마신만을 노려봤다.

"말…… 해… 봐!"

그때다. 언뜻 마신의 눈이 가늘게 흔들리는 것처럼 보인다.

'응?'

하지만 그것도 한순간뿐, 잠시 잠깐 눈에 안 보일 정도로 미미한 동요를 보인 마신이 한 손을 휘둘러 혁군명을 끌어당겼다. 그리고 뒤돌아서는가 싶더니 숲 속으로 비틀거리며 사라져 갔다.

휘는 마신이 사라져 가는 것을 보며 눈을 잘게 떨었다.

'젠장! 제기랄!!'
안타깝게도 움직일 수가 없다.
정신도 몸도 이제는 한계에 다다랐다.
야율무궁과 신도연백을 연속으로 상대하지만 않았더라도, 그 이전에 귀혼과의 싸움에서 입은 내상만 제대로 치료하고 왔더라도, 마신을 이대로 보내지는 않았을 터인데…….
더구나 마신마저 혁군명을 데리고 사라져 버리자 억지로 일으켰던 기운이 제멋대로 날뛰기 시작한다.
"말…… 해… 보란… 말이야!!"
휘의 입에서 쥐어짜는 듯한 목소리가 새어 나왔다. 그러나 이미 사라진 마신에게서 대답이 들려올 리는 만무한 일.
참으로 아쉽기만 했다. 다만 한 가지… 마신의 눈에 떠오른 것, 그것은 분명 동요였다. 아무런 의지도 없는 것 같던 마신이 동요를 보였다.
무엇 때문일까? 그가 정말로 동요를 한 것일까? 왜……?
그러나 휘는 더 이상 생각을 이어갈 수가 없었다.
비틀! 휘는 만양으로 땅을 짚으며 그대로 무릎을 꿇어버렸다.
"웨엑!"
그러자 그동안 억눌러 놨던 선혈이 목구멍을 치고 올라와 분수처럼 뿜어졌다. 속이 시원해지는 느낌.
그때였다!
누군가가 자신을 향해 다가오는 것이 느껴진다.
괴이하기 이를 데 없는 기운이 사방을 감싸온다. 적이라면 절대적인 위기의 상황.
휘는 입술을 깨물어 아득해지는 정신을 붙잡고 뒤를 향해 만양을 홱 뿌렸다. 만양이 빈 허공을 갈랐다 느낀 순간!

"삼령의 전인이여, 천화의 인연자여, 대법왕 포여랍이라는 이름을 아시오?"

윙윙거리며 귓전을 맴도는 소리가 의식의 저편에서 들려온다. 한데, 누구?

'포여랍? 포여랍이라고?'

휘가 자신도 모르게 고개를 끄덕였다.

"서장에 사령의 달이 떴소. 영등사에서 아후달을 만났소이다. 그대가 그와 약속을 했다 들었소. 나를 따라 가시겠소?"

'두 개의 달……'

아득한 기억 속에 무언가가 떠오른다.

"온 세상이 붉어진 때, 서장에 두 개의 달이 뜨면 포여랍을 만나주게."

아후달의 목소리, 오천화 중의 두 개를 건네받으며 했던 약속.

대체 이자는 누구이기에 그 약속을 알고 있단 말인가. 게다가 자신이 삼령의 전인임을 알다니…….

"그대는……?"

"나는 나후타, 그대를 대법왕께 데려가기 위해 포달랍궁에서 왔소."

부드러운 기운이 자신을 감싸는 것이 느껴지자 휘는 머리를 흔들며 내력을 끌어올렸다. 하지만 그것은 마음뿐이었다. 오히려 상대가 적이 아니란 것에 마음이 놓인 것인지 모든 의식이 깊은 나락으로 떨어져 내린다.

그때다. 부드러운 기운이 명문을 향해 다가오는 것이 느껴졌다.

그 기운은 명문을 타고 들어오더니 휘의 내부에서 들끓고 있는 기운을 억지로 누르기 시작했다. 그러자 들끓던 기운이 주춤거린다. 그거면 됐다. 아주 약간의 시간.

휘는 정신을 잃어가는 중에도 삼령의 기운을 최대한 갈무리했다. 그러면서 마지막 남은 힘으로 고개를 끄덕이고는 그것을 끝으로 모든 의식의 끈을 놓아버렸다.

나후타는 전력을 다한 천룡신공으로 휘의 들끓어오른 기운을 최대한 가라앉히고는 편안한 표정으로 정신을 잃은 휘를 바라보았다.

"하늘 아래 그대와 같은 사람이 있다니……. 내 직접 보지 못했다면 절대 믿지 않았으리라."

나후타가 휘를 바라보고 있을 때였다. 절벽 쪽을 감시하던 네 명의 라마승이 그에게로 다가왔다.

"나후타시여, 중원의 무사들이 다가오고 있나이다. 가시지요."

고개를 끄덕인 나후타는 하늘을 올려다봤다.

일천이 넘는 사람들이 죽어간 대홍산의 하늘에는 짙은 구름이 몰려오고 있었다. 아귀 다툼으로 인해 뿌려진 선혈이 보기 싫어 소나기라도 내리려는 듯…….

나후타는 무슨 생각에선지 손을 뻗어 옆의 바위 위에 몇 개의 글자를 남기고는 휘를 안아 들었다.

"가자, 대법왕께서 기다리시겠구나."

4

야율무궁을 신도연백이 데려가고, 연리굉이 화정월에게 죽은 후, 얼마 지나지 않아 탁무독과 위경도 사공천과 호령묵에게 쓰러졌다.

하지만 천신만고 끝에 승리를 거머쥔 두 사람의 얼굴은 잔뜩 일그러져 있었다.

그들은 아는 것이다, 만일 진조여휘와 화정월이 나타나지 않았다면 쓰러진 사람은 자신들이었을지도 모른다는 것을. 두 사람이 적의 수뇌를 물리치는 바람에 상대가 흔들렸다는 것을.

어쨌든 북천로주인 야율무궁마저 신도연백에게 업혀 떠나가고 구정마원의 고수들마저 하나둘 쓰러지자, 살아남은 신마천궁의 무리들은 국척웅과 단강신의 지휘를 받으며 묵운산장을 버리고 도주하기 시작했다.

천검보의 장로들과 치열하게 싸우고 있던 혼원쌍도 역시 다급히 전장을 빠져나갔다. 혁군명이 마신과 함께 묵운산장을 벗어나는 것을 봤기 때문이었다, 그것도 쫓기듯이.

두 사람은 그들이 누구에게 쫓기는지를 보지 않고도 알 수 있었다. 그리고 마신마저 쫓기고 있다면 자신들 역시 도망가야 한다는 사실도 잘 알고 있었다.

사람 같지도 않은 놈, 진조여휘가 쫓아오기 전에.

그렇게 순식간에 수백 명이 산장을 빠져나갔다.

그러나 누구도 그들을 쫓지 않았다. 아니, 쫓을 생각조차 하지 못했다. 추적을 하기에는 입은 피해가 너무도 커서 오히려 그들이 도주한 것이 다행이라 생각될 지경이었으니…….

불타오르는 묵운산장에 남은 것은 산장을 가득 메운 시신과 바닥을 시뻘겋게 물들인 붉은 선혈, 그리고 사지를 잃은 채 신음하는 부상자들의 신음 소리뿐. 그야말로 뒤처리가 겁이 날 정도의 상황에 모두가 말을 잊었다.

적들을 물리쳤다 하나 누구도 이겼다는 생각을 하는 사람은 없었다. 아침나절만 해도 형제처럼 지내며 껄껄거리고 술잔을 기울이던 사람들이 고혼이 되어 쓰러져 있다, 무려 천 명이 넘는 사람이.

오열을 해도 시원치 않을 판이거늘 승리의 기쁨이라니……. 어불성설이었다.
"정말 지독한 하루였어. 다시는 겪고 싶지 않은……."
누군가 무심히 흘려내는 말에 아무 말 없이 고개를 끄덕여 댄다.
묵묵히 부상자들을 돌보고 자파 무사들의 시신을 추려내는 사람들의 얼굴에 드리워진 것은 암울한 공포.
얼마나 지나야 오늘의 일을 잊을 수 있을지…….
아무도 확신을 가질 수가 없었다.

5

한편 적인풍 등은 지하뇌옥에서 갇혀 있는 공이연을 발견했다.
적인풍의 얼굴을 본 그는 죽은 조상이 살아온 것처럼 기뻐했다. 비록 두 다리가 다 분질러져 있었지만, 그렇다고 목숨에 지장이 갈 정도는 아니었다.
"개 같은 놈들! 도망치면 잡기 힘들지 모른다고 다리를 분질러?"
죽이지 않은 것을 고맙게 생각해야 마땅한 데도 공이연은 자신의 다리를 분지른 신마천궁의 처신에 고래고래 소리를 질렀다. 그러다,
"한데 놈들이 왜 안 죽였지?"
초평우가 이상하다는 듯 자그마한 목소리로 중얼거리자 씩 웃으며 입을 열었다.
"내가 가진 게 좀 많잖냐. 원래 가진 거 많은 사람은 죽기도 힘들거든. 보물이 동굴을 가득 채울 만큼 있다고 말했더니 개 같은 놈들이 개침을 질질 흘리더라고. 낄낄낄……."
결국은 도둑질한 보물을 뺏기 위해서 안 죽였다는 말, 그게 뭐가 그리 자랑스러운지 공이연은 침을 튀기며 자랑하다가 당홍의 한마디에 입을

다물었다.
"정말 개 같은 도.둑.놈.들이군."
'서, 설마 나에게 한 소리는 아니겠지?'

*　　　*　　　*

그렇게 공이연을 구해서 산장을 나온 지 한 시진여, 상당한 시간이 경과했는데도 휘가 산을 내려오지 않자 만상문의 사람들이 휘를 찾아 절벽 위로 올라갔다. 하지만 그들이 본 것은 엄청난 싸움의 흔적뿐, 그 외에는 어디에서도 휘의 자취를 찾을 수 없었다.

그래도 포기하지 않고 한참을 뒤진 끝에, 마침내 바위에 새겨진 뜻을 이해하기 힘든 몇 개의 글자를 찾아낼 수 있었다.

서장에 두 개의 달이 떴음. 약속을 지키기 위해 서장에 다녀오겠음.

영등이 그것을 보고 눈을 휘둥그렇게 떴다.
"어? 저건……?"
영등이 글에 담긴 내용을 아는 듯하자 적인풍이 다급히 물었다.
"무슨 뜻인지 알 수 있겠나? 왜 느닷없이 서장에……."
영등이 고개를 끄덕였다.
"서장 포달랍궁의 대법왕이 포여랍이란 분인데……."
영등이 아후달과 휘가 한 약속에 대해 말을 해주자 그제야 그 글의 의미를 알아들은 사람들이 안도의 숨을 내쉬며 새삼스런 눈으로 영등을 바라보았다.

―개고기만 밝히는 줄 알았더니…….

꼭 그런 눈빛으로.

한데 앞으로 어찌해야 할지가 문제다. 사람들이 망설이는 듯하자 부상으로 인해 당홍에게 기대서 있던 초평우가 사람들을 둘러보았다.

"쫓아가야 하지 않겠습니까?"

"누가? 자네가 문주님의 걸음을 쫓아가겠다고?"

적인풍의 어이없어 하는 말에 당홍이 덧붙였다.

"걸어다니기도 힘들다면서……?"

흠칫, 초평우는 당홍의 어깨를 붙잡고 있던 팔에 힘을 주며 고개를 가로저었다.

"응? 아, 뭐 그냥 그렇다는 말이지, 형님의 발걸음이 얼마나 빠른데……. 아이구 다리야……. 아니, 배야."

'하마터면 꾀병이 들통날 뻔했네. 휴우…….'

그러다 적인풍이 무심코 내뱉은 의문에 모두가 안색을 굳혔다.

"그런데 왜 그렇게 다급히 가셨을까? 우리에게 말을 할 시간도 없었나?"

의문이었다, 풀리지 않는 의문. 진조여휘가 절대 쓰러질 리 없다는 생각을 하고 있는 사람들에게만 드는 의문. 어이없게도 다른 사람이라면 누구라도 의심을 해볼 일을 이들은 누구도 의심하지 않고 있었다.

나중에 모용서하와 공손척이 불안감에 자세히 물어봤을 때도 이들은 아주 당연하다는 듯이 말했다.

"문주님은 포여랍을 만나러 포달랍궁에 가셨습니다."

1

　천번지복(天飜地覆)!
　천지가 뒤집힐 만한 소문에 강호가 격랑 속의 가랑잎처럼 뒤흔들렸다.
　강호에 몸을 담은 사람들은 삼삼오오 보이기만 하면 한 가지 이야기로 밤을 새기 일쑤였다.
　장강의 피바람을 일으킨 원흉으로 지목되었던 신마천궁, 그 신마천궁의 중원지부인 호북의 묵운산장을 치러 갔던 무사들이 일천 명도 넘게 죽었단다, 그것도 각 문파의 정예고수들만이 쳐들어가서.
　죽은 자들 중에는 칠패에서도 첫째 둘째를 다투던 천검보와 삼양신문의 무사들이 수백이요, 천도맹과 죽림삼우의 죽련회합에 모인 고수들도 수백이요, 무당과 제갈세가, 광한장 등 호북의 대문파의 제자들도 수백이란다.
　수를 헤아리기가 겁날 정도의 고수들이 이름도 알려지지 않은 산장 하나를 치다가 죽었다니… 어찌 보면 믿는다는 것 자체가 우스울 정도였다.

하지만 믿지 않을 수도 없는 것이, 그 일로 인하여 천검보와 삼양신문, 천도맹, 오룡회가 타도 신마천궁을 외치며 손을 잡았고, 무당과 소림을 중심으로 한 구대문파와 오대세가가 무림맹을 결성할 거라는 소문이 장강 남북에 파다하니 퍼지고 있었다.

너무도 엄청난 소문에 용혈궁이 황하를 건너려다 소림과 황보세가, 개방 등에 의해 저지를 당했다는 이야기는 뒷전으로 밀릴 정도였다.

나중에서야 주인이 바뀐 용혈궁과 혈천교조차 신마천궁의 하수인일지 모른다는 소문이 돌자 강호는 놀라다 못해 허탈감이 들 지경이었다.

그리고 어느 순간, 수개월간 끊임없는 피의 소용돌이 속에 빠져 있던 강호가 갑자기 조용해졌다. 그러나 누구도 현재의 고요함이 당금 강호에 평화가 찾아와서라고 생각하지는 않았다.

태풍이 불기 전의 고요, 폭풍전야라는 것을 모두가 알고 있는 것이다.

2

"그래서 연백의 도움으로 겨우 살아났다는 것이냐?"

엎드린 야율무궁의 어깨가 보일 듯 말 듯 가늘게 흔들렸다.

실핏줄이 터진 두 눈에선 눈물인지 핏물인지 모를 핏방울이 방울져 흘러내리고 있었다. 분함에, 치욕감에, 휘에게 꿰뚫린 가슴에서 이는 통증이 느껴지지 않을 정도다.

하지만 대전에 둘러앉은 세 사람 중 그 누구도 그런 야율무궁을 동정하는 이는 아무도 없었다, 심지어 궁주이기 이전에 아버지인 야율황조차도.

야율무궁은 이를 악물고 쥐어짜듯 입을 열었다.

"변명이라 하실지 모르오나 연백이 귀혼을 움직이지 않았다면 제자의 목적은 달성되었을 것이옵니다."

그 말에 야율무궁의 옆에 엎드려 있던 신도연백이 조용히 고개를 들었다.

"귀혼에게 죽은 고수의 숫자가 수백이옵니다. 귀혼이 아니었더라도 강호의 무리들은 묵운산장의 위치를 찾아냈을 것이오니, 오히려 귀혼 덕분에 그나마 사형과 이백의 무사라도 살아 돌아왔다 해야 할 것이옵니다."

야율무궁이 피눈물 흐르는 눈을 들어 신도연백을 바라보았다.

"연백……! 네가 감히 나를 우롱하겠다는 게냐?!"

"저는 사형을 우롱할 마음이 전혀 없습니다. 그럴 마음이었다면 제가 어찌 부상당한 몸으로 사형을 구하고, 또한 사형의 상세를 치료하기 위해 혼신의 힘을 다했겠습니까? 아마 제가 한 노력은 여기 삼사제가 잘 알고 있을 것입니다."

신도연백이 묵묵히 엎드려 있는 혁군명을 눈으로 가리키며 착삽한 표정으로 고개를 젓자, 분노로 인해 야율무궁의 어깨가 커다랗게 들썩였다. 그러나 그로선 자신의 의지를 드러낼 수가 없었다. 궁주와 두 명의 마천황이 있는 자리인 것이다.

"됐다. 잘잘못은 차후에 가려질 터, 무궁은 상처를 치료하며 자숙하도록 해라!"

야율무궁의 표정이 처참하게 일그러졌다. 말이 자숙이지 모든 권한을 빼앗긴 것이나 다름이 없었다. 하나 대답을 하지 않을 수는 없는 일.

"복…… 명!"

"그리고 당분간 북천로주의 책무는 군명이 맡도록 할 것이니 연백은 군명을 이끌어 임무 완수에 최선을 다하도록 하라! 그만 나가보거라!"

"명심 봉행하겠나이다!"

답하며 일어서는 신도연백의 표정은 여전히 변함이 없었다. 그러나 속내는 마침내 하나의 장벽을 제거했다는 기쁨으로 밤새 술이라도 마시고 싶을 정도였다.

하지만 그가 미처 보지 못한 것이 있었다. 아무런 말도 않고 묵묵히 엎드려 있던 혁군명이었지만, 그의 눈 깊은 곳에서는 득의의 미소가 희미하게 떠오르고 있었다는 사실을.

세 사람이 극과 극의 마음으로 대전을 나가자 야율황이 나직이 입을 열었다.

"멍청한 놈! 머뭇거리다 지 사제에게 덜미를 잡히다니……."

우측에 앉아 있던 나이를 짐작키 힘든 백의노인이 조용히 눈을 뜨고 여인처럼 가느다란 목소리로 말했다.

"흘! 궁주는 너무 심려치 마시게. 한 번쯤 부러져 봐야 더 단단하게 아문다 하지를 않던가."

"그렇기만 하다면야……. 어쨌든 강호의 힘이 강해졌다는 것은 주지의 사실, 방법을 바꿔야 할 것 같군."

"방법을 바꾼다?"

"고기를 잡으려면 모아 놓고 잡아야 하지 않겠나? 후후후……. 저 아이들을 미끼로 쓸 생각이야."

고저가 없는 나직한 말 자체에서 물씬 살기가 흘러나온다.

그가 원하는 것은 단순히 강호제일이 되는 것이 아니다. 피로써 땅을 적시고, 마(魔)가 하늘의 주인이 되겠다는 것, 한마디로 피의 군림을 원하는 것이다.

야율황의 전신에서 흘러나오는 살기가 점점 짙어지자, 좌측의 대꼬챙이 같은 흑의노인이 눈을 가늘게 뜨고 얇은 입술을 열었다.
"진조여휘란 놈이 누군지 꽤나 궁금하군."
그 말에 야율황과 백의노인의 눈에서 기이한 빛이 일렁였다.
모든 사건의 중심에 진조여휘라는 이름이 있었다. 한데 이제 나이가 이십 중반 정도밖에 되지 않았다고 한다.
참으로 놀랍고도 어이가 없는 일이 아닌가. 그 한 사람 때문에 결정적인 기회를 몇 번이나 놓치고, 결국은 전체적인 상황이 십 년 전으로 후퇴하다니.
게다가 보고에 따르면, 그를 죽이기 위해 구정마원의 원로 셋에다 귀령팔마가 동원되었는 데도, 거꾸로 그를 잡기는커녕 귀령팔마와 구정마원의 고수 둘이 한꺼번에 죽었다고 한다, 그것도 용혈궁과 북두검회의 무사들 백여 명이 둘러싼 상태에서.
자신들이라 해도 구정마원의 원로 두 명을 죽이기 위해선 상당한 초수를 나눠야만이 가능한 일. 설사 야율무궁의 보고를 반만 믿는다 해도 그의 무위가 자신들의 아래가 아니란 말이냐.
그러한 생각이 들자 세 사람의 가슴에서는 한 마리 괴물이 동시에 고개를 들었다.
―놈을 내 손으로 죽이고 싶다!
그것은 호승심이라는 괴물이었다.

　　　　　　　*　　　*　　　*

"너에게 북천로주를 맡긴다고 했다고?"
"예, 아버님. 후후후……. 귀소산으로 가지 않고 궁으로 돌아오기를 잘했습니다."

"아마 귀소산으로 갔다면 자칫 신도연백의 다음 표적이 되었을 것이다. 그는 호랑이를 그냥 산에 놔둔 채 집으로 돌아갈 놈이 아니니까."

"귀소산은 쌍도에게 맡겨놨으니 그리 걱정할 것은 없습니다. 아직 강호의 누구도 귀마련의 주인이 바뀐 것을 모르니까요. 그리고 신도연백은 아직 저의 힘이 필요한 상황입니다, 최소한 야율무궁의 힘을 어느 정도 흡수할 때까지 만이라도. 그렇다면 일단은 그의 뜻에 따라줄 생각입니다. 화살은 결정적일 때, 단 한 발만 있으면 되니까 말입니다."

혁군명의 자신있는 말에 혁수명이 조용히 웃음을 지었다.

"너를 믿으마. 그리고 아비도 나름대로 준비한 것이 있느니라. 허허허. 조만간 재미있는 일이 벌어질 것이다."

"혹시 진조여휘에 대한 소문은 들은 것이 없습니까?"

진조여휘의 이름을 꺼내는 것만으로도 혁군명의 눈빛이 가늘게 떨렸다, 비록 잠깐이어서 혁수명조차 볼 수가 없을 정도였지만.

"글쎄다. 들리는 말로는 요즘 보이지 않는다 하던데……. 한데 정말 그놈이 마신과 겨루고도 밀리지 않았단 말이냐?"

혁군명은 무겁게 고개를 끄덕였다. 혁수명에겐 둘이 대등하다 말했었다, 자신의 판단으로는 진조여휘가 오히려 마신을 능가하지 않나 의문이 들긴 했지만. 하나 그러자면 자신이 꽁지가 빠지게 도망쳤다는 말을 해야 하는데, 자존심이 상해서라도 그 말은 할 수는 없었다.

혁군명이 고개를 끄덕이자 혁수명은 여전히 웃는 얼굴로 혁군명의 어깨를 두드렸다, 아들을 대하는 아버지의 마음으로.

"너무 걱정 말아라. 마신의 힘이 조금 더 강해진 데다, 빼돌린 약재로 또 다른 천살귀령을 만들고 있으니 앞으로 놈을 만나면 충분히 죽일 수 있을 것이야."

"예, 아버님."

"그리고 혹시라도 언제든 흑마천황의 눈에 파란빛이 일렁이거든 즉시 그 자리를 피해야 한다."

"예?"

"후후후. 비록 단 한 번뿐이지만, 그자는 우리를 위해서 마지막 힘을 쓸 것이다. 그때만 피하면 된다. 알겠느냐?"

*   *   *

"감히… 감히 나를 아버님이 계신 자리에서 망신을 주다니!!"

쨍그랑!

백옥잔이 벽에 부딪치며 산산이 부서졌다. 그걸 바라보는 야율무궁의 눈빛이 하얗게 타올랐다.

"부숴 버린다. 놈!! 내 모든 것을 걸고 네놈만은 죽여 버리겠다!"

으드득!

야율무궁은 허공을 바라보던 그대로 나직이 입을 열었다.

"흑암."

그때다. 허공에서 사방을 울리는 묘한 공명음이 울려 나왔다.

"예, 대공자."

"놈의 일거수일투족을 하나도 빼놓지 말고 감시하라. 놈이 이곳을 떠나거든 나에게 알리도록."

"예, 대공자."

"그리고… 혁 각주에게 내가 좀 보잔다고 전해라."

"…혁… 각주 말이옵니까?"

흑암이라 불린 자의 음성이 길게 늘어졌다. 평상시의 야율무궁이었다면 뭔가 이상했음을 눈치 챘을 것이다. 그러나 현재의 그는 누구의 말에 귀를 기울이고 싶을 정도로 마음의 여유가 없었다.

"즉시!!"

"…존명!"

그림자의 흔적이 사라지자 야율무궁은 크게 숨을 들이켰다.

"나의 분신으로 자란 놈까지 나를 무시하겠다는 건가? 건방진 놈!"

3

자욱이 깔린 안개를 뚫고 한 마리 전서구가 만상문의 만영각에 내려앉은 것은 철쭉 만발한 사월 열하룻날이었다.

창문틀에 내려앉은 전서구에는 전통(傳筒)이 하나 달려 있었다, 유난히 붉은 줄로 묶여진 채.

붉은 줄을 본 만영각의 제이조장 하불인은 황급히 전통을 회수하고는 전통을 개봉도 하지 않고 곧바로 만시량에게로 달려갔다.

혈태(血苔)가 반입된 곳을 알아냈음. 성수곡에서 문주님의 지시를 바람.
영호.

만시량은 굵게 파인 이마를 짚고서 서신을 바라보다 한숨을 내쉬며 고개를 들었다.

의약품과 의원을 조달받는 등, 최근에 관계가 가까워져서 담당 인원까지 파견되어 있는 성수곡에서 온 간단한 한 줄의 서신이었다. 한데 지금까지의 연락과 달리 비문을 써서 초지급으로 전해졌다. 문제는 수신자가 이십여 일 전 포달랍궁에 간 것으로 알려진 진조여휘―이들은 진조여휘가 정신을 잃고 나후타에게 안겨서 간 사실을 꿈에도 모르고 있었다―라는 것.

"대체 이게 무슨 내용이라고 생각하냐?"

분명 뭔가가 있기에 문주를 찾고 초지급인 붉은 줄을 사용했을 거라 생각한 만시량이 답답한 마음에 공이연에게 물었다.

다리에 부목을 댄 채 의자에 앉아 있던 공이연이 별 걱정 다한다는 투로 말했다.

"사람을 보내봐. 그럼 알 거 아냐."

맞는 말이다. 사람을 보내서 물어보면 알 일이다. 하지만 성수곡에 사람을 보내고 다시 답신을 받기 위해선 적어도 열흘은 걸린다. 초지급 서신이라는 점을 봤을 때 그 열흘은 평상시의 일 년이나 같았다. 게다가 내용을 제대로 알아낼지 확신할 수도 없다. 자칫하면 시간만 낭비할 뿐.

만시량이 한심하다는 눈초리로 공연을 노려봤다.

"도둑놈아, 이건 지급서신이야, 그것도 문주에게 보내진 거란 말이다."

공이연이 호로록 차를 한 모금 마시고는 시큰둥하니 말했다.

"그럼 사람들을 꽁땅 불러서 모이놓고 물어보든가."

"응?"

그것은 제법 그럴듯한 생각이다. 다른 사람들은 몰라도 문주와 함께 다녔던 사람들 중에 아는 사람이 있을지 모르는 일이 아닌가.

'소 발에 쥐가 잡히는 수도 있다더니.'

잠시 후, 적인풍을 비롯해서 초평우와 팔을 천으로 감싼 풍인강, 그리고 영등과 당홍까지 얼마 전까지 휘와 함께 다니던 사람들이 모두 모였다.

만시량은 그들 앞에 서신을 펼쳐 보였다.

"성수곡에서 지급으로 온 서신이네. 혹시 이 내용에 대해서 아는 바가 있는가?"

제일 먼저 반응을 보인 사람은 풍인강이었다.

"영호? 혹시…… 영호 낭자?"

사람들은 참 안 됐다는 눈빛으로 풍인강을 바라보았다.

―얼마나 보고 싶었으면…….

그러다 무슨 생각이 들었는지 다시 서신으로 눈길을 돌렸다. 당홍이 천천히 고개를 끄덕이며 입을 열었다.

"여자 글씨군."

"영호 낭자는 아주 중요한 임무를 맡았다고 했었잖아?"

초평우가 풍인강을 바라보며 묻자 풍인강의 표정이 밝게 변했다.

"예, 문주님께서 비밀 임무를 맡겼는데, 성공하면 대세에 큰 변화가 일 거라고 했었습니다."

대세에 큰 변화?

만시량의 눈이 번쩍 뜨였다.

문주가 그런 말을 했을 정도면 보통 일이 아니다. 지금껏 그래왔으니까.

그때 적인풍이 만시량을 향해 입을 열었다.

"만 선배님, 저희가 가보겠습니다."

그러자 풍인강이 벌떡 일어섰다.

"저도 가겠습니다."

"풍가야! 너……."

초평우는 말도 안 된다는 듯 펄쩍 뛰었지만 풍인강의 이어진 말에 할 말을 잃고 입을 다물어야만 했다.

"만일 저를 떼어놓고 가시려거든…… 제 머리라도 떼어 가지고 가십시오. 영호 낭자의 얼굴이나 보게요."

"……."

만시량은 허락하지 않을 수가 없었다.

게다가 정말 서신을 보낸 이가 영호련이라면 이들만큼 적합한 사람들이 없다. 이들은 영호련과 함께 생사를 넘나들었던 사람들이 아니던가.

"좋네, 일단 가서 무슨 일인지 먼저 확인을 하게. 그리고 급한 일이라 판단되면 일단 움직일 수 있는 본 문의 형제들을 먼저 움직이고 즉시 연락을 주게."

결국 풍인강을 포함한 적인풍 일행은 전서구가 도착한 지 한 시진 만에 대별산을 출발해 성수곡으로 내달렸다.

4

하늘과 땅이 온통 누렇게 물든 사월 열닷새.

강행군 덕분에 적인풍 일행은 호북과 섬서의 서북부 경계인 백하(白河)에 나흘 만에 도착했다. 그곳에서 한수(漢水)를 거슬러 올라가 안강(安康)에서부터는 사천으로 남하하는 길을 탈 생각이었다.

"이놈의 황사 징그럽군! 내가 입 안도 도검불침인 줄 아나? 이놈의 모래는……. 퉤퉤!"

봄이 완연해지자 황사 바람이 눈앞을 가린다. 심할 때는 영등의 말대로 입 안에서 모래가 씹힐 지경이다.

"오늘은 이곳에서 쉬고 내일 아침에 출발하지."

석양이 한수를 노랗게 황금빛으로 물들이며 떨어지자 적인풍은 백하에서 하루 쉬기로 결정을 내렸다. 모두가 쌍수를 들고 반길 만한 결정이었다, 풍인강 한 사람만 빼고.

"조금 더 가서……."

하지만 다른 사람은 들은 척도 하지 않고 가까이 보이는 객점을 향해 발길을 돌렸다, 뒤에서 뭐라고 하든 말든.

여기까지 나흘 만에 온 것도 사실 풍인강의 표정이 워낙 절박해 보여서였다. 사랑하는 연인들이 보고 싶어하는 애절한 표정이었으니…….

그러나 이제는 그런 풍인강의 표정도 며칠 보다보니, 그러려니 하는 마음들이다, 보고 싶은 것은 네 사정이라는 태도까지는 아니더라도.

적인풍 일행이 객점으로 들어가려 할 때다.

힘없이 객점을 나오는 꾀죄죄한 행색의 두 노인이 보였다.

"어? 저 사람들은?"

그들을 본 초평우의 안색이 환하게 밝아졌다. 두 노인 중 한 사람은 일전에 도움(?)을 받은 적이 있는 사람이 아닌가.

"이보슈! 책장사 노인이 아니시오?"

흑살지주와 귀혼유자는 처음의 생각과 다르게 과연 진조여휘를 찾아가야 할지 말아야 할지 고민하며 호북과 섬서의 경계에서 며칠을 보냈다.

섬서로 간다 해도 찾을 수 있을지 의문인 데다, 신마천궁의 중원총타라 할 수 있는 묵운산장이 무너졌다는 소문에, 혹시 귀마련의 혼원쌍도 물러가지 않을까 하는 마음이 들자 이러지도 저러지도 못하고 있었던 것이다.

오늘도 행여나 무슨 소문을 들을 수 있지 않을까 해서 며칠간 몸을 숨기고 있던 절을 내려와 오랜만에 객점에 들른 터였다. 그런데 누군가가 아는 체를 하는 것 같지 않은가.

힐끔 뒤를 돌아보자 아무도 없다. 객점에서 나오는 사람들은 자신들 뿐.

'책장사 노인? 누굴 부르는 거지?'

무심결에 고개를 돌리자 웃고 있는 늑대의 얼굴이 보였다.

"응? 어, 허. 허허……. 오랜만이우."

초평우를 발견한 흑살지주는 흠칫 어깨를 떨고는 곧바로 어색한 웃음을 흘렸다.

'저, 저, 저놈이 어떻게 여기에……'

흑살지주의 속마음을 알 리 없는 초평우는 빙그레 웃으며 손까지 들어 반가워했다.

그가 준 책 덕분에 당홍에게 딴 점수가 어디 보통인가? 생각 같아서는 술이라도 거하게 한잔 사고 싶은 마음이다. 한데…….

"그런데 저분은… 그때……. 응?"

무심코 고개를 돌리자 어디서 많이 본 얼굴이 보인다. 아니, 얼굴보다는 빨간 눈이.

초평우의 고개가 묘하게 꺾어졌다.

"혹시……?"

초평우가 자신들을 알아본 듯하자 흑살지주의 얼굴이 슬며시 일그러졌다.

'제기랄! 끝내 저놈의 늑대가 빨간 눈깔을 알아봤나 보군.'

귀혼유자를 알아봤다면 아마 자신의 정체도 금방 알아낼 터, 저놈의 늑대가 자신을 알아봤다면 결코 가만있지 않을 것이다. 어떤 놈이고 목이 매달린 경험은 그리 유쾌한 추억이 아닐 테니까.

다행인지 불행인지 자신들이 찾는 괴물은 보이지 않는다. 차라리 괴물이라도 있으면 귀마련에 대한 정보를 주고 어떻게 사정이라도 해보련만.

흑살지주는 암암리에 내공을 끌어올려 두 손에 집중했다.

늑대 한 놈이라면 문제가 아니다. 실력이 그때와는 비교가 되지 않을 정도로 늘어 이제는 자신과 비슷할 것 같지만, 그렇다고 자신을 넘어설 것 같지는 않아 보인다. 문제는 옆에 있는 칼날이 선 것 같은 혈빙검 당홍과 수류도 적인풍이 같이 있다는 것. 그래도…….

'설마 도망이야 갈 수 있겠지.'

손에 집중된 내력을 발로 내려보냈다. 언제라도 튈 수 있게. 슬쩍 보니 빨간 눈깔도 긴장한 표정으로 자신을 바라보고 있다. 무언의 약속.

'튀자!'

그때 초평우가 귀혼유자를 가리키며 입을 열었다.

"저 노인…… 눈병 걸린 것 아니우?"

'컥!'

느닷없는 말에 흑살지주는 손발에 힘이 빠졌다. 게다가 자신도 모르게 손발이 떨렸다. 아무래도 내력이 꼬인 듯.

그걸 보고 초평우가 다시 일격을 더했다.

"쯔쯔쯔, 노인장도 많이 부실해졌구려. 그렇게 손발이 떨려서야……. 들어갑시다! 내 한턱내리다! 전에 좋은 책을 얻은 적도 있고. 음하하하!"

성큼성큼 들어가는 초평우의 뒤를 망연한 눈으로 바라보던 흑살지주는 뒤에서 들리는 소리에 하마터면 주저앉을 뻔했다.

"들어가시지요. 들어가지 않는다면 아마… 저 친구가 서운해할 거요. 해묵은 감정은 풀어야 하지 않겠소?"

적인풍이었다. 한데 슬며시 웃고 있는 것이 아무래도 자신들에 대해 아는 것 같다. 더구나 저 인상 고약한 늑대와 자신과의 관계까지도. 아니나 다를까,

"귀혼유자 선배도 들어갑시다."

잠시 후.

객점 안에서 고함 소리가 터져 나왔다.

"이런 쳐죽일 사기꾼 노인네! 어디서 감히 나를 속여?!"

초평우의 목소리였다. 안에 들어가서야 뒤늦게 귀혼유자의 정체를 알아차리고는 흑살지주를 반 각가량 노려보다가 터져 나온 고함 소리였다.

흑살지주도 악착같이 변명을 했다, 밀리면 끝장이라는 심정으로.

"내가 뭐라 했나? 자네가 언제 나에게 물어나 봤어?! 그때가 언젠데 남자가 쪼잔하게 말이야! 나한테 책까지 가져갔으면서!!"

그러다,

"늑대, 엉덩이에 꽃을 그리고 다닌다는 노인이 둘 중 누구야?"

당홍의 물음에 잠시 침묵이 깔리는가 싶더니, 객점의 건물이 뒤흔들렸다.

"푸하하하! 맞아! 저 늙은이가 도망가니까 형님이 꽃을 선물했지! 엉.덩.이.에다가!! 낄낄낄낄!"

배를 잡고 뒹굴기 직전인 초평우. 주머니에서 송곳을 꺼낼까 말까 망설이는 흑살지주.

'확! 찔러? 찌르고 튀어버려?'

귀혼유자가 두 사람을 바라보다 조용히 입을 열었다.

"아가씨의 말이 맞소. 꽃을 선물 받은 것은 저 거미귀신이라오. 지금도 까보면……. 이크!"

"에라이! 네놈이나 찔러 버릴란다!!"

그러다 하마터면 흑살지주의 쇠꼬챙이에 귀혼유자의 엉덩이가 뚫릴 뻔했다.

"내가… 너 같은 놈을…… 친구로……. 크흑!"

귀혼유자가 번개처럼 몸을 피하자 쇠꼬챙이를 내던진 흑살지주가 바닥에 주저앉아 서럽게 울어댔다. 죽은 부모가 살아서 돌아왔다가 다시 죽기라도 한 것마냥.

그 바람에 초평우와 흑살지주의 말다툼은 싱겁게 끝나 버렸다.

흑살지주가 어찌나 서럽게 우는지 오히려 초평우가 측은한 눈으로 바라보며 다독이는 말을 해줘야 할 정도였다.

"거참……. 때려죽이고 싶었는데…… 노인네가 우는 걸 보니까 마음 약해지네. 이 보슈, 노인장, 꽃이야 엉덩이에 그려질 수도 있고, 사타구니에 그려질 수도 있지, 너무 서러워하지 마시구려."

흑살지주가 눈물이 범벅된 얼굴로 초평우를 올려다봤다.

"친구보다 나은 젊은이로구먼. 크흑! 고맙네, 고마워. 홀어머니를 도적에게 잃고 나서 그래도 친구 하나 생겼다고 그렇게 좋아서 육십 년을 함께했는데……. 크흐흑!"

툭툭…….

"그랬었구려. 나도 어머니를 못 본 지 오래됐는데……. 나중에 형님하고 자랑스럽게 어머니를 찾아가려고 지금까지 참고 있었는데……. 끅……. 어헝!! 어무이!!'"

가관이다. 늑대와 거미귀신이 서로 붙잡고 우는 모습을 바라보니 도대체가 머리가 지끈거릴 지경이다. 조금은 눈에 습기가 맺히는 것 같기도 하고…….

하지만 저대로 놔두었다가는 언제까지 지속될지 모르는 상황, 더구나 객점 안의 사람들이 모두 자신들을 쳐다보며 수군거리고 있다. 안 되겠다 생각한 적인풍이 조용히 입을 열었다.

"그런데 두 분이 여기에는 어쩐 일이시오?"

그제야 흑살지주가 울음을 멈추고 고개를 번쩍 들었다. 괴물은 없지만 이들은 그들과 함께 다니는 사람들이 아닌가. 흑살지주가 다급한 목소리로 물었다.

"괴물은 어디에 있소?"
"……?"
"거, 사람 같지도 않은 괴물 말이오!"
당홍이 제일 먼저 그의 말을 알아들었다.
"문주를 말하는 것 같은데요?"
그러자 다른 사람들도 모두 고개를 끄덕였다.
"확실히 사람이 아니지……."

다음날 한 마리의 전서구가 대별산 만상문 총단으로 날아들었다.

성수곡을 가던 중 흑살지주와 귀혼유자를 만났음. 그들의 말에 의하면 귀마련이 괴물을 대동한 혼원쌍도에게 암암리에 접수되었다 함. 조사 요망.

혼원쌍도는 철군명과 함께 움직이던 자들. 또한 철군명은 마신이라는 괴인을 대동하고 묵운산장에 왔다가 휘에게 당해 물러났었다. 그렇다면 결론은 하나. 귀마련은 철군명에게 접수되었다.
만상문에서 다시 조사단이 파견되고 몇 마리의 전서구가 하늘로 날아올랐다. 호북무림의 연합이 임시로 머물고 있는 무당과 죽련을 향해.

그리고 열흘 뒤 성수곡에서 온 서신은 만상문을 발칵 뒤집어놨다.

성수곡주 황방의 말에 의하면 혈태는 초혼혈단을 만들기 위한 재료라 함. 초혼혈단은 실혼인을 만드는 약재로 문주께선 신마천궁이 실혼인을 만들기 위해 초혼혈단을 제조한 것으로 알고 있음. 결국 혈태가 반입된 곳은 신마천궁일 가능성이 큰 것으로 보임. 우리는 청해로 들어가 그 위치를 확인할 예

정임. 뒤를 받쳐 주기 바람.

　만시량은 눈을 부릅뜨고 서신을 바라보았다.
　문주가 한 말은 역시 빈말이 아니었다. 대세에 큰 변화가 일어난다 했던가.
　비밀에 가려져 있던 신마천궁의 위치 확보, 그것은 강호의 판도에도 엄청난 영향을 끼칠 테지만 종내에는 만상문의 앞날을 가늠할 정도의 엄청난 정보였다.
　만시량이 서신을 받은 지 일각도 되지 않아 황급히 극비 회의가 소집되었다.
　그리고 한 시진도 되지 않아 만상문의 주력이라 할 수 있는 만상수호단 삼십육위와 호법단에 속해 있던 절정고수 오 인이 대별산 만상문의 총단을 떠나갔다.

9장
포달랍궁의 지하 뇌옥

휘가 정신을 차린 것은 대홍산을 떠난 지 이틀만이었다.

나후타는 휘가 깨어나자 아후달을 만난 이야기를 휘에게 했다.

자신이 아후달과 약속을 했다는 것까지 알고 있는 상황. 휘는 순순히 그들과 함께 가기로 했다. 특히 나후타가 염려스런 표정으로 한 마지막 말은 휘에게도 매우 충격적이어서 같이 가지 않을 수가 없었다.

"사령불이 사령수라강시를 완성했다면 포달랍궁은 멸망할 수밖에 없소이다. 대법왕께선 그들이 곧 본 궁을 공격할지 모른다며 서둘라 하셨지요. 해서 수미원의 원주인 본 라마가 직접 나온 것이외다."

그리고 한 달, 길을 서둘러 포달랍궁이 있는 납살(拉薩)에 도착할 때쯤에는 휘의 몸도 완전해져 있었다.

*   *   *

휘가 맨 처음 본 것은 민둥산 전체를 차지한 채 하얀 대리석으로 지어진 웅장하기 이를 데 없는 포달랍궁의 위용이었다. 석양 무렵이어서인지 그 모습이 더욱 신비롭게 보였다.
'굉장하군!'
휘가 포달랍궁을 바라보며 감탄을 하고 있을 때다.
"가시지요."
나후타가 한마디 말과 함께 여전히 굳어 있는 얼굴로 계단을 올라섰다. 그가 앞장서자 호법라마라는 네 명의 중년 라마가 좌우로 늘어섰다. 나후타를 보필하기 위함인 듯.
휘는 그들의 뒤를 따르며 중원과는 판이하게 다른 건축물을 감상하느라 눈을 돌리기에 바빴다.
'사부님께 이야기해 주면 좋아하시겠군.'

나후타의 뒤를 따라 구백구십구 계단을 오르자 어떻게 알았는지 십 장 높이의 거대한 문이 소리도 없이 열리기 시작했다.
문이 열리자 황의 가사를 입은 수백 명의 라마들이 도열한 채 암송을 하고 있는 모습이 보였다. 그 모습이 포달랍궁의 위용과 어울리자 그야말로 장관이라 할 만했다.
다만 그들의 표정이 마치 전쟁을 앞두기라도 한 듯 초조함과 결연함이 뒤섞여 있어 묘한 느낌이 들었지만 그조차도 포달랍궁의 웅장함과 엄숙함을 깎아 내리지는 못했다.
나후타는 그들 사이를 지나 휘를 곧바로 거대한 석조 건물로 안내했다. 다른 곳의 각진 형태와 다르게 높이가 이십 장에 이르는 거대한 석조 건물은 둥근 형태로 지어져 있었다.

한데 괴이하게도 그토록 거대한 석조 건물에는 오직 하나의 문만이 있을 뿐이었다, 부처가 새겨진 이 장 높이의 석문이.

"이 안에 뇌옥이 있소이다. 인연자여, 잠시만 기다려 주시오."

나후타는 휘에게 잠시 기다리라 하더니 석문 앞으로 다가갔다.

단단하게 닫힌 석문 앞에 서서 나후타가 안에다 뭐라 말하자 잠시 후, 두께만도 두 자에 달하는 엄청난 석문이 미끄러지듯이 열리더니 중년의 라마가 모습을 드러냈다.

나후타가 문 안쪽에 서 있는 중년의 라마승에게 무어라 말을 건넸다. 그러자 중년의 라마승은 휘를 한 번 바라보고는 조용히 뒷걸음질을 쳐서 한쪽으로 비켜섰다.

그 순간, 휘의 눈에 건물의 중앙에 서 있는 거대한 원통 기둥이 보였다. 육중한 철문이 달린 기둥, 사실 철문이 달린 것을 보면 기둥이라기보다는 원통처럼 생긴 건물이라 해야 맞았다.

철문까지의 거리는 십여 장, 그 사이에는 아무것도 없었다. 그리고 그 주위에도 역시. 거대한 석조 건물과 원통형의 건물만이 안에서 볼 수 있는 모든 것이었다.

끼이잉!

지하로 내려가는 입구의 철문이 무겁게 끌리며 열리자 지하에서 습한 냄새가 밀려왔다. 왠지 정겨운 느낌이 드는 냄새.

'내 고향이 무저동이라는 것을 알면 이들은 어떤 표정을 지을까. 이런 어둠 속에서 십수 년을 살아왔다고 하면······. 그래도 여전히 무표정을 유지하고 있을까?'

휘가 엉뚱한 생각을 하며 철문 안을 바라보고 있을 때다. 나후타가 조용히 합장하며 입을 열었다.

"여기서부터는 호법라마의 안내를 받으셔야 하외다."

어둠 속을 바라보던 휘가 천천히 고개를 끄덕였다. 얼마나 깊은지도 모르는 지하 뇌옥에 들어가는 일이 기분 좋을 리는 없었다. 하나 여기까지 와서 물러설 수는 없는 일.

"알겠습니다."

휘가 나후타를 향해 고개를 숙이고 나서 몸을 돌리자 중년으로 보이는 라마승이 석조 건물만큼이나 딱딱해 보이는 표정으로 철문의 안쪽을 가리켰다.

"들어가시지요."

휘는 고개를 끄덕이고는 발걸음을 옮겼다. 순간, 사방에 은잠해 있는 기척들이 자신을 중심으로 움직이는 것이 느껴졌다.

'열 명……. 하긴 뇌옥에 지키는 사람이 없다는 그것이 이상한 일이겠지.'

아마도 뇌옥을 지키는 수호승들인 듯싶었다. 하지만 휘는 아무것도 모르는 것처럼 중년 라마승을 따라 계단을 내려갔다. 자신의 목적은 포여랍을 만나는 것이지, 뇌옥 자체가 아니기 때문이었다.

몇 걸음 내려갔을 때다. 문득 한 가지 의문이 고개를 들었다.

'그는 어떻게 내가 삼령문의 후인임을 알았을까?'

저곳 어디엔가 자신을 삼십 년 이상 기다려 왔다는 포여랍이 있을 것이다. 한데 삼십 년 이상을 나가지 않았다는 그가 어떻게 삼령문에 대해 아는 것일까?

저벅! 저벅!

발걸음 소리가 지하를 울리며 묘하게 다가온다.

빙빙 돌며 내려가는 뇌옥의 계단은 자신이 몇 층을 내려가는지조차 느끼지 못할 정도로 기묘하게 만들어져 있었는데, 발자국 소리가 마치 수십 명의 스님이 나직이 염불을 암송하는 듯 들리는 것이다.

얼마를 내려왔을까, 족히 삼백 개 이상의 계단을 내려온 듯하다.

중간중간 박혀 있는 야광주의 희미한 빛이 회백색 석벽을 음울하게 비춰주고 있었다.

어느 순간, 석벽을 바라보던 휘의 눈이 반짝 빛을 발했다.

은은히 곰팡내가 나는 석벽에는 제석천과 아수라의 싸움이 생생하게 묘사되어 있었다. 한데 계속 바라보고 있다 보니 뭔가가 떠오른다. 어디선가 본 듯한 동작들…….

'설마 대범천여래장?'

그랬던가? 심연 대사가 얻었다는 무공이 바로 포달랍궁의 무공이었던가?

휘의 입가에 가느다란 미소가 걸렸다.

'어쩌면…… 영등 스님을…….'

그때다. 휘가 따라오다 말고 부조를 보며 괴이한 미소를 짓고 서 있자, 앞서 가던 중년승이 잠시 망설이는 듯한 표정으로 석벽을 바라보더니 무심한 목소리로 말했다.

"본사의 수호법공이 숨겨져 있다는 전설이 전해지지요. 비록 이백여 년간 아무도 찾아내지는 못해 사실인지 확인은 되지 않았습니다만……."

그 말에 휘의 미소가 더욱 짙어졌다, 비록 겉으로 표시는 나지 않았지만.

마침내 더 이상의 계단이 없는 평평한 곳에 도착하자 중년의 라마승이 걸음을 멈추고 합장을 했다.

"소승은 더 이상 들어갈 수 없습니다. 연자께서는 안으로 들어가시지요."

그가 가리키는 곳, 그곳은 그나마 희미한 야광주의 불빛조차 닿지 않는 완벽한 어둠 속이었다. 그러나 휘의 눈을 가릴 정도는 아니었다.

천천히 안력을 돋우자 어둠 속에 어둠보다 더 시커먼 팔뚝 굵기의 촘촘한 철창이 보인다.

휘가 말없이 안쪽을 바라보다가 서너 걸음 움직였을 때였다. 철창 안에서 울려 나오는 나직하면서도 청명한 목소리.

"왔는가, 삼령의 후인이여."

한순간 다섯 치 간격의 철창 사이로 한없이 깊어 보이는 두 눈이 천천히 눈꺼풀 사이로 모습을 드러내고,

"포여랍 대법왕이십니까?"

휘의 질문에 가늘게 뜨여진 두 눈에서 잔잔한 웃음이 떠올랐다.

"죄 많은 라마가 포여랍이라오."

휘는 엄숙하게까지 느껴지는 포여랍의 눈빛을 마주한 채 조용히 정좌를 하고 앉았다. 그러자 철창에 가려 있던 포여랍의 모습이 확연히 눈에 들어왔다.

흡사 뼈에 가죽을 씌워놓은 것 같은 모습이다. 머리는 길게 자라 무릎을 덮었고, 몸에 걸친 의복은 삭을 대로 삭아 만지면 부스스 부서질 것만 같았다.

하지만 그 모든 것을 넘어서서 휘의 눈을 잡아끄는 것이 있었다.

바로 포여랍의 눈, 그의 눈만은 노인의 것이라 믿을 수 없을 만큼 맑고도 깨끗했다. 마치 어린아이의 눈을 보는 것만 같아 절로 휘의 마음조차 맑아질 정도였다.

마음이 차분하게 가라앉자 휘가 조용한 목소리로 물었다.

"두 개의 달이란 무엇을 뜻하는 것입니까?"

포여랍이 답했다.

"하나는 중생을 광명의 세계로 이끌고자 하시는 부처의 마음을 말하는 것이고, 다른 하나는… 바로 부처를 시기하고 인간의 마음을 악에 물들이려는 사악한 구도자의 마음을 말하는 것이라오. 그 마음이 천지의 기운을 움직여 마치 두 개의 달이 뜬 것처럼 보인다오."

"혹시 그 사악한 구도자를 일컬어 사령이라 하지는 않는지요."

언뜻 포여랍의 눈에 웃음이 보이는 듯 느껴졌다.

"과연 삼령의 후예……."

또다시 삼령이라는 말이 나왔다. 휘는 내친 김에 그에 대해 물어봤다.

"제가 삼령문의 후예인 것은 어찌 아셨습니까?"

이번에는 거꾸로 포여랍이 의아한 듯 물었다.

"사령을 견제하기 위해 천화사를 세운 것이 삼령의 후예이니 당연히 알 수밖에 없지 않겠소?"

맙소사!

그랬던가?

그래서 오전화를 익히고 펼치는데 그리 수월했던 것인가?

휘는 아연한 심정으로 입을 벌리고 멍하니 포여랍을 바라보았다.

자신으로서는 그러한 말을 듣지도 보지도 못했으니 당연히 알 수가 없었다. 도사할배가 삼령의 기초를 잡아준 후에는 오직 도사할배가 남긴 재질을 알 수 없는 금빛 천에 적힌 것을 보고 삼령의 법을 익혀왔다. 하지만 거기에도 삼령문의 오랜 역사에 대해 간략하게만 적혀 있었을 뿐, 이런저런 사소한 이야기는 적혀 있지가 않았다.

도사할배가 더 오래 살았다면, 뇌호혈만 상하지 않았다면, 더 많은 이야기를 들을 수 있었을 것이거늘…….

휘가 도사할배에게 삼령문에 대해 더 많은 이야기를 듣지 못한 것을 아쉬워하고 있을 때였다. 포여랍의 나직한 목소리가 들려왔다.

"이백 년 전, 삼령의 후인이 본사를 방문한 적이 있었다오. 그는 훗날 두 개의 달이 뜨고, 삼령의 후예가 찾아오거든 자신이 남긴 것을 건네주라 하였소."

그것은 그야말로 휘의 귀를 의심케 하는 이야기였다.

이백 년 전의 삼령문 후인이라면 오직 한 사람뿐이다.

지양 선인.

백수십 년의 세월이 지나며 그 본질이 변질되어 구슬로 오인하게 된 삼령신주를 마지막으로 지녔던 삼령문의 전대문주.

한데 그가 남긴 것이라니……?

휘는 말을 잊고 떨리는 눈으로 포여랍을 바라보았다.

자신이 얻은 것은 풍령신주와 지음신주, 그렇다면 남은 것은?

"혹시… 그것이……"

그때였다!

우르르릉!

까마득한 위쪽에서 지축이 흔들리는 소리가 들렸다.

그 소리에 입구 쪽에 엎드려 있던 중년 라마승이 고개를 들었다.

"제자가 나가보겠나이다, 대법왕이시여."

쿠르릉! 끼기기…….

또다시 들리는 소리. 한데 그 소리 중에는 철문이 열리는 소리도 있다. 누군가가 철문을 열고 있다는 말.

중년 라마승은 다급한 몸짓으로 계단을 차고 올라갔다.

난데없는 상황에 휘도 벌떡 몸을 일으켰다. 아무래도 앉아서 이야기를 나누기에는 밖의 상황이 심상치가 않은 것 같다.

"저도 밖을 살피고 다시 오겠습니다."

한데 포여랍만은 마치 모든 것을 예상했다는 듯 여전히 조용한 표정이다.

"삼령의 후예여, 올 것이 왔을 뿐이니 너무 놀라지 마시오."

"법왕께서는 어찌……."

포여랍은 조용히 고개를 저었다.

"그들이 온 것 역시도 부처의 뜻에 따른 것……. 그나마 그대가 제때 도착했으니 모든 것은 정해진 대로 흐를 것이오."

휘가 멈칫한 상태로 포여랍을 바라볼 때다.

허공에서 뭔가가 떨어져 내린다, 답답한 신음 소리와 함께. 미처 손쓸 사이도 없이.

"끄어어……."

털썩!

떨어진 이는 중년 라마승이었다. 휘는 허공에서 중년 라마승이 떨어져 내림과 동시, 그 뒤를 이어 또 다른 누군가가 빠르게 뇌옥의 아래로 내려오고 있음을 느끼고는 허공을 올려다봤다.

절눈이 열려서인지 희뿌연 빛이 야광주의 빛과 어울려 묘하게 굴곡되어 있다. 그 사이에 보이는 것은 사람이다. 아니, 사람이라고 하기엔 전신에서 너무도 사이한 기운이 풍긴다.

"혹시 사령……?"

그 순간 포여랍의 목소리가 빠르게 머릿속에 울렸다.

"삼령의 후예여! 무슨 일이 일어나거든, 빈승이 앉아 있던 자리의 석판을 부수고 하늘의 불을 얻도록 하시구려."

심령의 언어였다, 내공과는 또 다른 정신의 무공.

휘의 눈이 가늘게 떨렸다. 마치 새로운 세상을 본 듯한 표정이다. 하지만 그 느낌을 갈무리하기엔 시간이 너무 없었다.

미처 머릿속에 울리던 목소리의 여운이 가라앉기도 전, 사람의 정신을 짓누르는 사이한 목소리가 뇌옥을 울린 것이다!

"포여랍!! 여기에 숨어 있다고 내가 못 찾을 줄 알았더냐?!"

철창 안에서 포여랍의 웃음소리가 터져 나왔다.

"허허허! 사령불이여, 그대는 언제나 어리석구나! 스스로 지옥불에 빠져들다니!"

"카카카카!! 더 이상의 요행은 바라지 말아야 할 것이다!"

뇌옥을 뒤흔드는 목소리의 여운이 가라앉기 전, 허공에 떠 있던 사령불이 빠르게 하강하기 시작했다.

순간 아무런 움직임도 없이 휘의 신형이 미끄러지고, 휘의 우수가 허공을 향해 뻗쳐졌다.

우수의 다섯 손가락 끝에 맺힌 영롱한 천홍이 쏘아진 번갯불처럼 사령불을 향해 날아가자 사령불을 둘러싸고 있던 녹색 기운이 돌개바람에 흔들리는 안개처럼 확, 사방을 뒤덮었다.

"웬 놈이냐?!"

사령불은 어둠 속에서 누군가가 튀어나오더니, 일순간 다섯 개의 영롱한 구슬이 녹색 기운을 뚫으며 가슴을 향해 짓쳐들자 대경하며 소리쳤다.

하지만 묵묵부답(默默不答), 고요한 가운데 밀려오는 것은 영롱한 다섯 개의 구슬.

사령불은 대답을 기다릴 상황이 아니었다. 이미 가슴을 파고든 구슬이 자신의 사령광혼기(邪靈狂魂氣)를 뒤흔들고 있지를 않은가. 그 충격에 떨어져 내리던 몸이 주춤할 정도다.

"감히!!"

사령불의 두 손이 거대하게 부풀어 올랐다. 대수인의 일종인 사령마수(邪靈魔手). 부풀어 오른 두 손에서 진한 녹광이 번쩍이고,

콰광!

뇌옥을 뒤흔드는 굉음이 터져 나왔다.

그 반동으로 사령불의 신형이 오 장 위로 다시 치솟았다.

휘는 전신을 관통하는 엄청난 충격을 고스란히 발밑으로 흘려보내고 허공을 바라보았다.

그때다. 휘의 눈에 치솟아 올라가는 사령불의 위쪽에서 다시 누군가가 떨어져 내리는 것이 보였다. 사령불처럼 녹색 가사를 입은 자들.

한데 한둘이 아니다. 언뜻 보이는 것만도 스물은 되는 듯하다.

휘의 안색이 침중하니 굳어졌다.

'설마, 사령불이 하나가 아니란 말인가?'

지그시 이를 문 휘가 재빨리 만양을 잡아 뽑고 그들이 내려서기를 기다리는데, 뒤에서 포여랍의 말이 나직하면서도 빠르게 들려왔다.

"그들은 사령수라강시들이오. 사령불은 저들을 깨웠기에 자신있게 부처의 위엄에 도전을 한 것이라오."

"사령수라강시?"

"전설로만 전해져 오던 것이오. 이백 년 전부터……."

전설이고 뭐고 괴물이라면 이골이 난 터였다. 설마 제아무리 강하다 해도 마신에 비할까.

휘는 만양을 잡은 손에 내력을 집중했다.

다수를 상대할 때는 일단 상대의 수부터 줄여야 한다. 머뭇거리다 둘러싸이면 빠져나갈 수조차 없다.

휘이잉!!

만양을 들어올리자 뇌옥의 공기가 요동쳤다.

그사이 치솟았던 사령불이 광소를 터뜨리며 다시 떨어져 내린다. 그 위에 무려 이십에 이르는 사령수라강시들이 함께하고 있다. 그들을 향해 휘의 신형이 둥실 떠오르고, 찰나! 휘의 신형이 다섯으로 흩어졌다.

다섯의 휘, 다섯의 만양.

"타아아앗!"

다섯으로 늘어난 휘의 입에서 일시에 토해지는 사자후!

콰과과과!!

뇌옥 안이 온통 붉게 물들었다. 만양의 붉은 검강이 뇌옥의 대기를 뭉치며 거대한 검강의 막을 형성한 것이다.

붉은 검강의 막을 향해 떨어져 내리는 사령불과 사령수라강시!

한순간, 녹광과 홍광이 뇌옥의 어둠을 밝히며 부딪쳤다!

갈기갈기 찢어지는 검강의 막 사이로 붉은 번개가 작렬한 것은 그 순간이었다.

쩌저저저적!

콰광!

"케에에!"

"끄아아아아!"

전력을 끌어올린 휘의 공격에 뇌옥의 벽과 사령수라강시들의 몸이 동시에 터져 나간다.

일반 검강에는 상처도 남지 않는 사령수라강시라 하지만, 휘의 공격은 결코 그들이 견뎌낼 수 있는 것이 아니다.

삼령의 기운이 스민 검강, 삼악과 천적이라 할 수 있는 휘의 기운에 사령수라강시의 목이 떨어져 나가고 팔다리가 떨어져 나갔다.

잘려진 몸통을 지지대 삼아 휘의 신형이 다시 허공에서 춤을 추고, 만양에서는 끊임없이 번개가 불을 뿜었다.

초식도 필요없다. 검이 가는 대로 가면 그뿐!

자르고 베는 데 거리낄 필요도 없다!

이들은 인간이 아닌 자들, 죄의식을 느낄 필요가 없는 자들!

휘는 조금의 망설임도 없이 만양을 휘둘렀다.

촌각 만에 일곱의 사령수라강시가 제대로 대항도 해보지 못하고 분해되어 떨어져 내렸다. 그런데도 아직 남아 있는 강시의 숫자는 열이 넘는다.

하지만 휘는 공격을 멈추고 피하지 않을 수가 없었다. 튕겨진 사령수라강시의 몸통을 박차고 솟구쳐 오른 사령불이 시퍼런 녹무를 대동한 채 휘를 덮쳐 오고 있는 것이다.

분노와 경악으로 범벅된 표정, 전력을 다한 듯 가공할 기세가 짓눌러 온다.

휘는 오보천환으로 사령불의 거대한 녹색 장영을 피하며 만양을 내려쳤다. 순간 두 사람의 기운이 정면으로 충돌했다.

콰앙!

쿠구구궁!!

휘와 사령불의 내력이 거센 충돌을 일으키자 다시 한 번 뇌옥이 비명을 질렀다. 충돌의 여파로 석벽에 금이 가고 주먹만 한 돌 조각들이 우수수 떨어졌다.

사령불의 이차 공격을 피해 바닥에 내려선 휘는 자신을 에워싸듯이 내려선 사령불과 사령수라강시를 깊게 침잠된 눈으로 바라보았다.

그런 휘의 얼굴도 전력을 다한 연속 공격과 사령불의 가공할 공격을 맞받은 여파로 창백해져 있었다.

창백한 얼굴의 휘를 바라보며 사령불이 사이한 목소리로 물었다.

"네놈은 중원인인가?"

하지만 휘는 대답할 마음이 없었다. 그럴 시간이 있으면 한 놈이라도 더 죽여야만 하는 것이다, 살기 위해서라도.

번쩍!

아무런 대답도 없이 휘가 단천락을 펼치자 사령불이 노한 목소리로 소리쳤다.

"감히! 비겁한 수를……!"

비겁하다고?

포여랍을 죽이기 위해 사령수라강시를 스물이나 데리고 들어온 놈이 비겁하다고?

그런 건 개에게나 던져 주라지!

"미친 땡추! 덤벼라!!"

사령불이 단천락의 번갯불을 피해 옆으로 물러서자 휘는 또다시 사령수라강시들의 틈 사이를 비집고 들었다.

동시에 절혼광을 펼쳐 사령수라강시 둘의 허리를 자르고,

콰앙!

폭멸혼으로 세 구의 사령수라강시를 걸레쪽으로 만들어 버렸다.

분노한 사령불이 휘를 향해 손을 뻗었다. 그러자 거대한 녹색 장영이 휘의 아래위를 일시에 압박했다.

순간 화악! 만양의 끝에서 아홉 송이의 혈련화가 피어올랐다.

천심화(天心花)!

천심화를 알아본 사령불이 놀란 눈을 부릅뜨고 소리쳤다.

"천화단심기?! 네놈은 천화사의 후예였더냐?!!"

그러고는 사이한 녹광으로 물든 두 손을 떨치며 혈련화를 부수려 짓쳐든다. 그러자 아홉 송이의 혈련화가 하나로 뭉쳐졌다. 대천화!

연속적인 오천화의 변화, 끝내 짓쳐들던 사령불의 녹색 장영이 혈련화와 함께 허공에서 폭발했다.

쾅!

"으음……."
"끄으으……."
휘와 사령불의 간격이 한순간에 이 장으로 벌어졌다. 그러자 밀려난 휘를 향해 사령수라강시들이 괴성을 지르며 달려들었다.
"끄와!"
이지가 없는 그들조차 휘에 대한 두려움이 그런 식으로 표출되고 있었다.
달려드는 사령수라강시를 향해 만양을 내지르며 비어 있는 좌수로 허공에 일 권을 내갈겼다. 천붕신권!
정면에서 달려들던 사령수라강시 하나가 붉은 검강에 가슴이 휑하니 뚫려 구석에 처박히고, 옆에서 함께 달려들던 사령수라강시 하나가 머리가 터진 채 튕겨졌다.
동에 번쩍, 서에 번쩍!
전력을 다한 휘의 공격이 연속적으로 이어지자 숨 몇 번 쉴 시간도 지나지 않아 멀쩡한 사령수라강시늘은 하나도 없었다.
그렇다고 휘라 해서 아무렇지도 않은 것은 아니었다.
입가로 흐르는 피, 너덜너덜해진 청의, 찢겨진 청의 사이에서 배어 나오는 피. 그중에서도 가장 큰 문제는 급격한 내력의 소진이었다. 사령불은 아직 별다른 타격을 받지 않았는 데도 자신은 반 이상의 내력이 소진된 것이다.
어찌나 싸움이 살벌한지, 밀려난 이후로 싸움판에 끼어들지 않고 한쪽에서 휘와 사령수라강시의 싸움을 지켜보던 사령불이 음침한 조소를 흘렸다.
"흐흐흐, 정말 믿을 수 없을 만큼 대단한 놈이로구나. 세상에 너 같은 놈이 있을 줄이야… 하지만 이제는 네놈도 죽을 때가 되었도다. 천화단

심기를 익힌 이상 네놈은 세상에서 가장 처참하게 죽여주마. 크흐흐흐……."

"퉤!"

휘는 입에 고인 선혈을 소리가 나도록 뱉어내고 사령불을 향해 씩 웃었다.

"그래도 당신처럼 미친 땡중 하나는 때려잡을 힘이 있으니 자신있으면 덤벼봐!!"

휘를 향해 걸음을 옮기던 사령불이 멈칫했다.

"그래? 아직 힘이 남아 있단 말이지? 크크크……."

사령불로서도 굳이 모험을 할 필요는 없었다. 상대는 스물에 달하는 사령수라강시를 거동불능으로 만들어 버린 절대의 고수.

괴소를 흘리던 사령불이 난데없이 허공에 대고 외쳤다.

"사령의 혼을 지닌 령(靈)들이여! 주인이 명하노니 나를 도와 천화의 후예를 죽여라!!"

사령불이 덤비려다 말고 허공에 대고 소리치자, 휘는 그를 기이한 눈으로 바라보았다.

사령불의 말을 듣고 반에 가까운 강시들이 바닥에서 일어나고 있었다. 그 모습이 놀랍기는 하지만, 그들 중 제대로 싸울 수 있는 강시는 한 구도 없었다. 결국 강시는 사령불에게 별다른 도움이 되지 못한단 이야기.

한데 왜 저런 짓을? 설마 겁을 먹어서 저러는 것은 아닐 것이고…….

잠깐의 시간이지만 휘에게는 천금보다 중요한 시간이었다. 휘가 가만히 서서 내부의 기운을 휘돌리며 내력을 북돋을 때였다.

"삼령의 후예여……. 사령수라강시는 그들이 다가 아니오."

안쪽에서 포여랍의 목소리가 들려왔다. 휘와 사령수라강시가 벌인 싸움의 여파에 연약한 노구가 상한 듯 목소리에 아무런 힘이 없다.

'다가 아니라고? 그럼?'

휘의 얼굴이 굳어질 때다. 포여랍의 말을 증명이라도 하듯 느닷없이 허공에서 괴이한 소리가 들렸다.

"끄와아악!!"

그와 함께 사령불의 얼굴에 어린 사이한 웃음도 더욱 짙어졌다.

"크크크!! 내 약속대로 네놈만큼은 세상에서 가장 처참하게 죽여주마!"

허공에서 떨어져 내리고 있는 강시들은 좀 전보다 더 많은 숫자, 아무래도 스물은 넘어 보인다.

'맙소사! 대체 얼마나 많은 강시가 있는 거지?'

휘의 눈이 가늘게 떨렸다. 저들이 여태까지 밖에 있었다면, 아마도 포달랍궁은 피로 물들어 있을 터. 밖에서 도와줄 사람은 없다는 말과도 같았다.

그런데 자신의 내력은 아직도 칠 할 정도만이 회복되었다. 온전한 상태서도 내력이 고갈될 지경이었거늘, 칠 할의 내력으로 사령불과 스물이 넘는 사령수라강시를 상대해 이긴다는 것은 기적이 없으면 불가능한 일이다. 뭔가 결정을 내려야 할 시간.

지그시 이를 깨문 휘의 눈이 한순간 빛을 발했다.

'할 수 없나?'

마음의 결정을 내렸는지 휘가 사령불을 노려보며 상황에 맞지 않게 하얀 웃음을 지었다.

"대단하군! 하지만 말이야……."

"흐흐흐, 네놈이 뭐라 해도 본 불은 네놈을 죽일 것이다."

"끝까지 들어봐! 내 말은……!"

"건방진 중생……."

사령불이 비아냥거리는 사이 사령수라강시들이 바닥에 내려서더니 사령불의 명령을 기다리며 휘를 향해 돌아섰다.
그런데도 그들을 보지 못한 것마냥, 사령불을 향해 검을 들어올리는 휘의 웃음은 더욱 짙어져만 갔다.
"내가 죽을지도 모르겠지만! 나보다 땡추가 먼저 죽을 거란 말이거든!!"
고오오······.
끝이 없으니 생각할 것도 없다. 뜻이 가는 대로, 마음이 가는 대로 가면 그뿐. 무종무상(無終無想)!
휘는 만양을 뻗은 채 마음을 실어 보냈다.
만양이 밝게 빛났다 싶은 순간! 사령불은 알 수 없는 거대한 기운이 자신을 옭아매는 것 같아 무의식중에 뒤로 한 걸음 물러섰다. 그때다!
퍽!
작은 소음이 이명처럼 귓속에서 울렸다.
사령불은 멍하니 휘를 바라보다 천천히 손을 들어올려 이마로 가져갔다. 이마에서 흘러내리는 가느다란 선혈 한줄기.
"이게······ 무슨··· 설마······? 심··· 검···?"
흐려지는 초점을 억지로 모은 사령불이 휘를 바라보았다.
모든 것이 뿌옇게 보인다.
"저놈을······ 죽여······."
결국은 악착같이 한마디를 남기며 천천히 앞으로 꼬꾸라졌다.
휘는 쓰러진 사령불을 바라보며 입술을 깨물었다.
내력의 고갈을 무릅쓰고 사령불을 쓰러뜨렸다. 하지만 자신의 내부에 남은 내력은 기껏 이성 정도뿐. 그나마도 내력이 한순간에 소진되어 남은 이성의 기운도 당장은 쓸 수가 없다.

"역시 아직은 무리인가? 하긴 칠성으로 무종무상을 펼친 것만 해도 어디야."

한데, 젠장! 펼쳤으면 뭐 할까. 주인이 쓰러졌는데도 주인의 마지막 명령에 따라 녹광을 흘리며 다가오는 강시가 스물이 넘는데.

그나마 이놈들이 어디 보통 강시던가? 포달랍궁의 금지인 뇌옥까지 기어들어 올 정도로 무시무시한 사령수라강시들이 아니던가.

행여나 주인이 쓰러지면 강시들의 행동도 멎지 않을까 했는데, 모든 것이 공염불이다.

속도만 느려졌을 뿐 강시들은 여전히 움직이고 있다, 자신을 향해. 지금의 내력으로는 단 한 구의 강시도 막아 낼 수가 없거늘.

절체절명의 위기!

'설마 이렇게 죽는 건가? 서하도 못 보고? 사부님도 못 보고? 아버지!!'

휘는 조금이라도 기운을 살려낼 시간을 벌기 위해 이를 악물고 일단 뒤로 물러났다. 그러사,

펑!

"으음!"

소리없이 뒤로 다가온 사령수라강시의 일장이 등을 강타하고,

퍽!

머뭇거리자 앞에 있던 강시의 주먹이 가슴을 그대로 때렸다.

"크읍!"

신음을 흘린 휘의 몸이 뇌옥의 안쪽으로 나뒹굴었다.

두 번의 충격에 그나마 조금씩 살아나려던 기운마저 다시 안으로 들어가 버렸다. 사기(邪氣)가 침습해서인지 가슴에서는 오히려 기혈이 들끓어오르고 있다.

강시의 주먹에 맞은 곳은 갈비뼈라도 부러졌는지 가슴에서 이는 통증에 이가 절로 악물렸다.

그야말로 미칠 노릇이다.

다가오고 있는 강시들은 코앞에 닥쳤건만, 자신이 할 수 있는 일은 기껏 만양을 들어 찌르고 베는 정도뿐이다. 아무리 그래 봐야 내력이 실리지 않은 검으로는 녹색 가사만 너덜해질 뿐 몸에는 생채기도 나지 않는다.

그러다 다시 세 대를 맞고 일 장을 튕겨 나갔다.

퍽! 퍼퍽!

젠장! 이제는 일어나기도 쉽지가 않다. 육체의 강함으로 견디는 것도 한계에 달한 듯하다.

휘는 다가서는 강시의 가슴에 만양을 들이대며 기다시피 두어 걸음을 물러섰다. 굳게 악다문 입에선 선혈이 주르륵 쏟아져 내린다.

절체절명! 앞을 빼곡히 메운 강시들이 다가온다.

빠져나갈 방법이 없다.

그때였다!

"뒤로…… 나에게……."

철창이 있는 쪽에서 가느다란 목소리가 들린다.

'대법왕……?'

휘는 자신도 모르게 철창이 있는 곳으로 비틀거리며 뒷걸음질을 쳤다.

한 걸음, 두 걸음……. 휘가 철창 앞에 다다랐을 때. 뼈밖에 안 남은 손으로 철창을 부여잡은 포여랍이 보인다.

"대법왕……."

눈이 마주치자 포여랍이 다시 입을 열었다.

"고개를 돌려…… 어서……."

고개를 돌리라고?

왠지 포여랍의 말을 들어야만 할 것 같았다. 오직 그것만이 옳은 길처럼 느껴졌다. 휘는 포여랍의 말에 따라 다가오는 강시들을 향해 고개를 돌렸다.

바로 그 순간!!

"오옴! 제석천의 광명이여! 사혼지멸(邪魂之滅)!!"

느닷없이 철창 안에서 대갈이 터지더니, 눈이 부실 정도로 휘황한 빛이 폭사되었다, 보는 것만으로도 가슴이 시원해지는 빛이.

폭사된 빛은 포여랍의 맑고 깨끗한 두 눈에서 뿜어져 나오고 있었다.

서장의 천 년 전설, 제석천의 광명안(光明眼)!

찰나간에 제석천의 광명안이 사령수라강시들을 뒤덮어 버리자 놀라운 일이 벌어졌다!

"끄아아악!!"

"케에엑!!!"

휘의 일 장 앞에 있던 사령수라강시들이 저질한 미명을 디뜨리며 공포에 질린 얼굴로 물러서고 있었다.

너무도 놀라운 광경!

그 광경을 바라보던 휘의 두 눈이 어느 순간 휘둥그렇게 떠졌다.

사령수라강시들의 전신을 덮고 있던 녹광이 흐트러지고 있다, 그토록 사악하게 느껴지던 사령기가.

한데 그뿐이 아니다.

쿠르르룽!!!

뇌옥이 요동을 친다.

여기저기 석벽의 금 간 곳에서 돌덩이들이 떨어져 내린다. 처음에는 주먹만 하게, 그러다 시간이 지나자 머리통만 한 돌덩이들이 떨어지고 있다.

떨어지는 돌들은 갈수록 커지고, 세상천지가 모두 무너질 것처럼 우르릉거렸다.

"물러서……. 이곳으로……."

포여랍의 목소리에 휘는 뒤를 돌아다봤다.

철창의 한쪽이 열려 있었다. 그 안쪽에 철창의 문을 여는 듯한 기관의 고리를 잡은 채 힘없이 쓰러져 있는 포여랍이 보인다.

"대법왕!!"

휘가 소리치자 포여랍이 희미한 웃음을 지으며 자신이 앉아 있던 가리키며 입을 달싹였다, 들릴 듯 말 듯 힘이 없는 목소리로.

"이곳은…… 안에서만 열 수 있다오. 허허……. 빨리 부수고…… 빠져……. 이곳은 곧 붕괴……."

힘겹게 내뱉은 몇 마디의 말을 끝으로 포여랍의 눈이 조용히 감겼다. 마치 자신이 할 일은 다 했다는 듯 편안한 표정이다.

휘는 철창을 잡고 안으로 들어가 포여랍을 안아 들었다.

"정신 차리세요!"

소리를 질러봤지만 아무런 움직임도 느껴지지가 않는다.

혈맥의 기운을 살펴봐도 모든 것이 멈춰 있다.

오오! 맙소사!!

숨을 거두었다. 서장의 정신적인 지주, 대법왕 포여랍이 무너져 가는 십팔층 지하 뇌옥에서 해탈을 했다, 모든 번뇌를 놓아버린 편안한 표정으로.

그제야 휘는 알 수 있었다, 제석천의 광명안이 곧 그의 모든 것이었다는 것을. 포여랍이 자신을 구하기 위해 모든 것을 쏟아냈다는 것을.

"대법왕……!"

억눌린 목소리가 다물린 이를 비집고 흘러나왔다.

한데…….

콰르릉!!

하늘은 휘에게 슬퍼할 시간도 주지 않으려는 것인가?

통로 쪽의 석벽들이 통째로 무너져 내렸다. 무너지는 석벽에 사령기가 깨어진 사령수라강시들이 깔리며 온몸이 부서진다.

"케엑!!"

"끄아아!!"

쿵! 콰광! 터덩!

바닥에 떨어진 바위들이 사방으로 튕겨 나가고, 튕겨진 바위들 중 몇 개가 휘가 있는 뇌옥의 철창에 부딪치며 팔뚝 굵기의 철창을 뒤흔들고 있다.

조금 있으면 뇌옥 안쪽의 천장도 무너질 듯 천지사방 전체가 흔들리고 있다.

더 이상은 머뭇거릴 시간이 없다. 사칫하면 생매장당할 판이다.

휘는 입술을 깨물며 포여랍을 바라보았다.

"용서하십시오, 대법왕!"

포여랍의 말이 맞는다면 포여랍의 시신 밑에 통로가 있을 것이다.

휘는 포여랍의 시신을 안아 한쪽에 내려놓고 혼신의 힘으로 만양을 내리찍었다.

쾅! 쾅!!

찌지직!

두 번을 내리찍자 바닥의 석판에서 갈라지는 소리가 난다.

"으아아아!!"

쾅!!

있는 힘껏 만양을 세 번째 내리찍었을 때,
쩌정!!
반경 다섯 자 넓이의 석판이 거미줄처럼 갈라지더니 갑자기 휘가 서 있던 뇌옥의 바닥이 아래로 푹, 꺼져 버렸다.
"헉!"
그리고 휘의 몸도 깊이가 얼마나 되는지 알 수 없는 어둠 속으로 빨려 들어갔다, 미처 포여랍의 시신을 챙길 시간도 없이.
"이런! 대법왕!!"
동시에 뇌옥의 천장이 굉음을 일으키며 무너져 내렸다.
콰과과과······.

『진조여휘』 9권에서···